Inspecteur de l'Éducation nationale à la retraite, **Roger Cavalié** *est animé par les découvertes artistiques et culturelles : littérature, photographie, cinéma, voyages. Et c'est avec une évidence toute simple que l'écriture a pris récemment une place importante dans sa vie. Largement inspiré de son expérience,* Julien l'insoumis, *qui fait suite au* Vieux Cartable, *est son second roman.*

JULIEN L'INSOUMIS

Du même auteur

Aux éditions De Borée

Le Vieux Cartable

ROGER CAVALIÉ

JULIEN L'INSOUMIS

De Borée

I

– TIENS ! TE VOILÀ DÉJÀ REVENU ? On ne t'attendait pas si tôt ! Qu'est-ce qui se passe ? lance Estérina à l'adresse de son fils.

– Rien de grave, répond celui-ci en descendant de moto. On a eu les résultats du concours.

– Et alors ? demande impatiemment sa tante Yvonne qui paraît dans l'embrasure de la porte.

Julien ôte son casque, retire ses lunettes, le tout sans se presser, histoire de faire durer le suspense.

– Je suis sûre que tu es reçu, sinon tu ne prendrais pas un malin plaisir à nous faire attendre la réponse si longtemps, ajoute sa tante non sans perspicacité.

– Eh bien oui ! Je suis reçu ! annonce Julien.

– Tu vois que j'avais deviné ! Allez ! Tu viendras boire le champagne à la maison !

Estérina n'a rien dit ; Julien connaît bien sa mère, il sait qu'elle éprouve de la joie mais qu'elle ne l'extériorisera pas contrairement à sa belle-sœur par nature très démonstrative. Survient Fernand qui a reconnu le bruit de la moto de son fils et a suspendu son travail dans l'étable pour venir aux nouvelles ; il se tient là, devant le portail de la grange, une main posée sur son bâton d'aveugle, la tête levée vers ce soleil d'été qu'il ne voit pas.

– C'est toi, Julien ? demande-t-il à la cantonade.

Julien s'apprête à répondre mais il est devancé par sa tante :

– Ça y est, Fernand ! Ton fils est instituteur !

– Pas encore, rectifie Estérina. Il n'est qu'élève-instituteur.

– Oui, mais c'est tout comme. Maintenant, il suffit d'attendre un peu jusqu'à ce qu'il sorte de l'école normale.

– Un peu ? Comment tu y vas ! Il a encore quatre ans d'études avant d'être tiré d'affaire. Ça l'emmène à juillet 1959.

– D'accord, mais ce n'est qu'une formalité. Tous ceux qui entrent à l'école normale en sortent instituteurs. Pour lui, c'est fini la campagne ! Ce n'est pas lui qui reprendra votre propriété de Laguillemie ! déclare péremptoirement la tante Yvonne.

– Alors Julien ? Tu as réussi ? intervient Fernand. C'est très bien, fiston, et ne t'en fais pas pour la propriété. De toute façon, il n'y a plus d'avenir pour les petits paysans. Maintenant excuse-moi, je vais continuer à renouveler les litières des vaches.

Julien demeure silencieux, tout à sa joie d'être admis à son concours ; lui, le fils de paysans, le voilà propulsé dans l'école la plus sélective du Lot-et-Garonne ! Le voilà sur le point de devenir un collègue de M. Borry, le directeur si respecté de la laïque de Sauvagnas ! Ça va leur en boucher un coin à tous ces péquenauds de la commune, même à Truffasse, le maire qui se prend pour une huile, et même au curé hollandais de la paroisse qui se proclame berger de droit divin en charge des ouailles du patelin !

– Bonjour Julien !

C'est sa jeune sœur Solange qui, complètement indifférente au succès de son frère, s'approche pour l'embrasser. À peine l'adolescent s'est-il incliné vers la tête blonde de la fillette que Dick, le chien bâtard de la ferme, surgit à l'improviste et s'élance vers lui, la truffe levée, pour lui barbouiller les joues de sa langue affectueuse.

« C'est encore lui qui a l'air le plus enthousiasmé par ma réussite ! » pense Julien en écartant du bras l'animal.

À la réflexion, peu lui importe ce que pensent les autres car rien ne peut altérer son bonheur ; pour peu, il se pincerait pour s'assurer qu'il ne rêve pas.

Quand il avait été admis en troisième préparatoire au concours d'entrée à l'école normale d'instituteurs du Lot-et-Garonne, M. Clément, le directeur du cours complémentaire Jasmin, avait convoqué la mère de Julien : « Ne comptez pas sur l'admission de Julien à l'E.N. au bout de la première année, madame Delsol. C'est l'exception lorsque ça se produit », avait-il annoncé.

Aujourd'hui, Julien jubile ; l'exception, c'est lui !

Dès le dîner, le jeune impétrant annonce fièrement son programme estival à ses parents :

– Sans attendre, il faut que j'aille me présenter à la directrice de l'E.N. pour retirer la liste de mon trousseau et ensuite je vais bien profiter de mes vacances ! Toi, maman, tu voudras bien m'accompagner chez la directrice ?

– Je viendrai avec toi si tu veux. Quand veux-tu y aller ?

– Le plus tôt possible, en début de semaine prochaine par exemple. Je vais téléphoner de chez Truffasse pour prendre rendez-vous.

Le lendemain matin, Julien, fier comme Artaban, se présente chez le premier magistrat de la commune :

– Bonjour monsieur le maire.

– Bonjour Julien. Quel bon vent t'amène ?

– Je suis admis à l'école normale et je voudrais téléphoner à la directrice pour pouvoir la rencontrer avant la rentrée.

– Très bien mon grand, mes félicitations ! Vas-y ! Tu sais où est le téléphone.

Julien ne se fait pas prier ; il gagne le salon, établit la communication téléphonique avec l'E.N. puis, ayant obtenu ce qu'il souhaitait, retourne auprès de Truffasse. Celui-là le regarde avec un intérêt évident que Julien, obnubilé par son nouveau statut d'élève-maître, assimile naïvement à de la considération ; pourtant il sait que l'édile, au sobriquet inspiré à la fois par sa manie de fourrer son nez partout et par les caroncules disgracieuses qui boursouflent ses narines, pratique l'opportunisme avec un art consommé.

– Dis Julien, maintenant que tu vas être instituteur, je vais te demander si tu veux bien donner des cours particuliers à mon petit-fils pendant les vacances ; une heure ou deux par jour, ça te permettra de te faire la main.

On ne refuse rien à Truffasse, et pour cause ! Tous ses administrés lui sont redevables d'une chose ou d'une autre car il a le bras long : son fils évolue dans la haute administration française et le père ne se prive pas de le faire intervenir à tout bout de champ pour arracher des privilèges en faveur des Sauvagnacais : l'obtention facilitée du permis de conduire pour celui-ci, des bourses départementales pour celui-là, un permis de construire pour ce troisième ; pour la mère de Julien, italienne de naissance, ce fut l'acquisition de la nationalité française sans les tracasseries administratives d'usage et, pour le père devenu accidentellement aveugle, l'attribution sans coup férir d'une allocation d'invalidité.

– Bien sûr, monsieur le maire, s'entend répondre Julien sans grand enthousiasme. Vous me ferez signe quand votre petit-fils sera là. Au revoir monsieur le maire.

Trois jours plus tard, Julien et sa mère sont à bord de l'autocar vétuste de M. Jurquet qui relie le canton de Laroque-Timbaut à Agen, le chef-lieu du département.

Nous sommes lundi, mais Julien s'est endimanché pour faire bonne impression auprès de la directrice de l'E.N. Il n'éprouve aucune appréhension ; maintenant qu'il a été admis dans le sacro-saint séminaire laïque, plus rien ne peut altérer son assurance qui frise la fatuité et c'est avec un air conquérant qu'il passe la porte de la conciergerie avec sa mère sur les talons.

Ils n'ont pas fait cinq mètres dans l'allée gravillonnée qui mène au bâtiment principal qu'une voix autoritaire les rattrape :

– Monsieur-dame, sil vous plaît ! Nous ne sommes pas dans un moulin ! Veuillez vous présenter à l'accueil !

Julien retient sur ses lèvres la réplique acerbe destinée à cet obscur cerbère qui s'autorise une telle irrévérence à l'égard d'un membre de l'enseignement ; il laisse sa mère revenir sur ses pas et expliquer le motif de leur présence, puis tous deux s'approchent de l'immense porte de chêne qui présente ses deux battants sculptés au milieu d'une façade néoclassique du milieu du XIXe siècle.

Avant de monter les marches du perron, Julien s'immobilise quelques secondes, les yeux levés vers le fronton majestueux de l'établissement.

– Qu'est-ce que tu regardes ? demande sa mère déjà sur le point d'entrer.

– C'est drôle ce qui est écrit là-haut ! « École normale d'institutrices. » Et les instituteurs alors ?

– Tu n'auras qu'à demander l'explication tout à l'heure à la directrice.

En pénétrant dans le vestibule, Julien aperçoit, par l'entrebâillement de la porte qui lui fait face, la grande salle où il s'était rongé les sangs avant d'entendre son nom parmi ceux des seize candidats admis au concours ; un frisson le parcourt de pied en cap. Il entraîne sa mère vers la droite dans un long couloir dallé de plaques de marbre et s'arrête devant le bureau directorial ; il est exactement 11 heures, l'heure fixée pour le rendez-vous. Julien frappe à la porte tout en lisant les mots tracés sur la plaque de cuivre apposée sur le mur, près du chambranle : *Direction : Mme WEISSELDINGER Jeanne.*

– Entrez, je vous en prie !

Cette voix, Julien la connaît et, quand il franchit le seuil, il n'est pas surpris : derrière un immense bureau de hêtre verni trône cette virago quinquagénaire qui accompagnait l'inspecteur d'académie le jour de la proclamation des résultats.

– Bonjour madame Delsol, bonjour jeune homme. Asseyez-vous, je vous en prie.

– Bonjour madame, répondent en chœur les deux visiteurs avant de s'asseoir en face de la directrice.

– Merci de nous recevoir, madame la directrice, poursuit Estérina. Nous sommes venus nous présenter et prendre connaissance des consignes de rentrée.

– Très bien, madame. Mon secrétariat a préparé un livret d'informations relatives à la prochaine rentrée. Auriez-vous des questions particulières à me poser ?

– Je crois que mon fils a quelque chose à vous demander.

– Oui, madame.

– Madame la directrice, jeune homme ! rectifie Mme Weisseldinger.

– Oui, madame la directrice. Au-dessus du portail d'entrée est écrit : « École normale d'institutrices », et pourtant il y a aussi des instituteurs ?

– C'est exact, jeune homme, répond l'interlocutrice avec un accent qui trahit ses origines alsaciennes. En voici la raison : à l'origine, cet établissement a été construit uniquement pour les jeunes filles ; les élèves-maîtres du Lot-et-Garonne étaient regroupés avec ceux des Pyrénées-Atlantiques à Pau, puis il a été décidé que cette école deviendrait mixte – ce fut la première école normale mixte de France – mais il était impossible de modifier l'inscription gravée sur le fronton de l'établissement. Je précise que la mixité ne s'applique actuellement qu'aux périodes de cours et non aux études du soir car, si l'internat des filles est implanté dans nos bâtiments, celui des garçons est actuellement intégré dans les murs du lycée Bernard-Palissy où vous devrez vous rendre la veille de la rentrée.

Julien et sa mère se lèvent pour prendre congé.

– Un instant s'il vous plaît, madame Delsol, je vais chercher le recueil d'informations chez ma secrétaire. Attendez-moi ici, ordonne la directrice en sortant de la pièce.

Julien s'approche de la fenêtre et, l'épaule appuyée contre le mur, contemple distraitement le jardin qui sépare l'établissement de l'avenue de Toulouse.

Il n'a pas entendu Mme Weisseldinger rentrer dans la pièce.

– Vous craignez que le mur s'écroule, jeune homme ?

Instinctivement, Julien se redresse.

– Si vous êtes déjà fatigué monsieur Delsol, mieux vaut changer d'orientation professionnelle tout de suite ! insiste la voix légèrement gutturale de la directrice.

Désarçonné, l'adolescent ne trouve rien d'autre à dire qu'un piètre « Excusez-moi, madame » sous le regard sévère de sa mère.

– Madame la directrice ! corrige de nouveau Mme Weisseldinger.

– Excusez-moi, madame la directrice.

– Et apprenez, mon jeune ami, qu'il est discourtois d'ordonner que l'on vous excuse.

– Je vous prie de bien vouloir m'excuser, madame la directrice, articule laborieusement Julien en réprimant l'irritation qu'il sent monter en lui.

– C'est très bien, monsieur Delsol ! Voici donc le livret d'informations que vous devrez lire avec attention avant de vous présenter au lycée Bernard-Palissy le dimanche 25 septembre. Comme plusieurs de vos collègues, vous êtes issu du milieu rural dans lequel vous serez affecté en sortant de l'école normale ; sachez donc que vous recevrez dans notre établissement des notions théoriques d'agriculture qui vous permettront de dispenser des cours du soir aux jeunes ruraux de la commune où vous serez nommé. Si vous n'avez pas de questions particulières à me poser, vous pouvez disposer.

– Elle n'est pas commode, l'Alsacienne ! ne peut s'empêcher de maugréer Julien en quittant l'E.N.

– Tu sais, Julien, ce ne doit pas être facile de diriger cette école normale avec des garçons et des filles de ton âge ; il faut qu'elle ait de l'autorité, explique Estérina.

– Et puis je n'en ai rien à faire de ses cours d'agriculture ! J'aurais bonne mine d'aller donner des leçons à de jeunes paysans tout droit sortis d'un collège agricole !

– Calme-toi, Julien. On reparlera de ça dans quatre ans, quand tu auras rejoint ton premier poste d'instituteur.

Instituteur ! Quelle promotion pour lui que Léon, son copain du cours complémentaire, aimait faire enrager en le traitant de *pedzouille* en référence à ses racines paysannes ! Depuis qu'il avait quitté les bancs de l'école communale de Sauvagnas, Julien avait travaillé dur pendant cinq ans avec un seul objectif : entrer à l'école normale ; maintenant que c'est chose faite il change de statut, il n'est plus un élève, il est devenu un élève-maître et mérite donc une nouvelle considération. Être directrice d'école normale n'autorise pas Mme Weisseldinger à l'infantiliser ! L'école normale n'est tout de même pas une caserne !

Quand il descend de l'autobus brinquebalant qui vient de stopper aux abords de Laguillemie, Julien a presque oublié les sévères réflexions qu'il a essuyées dans le bureau de Mme Weisseldinger ; il est ici sur ses terres, dans son fief avec ses parents, sa sœur et Pingeaud, le vieux domestique qu'il a toujours connu ; les prairies, les vignes, les emblavures qui s'étalent autour des bâtiments chassent de son esprit l'image austère du bureau directorial de l'E.N. et l'atmosphère chaleureuse de sa famille dissipe le souvenir amer des remontrances de « l'Alsacienne ». Maintenant, il est fin prêt pour savourer les deux mois et demi de vacances insouciantes qu'il juge avoir bien mérités. Ses parents, Fernand et Estérina, lui ont ôté tout scrupule :

– Tu as bien travaillé au cours complémentaire et tu auras encore beaucoup de travail à l'E.N. Repose-toi bien pendant les congés ! lui ont-ils conseillé.

Dès la semaine suivante, Julien est sollicité par Truffasse :

– Ça y est ! Mon petit-fils Eliott vient de débarquer ; si tu pouvais lui donner une heure et demie de cours par jour, ça lui ferait le plus grand bien parce qu'il ne s'est pas trop décarcassé pendant cette année de sixième.

– Vous trouvez pas que ça fait beaucoup ? Il faut aussi qu'il se repose pendant les vacances, objecte l'apprenti précepteur soucieux de s'éviter trop de contraintes.

– Non, non, ça ne fait pas trop ! Il s'est reposé toute l'année scolaire et il faut donc qu'il rattrape son retard en français, en maths et en latin.

– Mais moi je n'ai jamais fait de latin, monsieur le maire !

– Au moins, comme ça tu ne le perdras pas ! plaisante Truffasse. Mais qu'à cela ne tienne ! Tu apprendras en lui faisant réviser les leçons de son manuel.

– Entendu, monsieur le maire, concède Julien sans grand enthousiasme. Et je commence quand ?

– Demain matin à 9 heures parce que l'après-midi je t'ai trouvé un autre élève, ou plutôt deux.

Considérant l'air incrédule de Julien, l'édile s'empresse de préciser ses propos :

– Ce sont les enfants de mes amis, les Reichmann, qui descendent de Paris pendant l'été. Tu les connais peut-être ?

Julien a entendu parler de cette famille mais ne l'a jamais vue. Tout ce qu'il sait d'elle, c'est par le bouche à oreille qu'il l'a appris : ce sont des Juifs que Truffasse a cachés pendant l'Occupation et qui lui vouent depuis ce temps-là une reconnaissance à toute épreuve. Ils ont acheté un manoir, situé aux confins de la commune, pour passer leurs congés mais ils ne fréquentent personne hormis la famille de Truffasse.

– Ils m'ont demandé si je connaissais quelqu'un pour faire travailler leurs enfants pendant les après-midi de la semaine, poursuit le maire. Je leur ai dit que tu ferais parfaitement l'affaire.

Et, pour convaincre son jeune interlocuteur d'accepter, Truffasse ajoute :

– Ce sont des gens très riches. Ils te paieront bien.

– Et donc je commence quand ? demande notre jeune pédagogue.

– Je leur ai dit que tu prendrais contact dès demain, répond l'édile.

Et c'est ainsi que, dès le lendemain, Julien se lance dans la pratique improvisée d'une pédagogie empiriste ; en fait, son activité s'apparente plutôt à celle d'un répétiteur qu'à celle d'un enseignant. Quoi qu'il en soit, le travail que lui a programmé Truffasse, sans lui demander son avis, ampute sérieusement ses vacances ; et dire qu'il avait tant rêvé de journées de totale liberté ! Il avait pensé pouvoir partager de longs moments intimes avec Jeanne, lui susurrer des mots doux à perte de temps, élaborer avec elle un univers merveilleux à perte de vue ; et voilà qu'il ne lui reste que les week-ends pour la rejoindre durant quelques heures qui s'enfuient comme des minutes !

– Je t'ai préparé ton trousseau, annonce Estérina par un beau soir de septembre. J'ai cousu ton numéro sur chacun de tes effets et…

– Quel numéro ? demande Julien.

– Ton numéro matricule, pardi ! Comme au régiment ! intervient son père.

– Tu as le numéro 213. C'est écrit dans les instructions que nous a données Mme Weisseldinger, poursuit sa mère. Ta valise sera prête samedi ; il n'y manque que les blouses qui sont en train de sécher et que je dois repasser.

– Des blouses ? s'étonne Julien.

– Eh oui ! Des blouses ! Ça aussi c'est écrit dans les instructions, des blouses grises. Je trouve que tu ne te soucies pas beaucoup de la rentrée en ce moment. À quoi tu penses donc ? Tu sais au moins que c'est dimanche à 16 heures que tu dois te présenter au lycée ?

Julien ne le sait que trop bien mais, à l'euphorie qui l'avait submergé après sa réussite au concours, a succédé l'appréhension de lendemains totalement inconnus ; certes il n'est plus le préadolescent timoré qui avait quitté sa communale pour intégrer le cours complémentaire de garçons d'Agen cinq années auparavant, mais il se retrouve bel et bien dans la peau d'un bizut devant prochainement cohabiter en internat avec deux promotions d'anciens et cette situation ne l'enchante pas.

Deux jours plus tard, il se présente à la conciergerie du lycée Bernard-Palissy.

– Je suis un nouveau normalien, annonce-t-il fièrement. On m'a dit de…

– Premier couloir à gauche, puis à droite, premier escalier, premier étage, l'interrompt d'une voix monocorde l'occupant de la loge sans détourner les yeux du journal local, *Le Petit Bleu*, posé devant lui.

– Merci monsieur, se force à répondre Julien avant d'entrer dans la cour d'honneur.

Ce grand édifice, Julien le connaît déjà sommairement pour y avoir passé le concours d'entrée en sixième six ans plus tôt et le B.E.P.C. pas plus tard que l'année dernière. Il y a quinze jours, il est venu d'un coup de moto, sans rien dire à personne ; il est arrivé par le boulevard Pelletan qui longe l'arrière du lycée ; du trottoir, il a regardé, à travers les barreaux de fer forgé scellés sur un mur d'un mètre cinquante de hauteur, la grande cour encastrée entre des bâtiments de deux étages disposés en U et longés de larges galeries qui confèrent à ces lieux une gravité monastique accentuée par la présence, sur main gauche, d'une élégante chapelle gothique blottie dans l'angle du terrain. Puis il a remonté l'avenue Maurice-Luxembourg dominée par l'interminable mur latéral du lycée ; il s'est assis sur un banc de bois, dans le jardin Jayan, et a observé la façade classique de cet établissement érigé sous la Troisième République ; il n'a pas oublié que derrière ce mur austère existe une petite cour rectangulaire qui n'est pas sans rappeler les sas d'entrée des centres pénitentiaires. Il a enfourché son deux-roues et est reparti par la large rue qui sépare le jardin public, peuplé d'oiseaux aux piaillements joyeux, du sinistre lycée encore désert et silencieux.

Un panneau lui a appris qu'il s'éloignait par le boulevard de la Liberté.

II

Au fur et à mesure qu'il gravit l'escalier, Julien perçoit de plus en plus nettement la rumeur qui descend du premier étage ; il traverse une petite pièce carrée, aux murs ocres garnis d'étagères de bois et s'immobilise sur le seuil d'un immense dortoir chichement éclairé par la lumière crépusculaire tombant des hautes fenêtres latérales. Sur la droite comme sur la gauche, des dizaines de lits sont adossés perpendiculairement aux parois beiges de la salle et, entre chacun d'eux, se dresse une étroite et haute armoire métallique grise. Par l'ouverture centrale pratiquée dans le mur opposé, à cinquante mètres de lui, il entrevoit une partie des lavabos collectifs en zinc ainsi que quelques portes grises qui doivent sans doute cacher W.-C. et douches. Une trentaine d'élèves dispersés aux quatre coins de l'espace rangent tranquillement leurs effets qu'ils retirent de valises posées sur leurs lits.

Julien cherche désespérément du regard une silhouette connue, un visage familier, et il est subitement soulagé : ce grand escogriffe, planté devant son armoire à trente mètres de l'entrée, c'est Jérôme, l'un des trois autres élèves du cours complémentaire admis au concours de recrutement de l'école normale.

Julien s'avance ; personne ne l'a encore remarqué, ou du moins le croit-il, car une voix goguenarde s'élève soudain derrière lui :

– Tiens ! Voilà un nouveau bizut qui débarque !

Tous les regards convergent vers lui et un ancien vient à sa rencontre ; c'est un costaud au crâne rasé qui n'y va pas par quatre chemins :

– Je suis Tarass Boulba et c'est moi qui fais respecter la loi des anciens, la seule qui prévale ici. Tu vas donc ressortir puis frapper à la porte et attendre qu'on t'autorise à entrer ; ensuite, tu déclineras ton identité et feras serment d'allégeance avant de t'installer sur notre territoire. Allez ! Exécution !

Julien accuse le coup. Pendant quelques secondes, il hésite sur la conduite à tenir ne sachant trop s'il doit privilégier l'affrontement ou l'apaisement. Impressionné par la carrure de son interlocuteur, il opte sagement pour une obéissance circonstancielle ; il revient sur ses pas, ferme la porte et frappe.

– Entrez !

– Bonjour ! Je suis Julien…

– Tu n'es rien du tout sinon un bizut qui sera bientôt solennellement rebaptisé. Répète !

– Je ne suis rien du tout sinon un bizut.

– Très bien ! Tu commences à devenir plus intelligent. Continue !

– Continuer quoi ?

– Je retire ce que je viens de dire. Tu es toujours aussi crétin. Je t'ai dit de prononcer ton serment d'allégeance, non ?

– Quel serment d'allégeance ?

– Tu n'es pas idiot au point de ne pas savoir ce qu'est un serment d'allégeance ! On t'écoute avec attention.

– Je jure allégeance aux anciens.

– C'est pas très jojo mais on s'en contentera pour un début. Maintenant tu peux t'installer.

Se croyant affranchi des brimades qui lui étaient réservées, Julien s'avance dans l'allée centrale en direction de Jérôme.

– Hé ! Le bizut ! Où vas-tu comme ça ? intervient un ancien au faciès annamite.

– Tarass Boulba m'a dit de m'installer.

– O.K. ! Mais il ne t'a pas dit où !

– Non. Je vais me mettre à côté de Jérôme.

– Voyez-vous ça ! Maintenant ce sont les bizuts qui décident ! Toi tu n'as pas l'air de comprendre très vite et il va falloir que tu fasses des progrès ! Quel est ton numéro d'entrée à l'E.N. ?

– Numéro treize.

– Hé ! Les premières ! Qui est le treize ?

– C'est Godillot ! répond un grand blond allongé sur un lit vers le fond du dortoir. Il est allé se chercher des cigarettes au bureau de tabac du coin.

– Merci le Rital ! Tu sais où est son pieu ?

– Ouais, Mao ! Il est là après celui qui est à côté du mien.

– Et qui c'est qui est entre toi et Godillot ?

– Personne pour l'instant.

– Parfait ! s'exclame l'ancien aux yeux bridés. Ce sera celui du petit nouveau qui arrive. Allez, bizut ! Voici tes appartements. Installe-toi là. Tu seras sous la protection de Godillot.

Julien dépose sa valise sur le lit qui lui a été désigné et s'approche de Jérôme.

– Salut Jérôme. Ça va ?

– Salut Julien. Ça peut aller.

– Michel et Christian sont arrivés ?

– Oui, ils sont aux lavabos.

– Dis Jérôme, ils vont nous faire chier longtemps, les anciens ?

– Ne dramatise pas, Julien. Ils font les marioles aujourd'hui, mais ils vont vite se calmer dès que les cours commenceront.

– J'espère que tu as raison. Bon, je vais continuer à déballer mes affaires.

Tout en rangeant ses effets dans son armoire, Julien observe le Rital à la dérobée et, enhardi par la mine pacifique de celui-là, ose entamer la conversation :

– Dis, le Rital, vous avez tous des surnoms, les anciens ?

– Tous les anciens, oui. On a tous été baptisés, mais certains surnoms ne sont pas utilisés ou sont remplacés par d'autres plus éloquents.

– Pourquoi « Rital » ? Tu as des origines italiennes ?

– Ouais, et mes copains m'appelaient déjà comme ça au collège parce que mon nom est difficile à prononcer : Pelizzarottellini. Et toi ? Comment tu t'appelles ? demande l'ancien toujours étendu sur son lit.

– Julien Delsol. Un nom bien français même si ma mère est italienne, précise Julien pour tenter de s'attirer les bonnes grâces de Rital.

– Ah bon ! Toi aussi tu as du sang italien dans les veines ?

– Oui ! Pour cinquante pour cent.

– Et de quelle région d'Italie est ta mère ?

– De Besenzone, province de Piacenza, s'empresse de répondre Julien avec une belle assurance.

– Mes grands-parents habitaient dans la région de Crémone, ils étaient pas loin de Piacenza. Tu connais le coin ?

– Non, je n'y ai jamais mis les pieds.

– Il te faudra y aller un jour, tu ne seras pas déçu.

– J'irai peut-être un jour quand je gagnerai ma vie, après l'école normale et l'armée.

– Ça repousse assez loin. Quatre ans d'école normale plus un an de fonction pour obtenir ton certificat d'aptitude pédagogique et dix-huit mois de service militaire en espérant que la guerre d'Algérie soit finie d'ici là, tu te rends compte ?

Non, Julien ne s'était pas vraiment rendu compte de tout ce temps qu'il devrait traverser pour accéder à sa titularisation sur un poste d'instituteur et le Rital vient de dissiper tout net son insouciance.

– Et les profs de l'E.N., comment sont-ils ? Ils ont sans doute été rebaptisés eux aussi ?

– Bien sûr. À commencer par la directrice, « la Grande », et l'économe, « le Boudin », puis les profs d'histoire-géo, de physique-chimie et de français, toutes les trois anciennes élèves d'ici ayant fait les écoles normales supérieures de Fontenay-aux-Roses ou Saint-Cloud, toutes les trois demoiselles, les deux dernières vivant en couple. Il y a donc « la Caille », « la Rose » et « la Biquette ».

– Et il n'y a pas d'hommes ?

– Si, tu as « Topinambour », prof d'agriculture, « Rasemottes », prof de travail manuel, « Bébert », prof de maths, « Gégé », prof de gym et « Crâne d'œuf » en dessin. Ah ! J'oubliais « Hay que ver ! », la prof d'espagnol, et « Cromwell », le prof d'anglais.

– Et les pions ?

– Oui, il y a aussi nos deux pions. L'un, particulièrement suffisant malgré ses échecs universitaires, c'est « le Puant » et l'autre, fana de bédés, c'est « Filochard ».

Pendant que le Rital informait Julien, de nouveaux normaliens arrivaient et le dortoir résonnait d'exclamations, de rires et d'interpellations. Quand un bizut se présentait, il était soumis au régime que venait de subir Julien dix minutes plus tôt, puis il retrouvait sa liberté d'action lorsque les anciens lui avaient attribué un lit.

– Dis, le Rital ? Pourquoi on m'a placé à côté de Godillot ?

– Parce que c'est ton père !

– ???

– Eh oui ! Mets-toi bien dans le crâne que nous formons une grande famille. Ici tu as ton père, le numéro 13 de l'année dernière, c'est-à-dire Godillot, ton grand-père, le père de Godillot, numéro 13 de l'année d'avant, et ton arrière-grand-père, le numéro 13 qui sera stagiaire cette année. Tous sont chargés de ton éducation.

– Et pour l'ascendance féminine ?

– Tu prends les numéros treize chez les normaliennes. Celle qui rentre cette année, c'est ta femme, celle de l'an dernier c'est la femme de Godillot, donc ta mère, et ainsi de suite.

– Et il y a une hiérarchie ?

– Oui, notre chef c'est « le Pacha », le major de la promo des sciences-ex, puis viennent ses copains de promo et enfin les premières.

– Fermez vos gueules et écoutez-moi ! hurle soudain Tarass Boulba. Bubulle ne va pas tarder à arriver ; nous lui devons une réception à hauteur de l'estime que nous lui témoignons.

– Qui c'est ce Bubulle ? demande furtivement Julien à son voisin de dortoir.

– C'est un branleur, lui répond à voix basse le Rital. Il est le seul à avoir raté son second bac ; ce n'est pas très surprenant car il a passé plus de temps à emmerder les bizuts qu'à bosser ses cours.

– Voilà donc comment va se dérouler la cérémonie d'accueil ! beugle Tarass Boulba, armé d'un polochon en guise de matraque. Tous les bizuts, vous allez vous mettre à poil, passer une cravate autour du cou et former près de l'entrée une double haie d'honneur en vous tenant au garde-à-vous. Nous, les anciens, nous entonnerons *La Marseillaise* dès que Bubulle entrera. Je l'accompagnerai pour passer la bleusaille en revue et ensuite nous lui ferons une ovation en attendant de boire un pot au réfec. Compris ? Allez ! Exécution ! Les bizuts, à poil !

Julien s'approche du Rital :

– Et si on refuse ? se hasarde-t-il à demander.

– Ce serait une très mauvaise idée sauf si tu veux en baver toute l'année. Il vaut mieux que tu obtempères et tout se passera bien. Tiens ! Voilà Godillot qui s'amène, tu peux lui demander son avis puisque c'est ton père !

Julien se garde bien de suivre ce conseil, il rejoint Jérôme.

– Qu'est-ce que tu penses, toi, de ce folklore ?

– Que ça fait partie du jeu et qu'il faut l'accepter en pensant que l'an prochain c'est nous qui serons de l'autre côté de la barrière. Que veux-tu faire d'autre ?

Julien refuse d'admettre un tel fatalisme ; son sang, celui de la lignée de paysans farouches dont il est issu, bout dans ses veines.

– Alors on va se soumettre et tout accepter ! On va s'agenouiller devant les anciens, leur lécher les pieds, satisfaire toutes leurs lubies, toutes leurs pulsions y compris les plus sadiques !

– Tu exagères, Julien ! Ce sont seulement des traditions de bizutage. Ça s'est toujours fait et ça se fera toujours. Il faut te calmer, sinon tu vas le regretter ! N'oublie pas que nous sommes seize bizuts face à une cinquantaine d'anciens !

– Mais on n'est pas seuls ! Il y a le Puant et Filochard. Ils sont chargés de la discipline générale.

– Tu parles ! Tu es bien naïf ! Pour avoir la paix, ils font les autruches. Ils ne voient rien, ils n'entendent rien ; ils n'ont pas envie de se mettre les anciens à dos !

Julien doit se rendre à l'évidence : il n'a pas d'autre choix raisonnable que de se plier à la loi des anciens en simulant une franche adhésion à ces coutumes qu'il juge dégradantes et en contrôlant les tourbillons de rage qui ne manqueront pas de malmener sa sérénité.

– Allez ! Dépêche-toi bizut ! lui lance Mao en passant près de son lit. Celui qui sera en retard écopera d'une corvée !

– Je m'en occupe, intervient Godillot avant de s'adresser tranquillement à Julien.

– Alors, comme ça, il paraît que tu es mon rejeton ?

– C'est ce que le Rital m'a expliqué.

– Ne t'inquiète pas. Si tu te tiens peinard, tu n'auras pas d'ennuis. Tu viens d'où ?

– Du cours complémentaire Jasmin.

– Non, je veux dire de quelle commune du département ?

– De Sauvagnas, dans le canton de Laroque-Timbaut. Tu connais ?

– Si je connais ? Je suis d'Hautefage-la-Tour où mon père est mécano !

– C'est marrant, j'y suis allé en août. Le club de catch d'Agen y faisait une démonstration.

– Tu fais du catch ?

Julien n'a jamais été inscrit dans un club de sports, encore moins dans un club de sports de combat, mais une idée lumineuse lui traverse l'esprit et sa réponse fuse :

– Ouais, j'en ai fait pendant deux ans. De la lutte gréco-romaine aussi et j'ai arrêté, il y a un an, pour faire de la boxe chez les poids moyens. Avec l'internat, je ne sais pas si je pourrai continuer.

– T'as déjà fait des combats de boxe ? demande Godillot qui ne semble pas mettre en doute les paroles de Julien.

– Quatre combats dans l'année avec deux victoires aux points et deux autres avant la limite.

– *Macarel !* laisse échapper l'ancien. Ce serait dommage que tu arrêtes !

– Ouais, mais comment suivre les entraînements en semaine ?

– Tu feras le mur tout simplement.

– Et les pions ?

– Tu veux rire ! Ils font le mur avec nous pour aller au cinoche ! Bon ! Maintenant prépare-toi pour accueillir Bubulle !

Julien jette un coup d'œil à la ronde, ce qui lui permet de repérer ses camarades de promo qui sont déjà dans le plus simple appareil. Sous les regards amusés des deux anciens, il se dénude à son tour.

– Choisis une belle cravate pour me faire honneur ! lui glisse suavement Godillot.

– Putain ! Tu es bien musclé ! ajoute le Rital en le détaillant de pied en cap.

– Tiens ! Voilà les pions qui s'amènent ! s'exclame le premier.

– Toujours aussi glandeurs ! précise le second.

Grâce aux récentes informations que lui a fournies le Rital, Julien n'a aucun mal à discriminer le Puant et Filochard qui traversent maintenant le dortoir en plaisantant avec les anciens avant de regagner leur box près de l'entrée.

– En place ! Bubulle est annoncé ! braille Tarass Boulba en faisant tournoyer son traversin au-dessus de sa tête de brute.

D'abord timidement, puis avec plus de hardiesse, les nudistes malgré eux se rassemblent près du chef du protocole autoproclamé qui les fait s'aligner près de l'entrée, de part et d'autre du couloir central.

C'est la première fois que Julien se trouve en présence de jeunes de son âge en tenue d'Adam. Gêné, il ose quelques regards furtifs sur les anatomies des bizuts qui lui font face, il est rassuré : son corps supporte la comparaison avec ceux de ses camarades de promo.

Tarass Boulba passe la petite troupe en revue, distribuant, sans les appuyer, quelques coups de polochon sur les organes génitaux de celui-ci qui a mal noué sa cravate ou de celui-là qui ne se tient pas correctement au garde-à-vous.

– Aïe ! laisse échapper un bizut ainsi sanctionné.

– Qu'est-ce que tu as ? demande sévèrement Tarass Boulba.

– Tu m'as fait mal ! se plaint sa victime, en toute mauvaise foi.

– Mal où ? interroge l'ancien.

– Aux parties, tiens !

– Quelles parties ?

– Là ! précise le bizut en pointant son index vers son bas-ventre.

– Moi, je vois rien là ! Ah, si ! En y regardant de plus près, je vois quelque chose mais ce sont vraiment de toutes petites parties !

L'assistance s'esclaffe et les quolibets fusent ; les pions ne semblent pas concernés par ce qui se passe dans le dortoir et Julien comprend que Jérôme et Godillot disaient vrai : le Puant et Filochard préfèrent laisser le champ libre aux anciens, sans doute pour ne pas avoir à les affronter.

– Allez ! Remets-toi au garde-à-vous ! ordonne Tarass Boulba.

À cet instant précis, Bubulle apparaît dans le cadre de la porte d'entrée. Il s'immobilise, visiblement surpris par la présence de ces corps dénudés figés au pied des premiers lits. Avant qu'il ne se ressaisisse, les anciens entonnent *La Marseillaise*, puis viennent personnellement réconforter leur camarade victime de la sévérité des jurys.

– Les bizuts, rompez les rangs ! beugle Tarass Boulba.

Sans avoir l'air de se hâter mais pressé de revêtir ses effets, chacun des nouveaux regagne sa place.

Julien s'adresse à son voisin de chambrée :

– Dis Godillot, tout ce chambard, ça ne risque pas d'alerter le personnel de surveillance du lycée ?

– Tu parles ! Ils s'en foutent royalement ! Quand on a implanté notre internat ici, contre la volonté du proviseur, celui-là a dit à la Grande : « Vous avez eu ce que vous vouliez : un dortoir, un réfectoire avec sa cuisine, une salle d'études ! Eh bien, maintenant vous vous débrouillez ! Moi, je ne m'occupe pas de vos normaliens, je ne les connais pas, je ne les vois pas, je ne les entends pas, je n'en suis pas responsable, sauf s'ils sortent des limites du territoire qui leur est attribué dans mon établissement et, alors, je ne les raterai pas ! »

– Tous au réfectoire, c'est l'heure ! annonce Filochard.

Les normaliens dévalent l'escalier en trombe et s'engagent à droite dans une galerie.

Le Puant désigne du menton une salle qui fait angle.

– Regardez, les bleus ! Voici notre salle d'études.

Le groupe tourne à gauche et se retrouve entre les bâtiments du lycée et le mur d'enceinte percé d'une ouverture barrée par un portail en fer.

– C'est par là que nous entrons et sortons du lycée, explique Filochard.

– On passe pas par la porte principale ? demande un bizut.

– La porte principale est réservée aux lycéens, précise le pion.

À proximité du portail se trouvent le réfectoire et, attenantes à cette sorte de bungalow hexagonal, les cuisines.

Godillot s'installe avec trois autres anciens à l'une des dix tables circulaires de la salle à manger.

– Viens ici fiston, et amène un autre bizut avec toi ! ordonne-t-il.

Julien convainc Jérôme de le suivre et tous deux s'approchent du quatuor, mais à peine font-ils mine de s'asseoir que leur condition de bizut leur est vertement rappelée :

– Stop ! On ne vous a pas encore dit de vous mettre à table. Il vous faut d'abord aller chercher la bouffe. Allez ! Exécution ! balance l'un des aînés, surnommé Gastounet.

Les deux nouveaux rejoignent l'entrée des cuisines et ramènent un saladier de frites et un plat de viande mais, lorsque vient leur tour de se servir, il ne reste plus une seule frite, plus une seule tranche de rôti.

– Vous n'avez plus qu'à aller au rab ! déclare jovialement l'un des anciens répondant au sobriquet de Jojo la frite.

Passablement irrités mais conscients du rapport de force en leur défaveur, Julien et Jérôme suivent le conseil reçu et réussissent à se procurer du supplément de nourriture que plus personne ne leur conteste.

Après le dîner, les normaliens remontent dans leur dortoir et l'atmosphère s'apaise. Les trente-cinq anciens se sont approprié la cordonnerie située entre la porte palière et l'entrée du dortoir ; ils y fêtent leurs retrouvailles et, simultanément, le retour de Bubulle maintenu au sein de l'E.N. après avoir été menacé d'exclusion à la suite de son échec au bac. Les pions se sont isolés dans leur box ; les bizuts mettent ce moment de quiétude à profit pour faire connaissance.

Il y a là le major de la promo, un jeune homme chétif nommé Narric, et son dauphin, un solide adolescent, Coslo, les cheveux taillés en brosse, le visage carré mais le regard un tantinet craintif. Julien a rejoint ses trois camarades de collège, Jérôme Lefoll, Michel Bouzik et Christian Zamberou. Un petit freluquet blond aux yeux bleus s'approche d'eux et se présente :

– Salut ! Je suis Jacques Pyson et je viens du collège de Nérac, tout comme Pierre Gimenez que vous voyez là-bas en train de discuter avec Gafet, un gars de Castillon-la-Bataille.

– Gafet, c'est celui qui porte le grand béret ? demande Jérôme.

– Oui, c'est ça ! Et l'autre, le blond frisé avec des taches de rousseur, c'est Michel Cervoumaut ; il vient de Tonneins où ses parents sont instits.

– Et celui-là, là-bas, tu le connais ? s'enquiert Julien en levant le menton vers un bizut taciturne, aux cheveux en broussaille, qui se tient à l'écart, planté dans ses chaussures délacées.

– Non, mais je vais l'inviter à se joindre à nous pour faire connaissance.

– Tu as raison Jacquot, glisse Zamberou. Faut se serrer les coudes au plus tôt pour faire front contre les anciens.

Pyson rejoint l'énigmatique solitaire et le ramène vers le petit groupe en précisant :

– Il s'appelle Robert Chady et vient de Mézin.

Les quatre camarades du cours complémentaire Jasmin se présentent à leur tour et, lorsque Julien décline son identité, un large sourire éclaire la face de Pyson :

– Ah ! C'est donc toi l'amateur de boxe !

– Comment tu le sais ?

– J'ai entendu un ancien qui en parlait au réfectoire.

Julien n'insiste pas. Intérieurement, il jubile ; ainsi sa stratégie a bien fonctionné : les anciens semblent accorder du crédit à ses prétendus talents pugilistiques.

– Extinction des lumières dans quinze minutes ! avertit Le Puant par l'entrebâillement des rideaux de son box.

Le quart d'heure écoulé, tous les bizuts se glissent entre leurs draps et, après quelques petites parlottes anodines, sombrent dans leur premier sommeil d'internes.

Julien sursaute ; le dortoir résonne de vociférations dissonantes ponctuées d'éructations indiscrètes et de rires avinés ; la lumière jaillit.

– Qu'ils sont mignons nos bizuts ! beugle un ancien.

– Bonne nuit les petits ! claironne un autre.

– Faites de beaux rêves ! braille un troisième en éteignant les lampes.

Aucun bizut ne bronche et, quelques minutes plus tard, seuls quelques ronflements sonores traversent l'obscurité de la grande salle dont Julien, plongé dans son sommeil paradoxal, ne tarde pas à s'abstraire. Le voici allongé sur le dos dans un pré en forte pente qui descend jusqu'à une falaise d'une dizaine de mètres ; il essaie de s'agripper à l'herbe mais il glisse inexorablement vers l'à-pic et chute la tête la première ; il s'attend à un choc fatal ; par miracle, rien ne se produit sinon un tassement de son corps qui provoque une douleur passagère au niveau de son cou ; il ouvre les yeux et reprend pied dans la réalité : un ancien lui a mis le lit en cathédrale. Soudain, la lumière survient.

– Éteignez les couilles et remettez les plumards en place sans faire de bruit ! hurle Tarass Boulba.

Le bleu, qui s'était aventuré à allumer les lampes, obtempère aussitôt mais Julien a eu le temps de constater que tous les nouveaux avaient subi le même sort que lui.

À tâtons, les bizuts remettent leur lit à l'horizontale et, tant bien que mal, replacent en silence draps et couvertures avant de se recoucher.

Aucun des deux surveillants n'a daigné intervenir pour leur faciliter la tâche.

– Debout là-dedans, c'est l'heure ! annonce le Puant sans se départir de son air suffisant.

Julien a entendu, cependant il ne bouge pas. Brisé par les événements de la nuit, il a du mal à émerger du sommeil.

– Lève-toi, fainéant ! lui glisse amicalement Godillot. Et ouvre la fenêtre ! Ce sera ton boulot tous les matins avant de faire ton lit et ta toilette.

Julien obéit sans grand enthousiasme, puis se dirige vers le long lavabo en zinc surmonté d'une vingtaine de robinets en laiton directement branchés sur un gros tube galvanisé qui court d'une extrémité à l'autre de la pièce. Saisi d'un besoin urgent d'uriner, il pousse la première porte des W.-C. à la turque qui se présente ; une odeur fétide l'assaille et le spectacle qu'il découvre lui soulève le cœur : au-dessus du trou d'évacuation complètement obstrué, des étrons s'entassent les uns sur les autres constituant un volume galbé à la façon des coupoles des églises orthodoxes.

– Putain ! C'est dégueulasse ! s'indigne Julien en refermant la porte.

– Qu'est-ce qu'il y a donc ? demande Filochard, les joues enduites de crème à raser.

– Les W.-C. sont bouchés.

– Tous ? s'inquiète le pion.

– Je ne sais pas, mais celui-là c'est sûr !

– On verra ça ce soir. Maintenant on n'a pas le temps. C'est bientôt l'heure du petit déjeuner puis de rejoindre l'E.N. Vous prendrez vos affaires en quittant le dortoir car nous partirons directement du réfectoire.

Dix minutes plus tard, la cohorte de normaliens traverse la cour sous les quolibets des lycéens :

– Dehors les intrus ! crie l'un.

– Hou ! Dehors les pisse-la-craie ! lance un autre.

– Aboyez ! Aboyez ! Nous, on vous attend ! Venez essayer de nous sortir quand vous voudrez, bande de fils à papa ! réplique Tarass Boulba avant de pénétrer dans le réfectoire.

Après avoir approvisionné leur table en nourriture et laissé les anciens se servir en premier, conformément au protocole instauré la veille, Julien et Jérôme dégustent enfin leur petit déjeuner. Le répit ne dure guère :

– En route ! nasille le Puant.

– Tiens ! intervient Godillot en présentant son cartable à Julien.

– Qu'est-ce que tu veux que j'en fasse ? ne peut s'empêcher de rétorquer celui-ci.

– Que tu le portes et je te le demande gentiment ! précise l'ancien.

– Écoute Godillot, je veux bien te le porter cette fois pour montrer ma bonne volonté, transige Julien, mais après c'est fini.

– Tu sais ce que tu risques pour défaut d'obéissance ? insiste Godillot.

– Je risque de déclencher une bagarre mais avant de me mater il y en aura plusieurs qui y laisseront des plumes, je te le garantis ! rugit Julien en accentuant volontairement les signes extérieurs d'exaspération pour mieux masquer son inquiétude intérieure.

– D'accord ! D'accord ! On va pas en faire tout un pataquès ! concède l'ancien qui n'a pas mauvais fond. Il faut seulement en passer par là pour respecter nos traditions.

– Allez, donne-moi ton cartable et n'en parlons plus ! conclut Julien en retrouvant le sourire.

Précédée du Puant et suivie de Filochard, la colonne de normaliens franchit le portail latéral du lycée, débouche dans la rue Francis-Carco, puis emprunte le boulevard Pelletan, les rues Ernest-Sarrou et Paul-Bert, l'avenue Jean-Jaurès et enfin la petite rue de Romas sur laquelle donne la conciergerie de l'école normale.

Toujours encadrés par les deux pions, les élèves-maîtres rejoignent la grande salle de réception de l'établissement pompeusement baptisée « le péristyle » en raison de la présence de quatre maigrelettes colonnes d'acier censées soutenir l'immense plafond de la pièce. C'est ici que trois mois plus tôt Julien a fébrilement attendu, sous la grande pendule murale au tic-tac imperturbable et sous le plâtre de Jules Ferry au regard vide, l'annonce de son admission à l'école normale.

Les normaliennes se sont déjà rassemblées dans un angle ; Julien reconnaît quelques-unes des adolescentes qu'il avait remarquées lors de la proclamation des résultats en juillet dernier et, tandis que son groupe s'immobilise face à celui des filles, il se demande laquelle de ces élèves-maîtresses le sort lui a attribué pour femme. Une sonnerie retentit ; la directrice apparaît, hautaine et austère, suivie d'une sexagénaire de taille moyenne, boudinée dans une robe de lainage bleu marine qui souligne cruellement les bourrelets de son corps.

– C'est l'économe, glisse un ancien à l'oreille de Julien. Tu comprends maintenant pourquoi on la surnomme le Boudin ! Surtout qu'en plus elle a une face porcine !

La Grande, les bras croisés sur son opulente poitrine, et le Boudin, les mains réunies posées sur sa panse rebondie, se sont placées au centre de la salle. Julien s'attend à ce que la directrice prononce une brève allocution de bienvenue, aussi est-il étonné de voir un ancien sortir tout de go des rangs, venir se placer entre les deux groupes d'élèves et diriger un chant après avoir préalablement annoncé le titre et donné le ton.

Lorsque les voix se sont tues, Julien se tourne vers le Rital :

– C'est tous les jours comme ça ? lui demande-t-il avec anxiété.

– Tous les matins, oui.

– Et il faut qu'on y passe tous à faire le chef de chœur ?

– En principe, oui. En fait, ce sont souvent les mêmes qui se dévouent, ceux qui ont suivi des formations musicales à titre personnel, mais il arrive que la Grande désigne l'un de nous.

Julien n'est pas rassuré, il n'a jamais brillé en musique et il chante faux ; conscient de ses inaptitudes, il se voit mal faire une démonstration publique de son incompétence en la matière, qui plus est devant les filles. Aussi est-il bien déterminé à toujours se placer à l'arrière du groupe pour se soustraire chaque matin au regard scrutateur de la directrice.

C'est le moment d'aller en cours ; les filles d'abord, les garçons ensuite, franchissent en file indienne la grande porte vitrée à deux battants qui donne accès au long couloir desservant les salles de classe. Postée sur le passage, la Grande, raide comme un passe-lacet, détaille chaque élève de pied en cap, s'assurant de la propreté des blouses, de la décence du maquillage des filles, du bon entretien des chaussures des garçons… Surprend-elle un visage mal rasé, une coupe de cheveux fantaisiste, une tenue négligée, la réprimande jaillit aussitôt avec menace de sanction si l'infraction à l'orthodoxie du « séminaire laïque » qu'elle dirige venait à se renouveler.

Quand Julien pénètre dans la salle de classe attribuée aux secondes, la première chose qu'il voit c'est la Biquette ; la quarantaine bien sonnée, le professeur de français, petite femme au corps potelé et au visage souriant, se tient debout sur l'estrade, entre le bureau magistral et le large tableau d'un noir immaculé ; un léger duvet ombre son visage sous les narines et de nombreux poils foncés hérissent ses jambes fluettes.

Julien s'installe près de Jérôme, au deuxième rang, et, pendant que la Biquette explique les grandes lignes du programme de l'année, il passe discrètement en revue les élèves-maîtresses présentes ; il observe chacune des filles sans arrière-pensée, simplement pour identifier tous les membres de sa promotion. Il sait que beaucoup de ses camarades, à commencer par Jérôme sans doute, projettent d'imiter la majorité de ceux qui les ont précédés dans cet établissement : se marier avec une normalienne pour exercer sur un poste double, recevoir deux salaires de fonctionnaires dans le ménage, bénéficier des quatre mois de congés annuels aux mêmes dates, prendre la retraite ensemble à cinquante-cinq ans...

Julien ne partage pas cet objectif : il est amoureux de Jeanne ; elle n'est pas normalienne et tant mieux : elle échappera ainsi à la concurrence des cinquante élèves-maîtres en quête de futures épouses au sein de l'établissement.

– Alors Julien ? Tu prospectes déjà ? lui glisse Jérôme sur un ton taquin.

– Ne t'inquiète pas, Jérôme, je ne chasse pas sur ces terres !

– Ah bon ! Pourtant il y en a qui ne sont pas mal ! Regarde la blonde sous la fenêtre ! Elle est mignonne !

Sacré Jérôme ! Il a très bon goût, Julien doit en convenir ; cette blonde aux yeux verts est l'une des plus belles filles de la classe, un peu poseuse car elle doit avoir conscience de son charme.

– Et celle-là au premier rang ! C'est une bombe latine ou je ne m'y connais pas !

– Arrête Jérôme ! Tu te crois au jury de miss France ?

– Putain ! Je n'y avais pas pensé ! Ce serait bien d'élire la miss de la promo 1955 !

– Ce ne serait pas charitable pour les filles éliminées.

– C'est vrai ! C'est une mauvaise idée. La beauté physique ne figure pas dans la liste des compétences requises pour devenir une bonne institutrice.

Une heure s'est écoulée. La Caille a pris le relais de la Biquette.

Julien scrute le nouveau professeur. Aucun indice ne lui permet d'expliquer les raisons de ce surnom d'oiseau ; est-ce l'extrême maigreur de ses jambes qui lui a valu ce sobriquet ? Ou bien son profil de volatile ? D'un âge sensiblement égal à celui de la Biquette, les cheveux d'un noir de jais encadrant un visage émacié, elle n'inspire aucune confiance à Julien et Jérôme partage cette défiance instinctive :

– Ça, ça m'a tout l'air d'une vieille fille acariâtre ! laisse-t-il échapper.

Comme si elle voulait confirmer l'appréciation intuitive de nos deux normaliens, la Caille passe l'heure à récriminer contre l'ampleur du programme d'histoire-géographie qu'elle juge incompatible avec le peu d'heures de cours dont elle dispose, à se plaindre des horaires qui lui sont imposés, à critiquer la mixité des classes qui serait facteur de dissipation, bref, à prendre à témoin de ses difficiles conditions de travail les élèves qui n'y peuvent rien et sont soulagés d'entendre retentir la sonnerie annonçant la récréation.

Toutes les classes se rassemblent dans le péristyle ; les nouvelles recrues forment deux groupes distincts : les filles d'un côté, près du piano, les garçons de l'autre, sous le plâtre de Jules Ferry, près des deux tables de ping-pong. Les élèves des autres classes ont dépassé depuis longtemps ces premiers instants de retenue et forment de petits regroupements mixtes parfois réduits à de simples couples.

– Bon ! Je vais aller voir qui est ma femme ? décide soudain Jérôme. Tu viens avec moi ?

– D'accord, je te suis, répond Julien, entraîné par l'allant de son camarade.

Les deux bizuts s'approchent du groupe des nouvelles normaliennes ; Jérôme s'adresse à la brunette qu'il avait qualifiée de bombe latine deux heures plus tôt :

– Dis Paulette, je voudrais te demander un renseignement.

– Dis toujours.

– Je suis à la recherche de ma femme, celle d'entre vous qui est entrée quatorzième cette année.

La jeune fille se retourne vers le groupe d'élèves-maîtresses et lance théâtralement :

– Oyez ! Oyez ! Gentes dames ! Laquelle d'entre vous a la chance d'être l'épouse de ce preux chevalier, quatorzième de la promo des garçons ?

– C'est moi ! annonce Annie, une adolescente toute gauche dans sa blouse grise, un sourire figé sur son visage empourpré.

– Eh bien voilà ! C'est moi qui suis ton mari, déclare Jérôme sans grand enthousiasme.

Julien se tient légèrement en retrait, complètement indifférent. À la laïque de son village, il y avait des filles dans sa classe, en particulier Jeanne, une gamine de la campagne, son premier amour d'enfance ; plus tard, il avait fréquenté le collège de garçons et, sans oublier Jeanne, il avait éprouvé une tendre inclination pour une jolie préadolescente rencontrée dans la pension de famille où il était hébergé : son meilleur ami de classe la lui avait traîtreusement ravie dissipant ainsi ses incertitudes sentimentales ; il avait alors compris que celle qu'il aimait plus que tout au monde, c'était Jeanne. Aujourd'hui, il considère que rien ne peut plus altérer la passion qu'il partage avec elle ; c'est par simple camaraderie qu'il a accompagné Jérôme, mais il comprend la déception de celui-ci car Annie n'est guère séduisante avec son front bardé de comédons enflammés, ses cheveux ternes, ses traits grossiers et son allure pataude.

– Et la treizième, c'est qui ? poursuit Jérôme.

– Pourquoi la treizième ? Tu es polygame ? plaisante Paulette.

– Pourquoi pas, si elle est mignonne ? Non, c'est la femme de Julien.

– Il ne peut pas se renseigner lui-même ?

– Tu vois bien que les filles l'intimident ! Regarde comme il rougit ! Allez ! Ne le fais pas souffrir plus longtemps ! Présente-lui sa femme !

Julien regrette d'avoir suivi son camarade. Lui qui n'aime pas se faire remarquer, le voilà poussé malgré lui sur le devant de la scène, et Paulette qui prend le relais de Jérôme !

– Hé ! Les filles ! Encore un avis de recherche ! Qui est la treizième de notre promo ?

– Voilà ! Voilà ! Je suis le numéro porte-bonheur ! minaude Agnès, la blonde aux yeux verts repérée par Jérôme en début de matinée.

– C'est donc avec toi que je suis unie pour le meilleur comme pour le pire, poursuit-elle en fixant un regard délicieusement ingénu sur Julien qui ne sait plus où se mettre et se tire maladroitement de ce mauvais pas en bafouillant :

– Ce n'est que du pur hasard, parce que nous portons tous les deux le numéro treize.

– Oui, mais le hasard fait parfois bien les choses ! insiste Agnès.

La sonnerie évite à Julien de répondre ; flanqué de Jérôme, il s'engouffre dans le couloir qui conduit au laboratoire de physique et chimie.

Immobile derrière la paillasse qui lui est réservée, la Rose les attend, vêtue d'une longue blouse dont la blancheur fait ressortir le teint empourpré de son visage poupin. Légèrement en retrait du professeur se tient le laborantin, un homme âgé de petite taille au regard inexpressif.

– Les filles, installez-vous devant, et les garçons derrière, ordonne la Rose d'une voix fluette.

Les élèves se répartissent le long des paillasses de grès émaillé et, comme par hasard, Julien se retrouve près de Jérôme.

– Alors Julien, c'est elle la copine de la Biquette !

– Il paraît.

– À ton avis, qui est l'élément viril du couple ?

– À mon avis, c'est la Biquette.

– Alors ils ne sont pas très futés nos anciens : ils auraient dû l'appeler le Bouc !

Julien ne répond pas ; il est intrigué par cette salle aménagée en laboratoire avec des plans de travail, des prises électriques fixées sur les dosserets des paillasses, des arrivées d'eau et de gaz au-dessus de chaque évier. Tout occupé à dresser l'état des lieux, il ne saisit que quelques bribes du discours professoral dont il retient surtout l'obligation, pour chaque élève, de tenir à jour un cahier de travaux pratiques consignant les expériences réalisées en classe.

Ayant terminé l'inventaire du matériel, Julien passe en revue le groupe d'élèves-maîtresses placé devant lui.

– Vers laquelle penches-tu ? lui glisse Jérôme qui a suivi son regard.

– Vers aucune, se défend Julien. J'ai déjà une copine.

– Alors dis-moi pourquoi tu dévores Agnès des yeux ?

– Je ne la dévore pas des yeux plus que les autres !

– Ne me raconte pas d'histoires ! Tu crois que je n'ai pas vu comme tu la couves du regard ?

La sonnerie de midi retentit opportunément pour tirer Julien de l'embarras.

Sous la houlette du Puant et de Filochard, les élèves-maîtres regagnent leur réfectoire au lycée.

Fatalistes, les bizuts jouent les serveurs avant de s'asseoir auprès des anciens et, le déjeuner terminé, les trois promotions de normaliens rejoignent à nouveau l'école normale.

Les trois heures qui suivent permettent à Julien et à ses camarades de faire successivement connaissance avec Bébert, Gégé et Hay que ver.

Le premier enseigne les mathématiques. Il vient du corps professoral des collèges ; il n'est pas auréolé du prestige de la plupart de ses collègues issus des grandes écoles mais c'est un excellent pédagogue, exigeant avec ses élèves comme il l'est avec lui-même, persuadé que la réussite scolaire c'est quatre-vingt-dix pour cent de travail et dix pour cent de talent. Ajoutez à ses qualités pédagogiques son amour du métier et vous comprendrez qu'il programme en plus de ses cours, pour les classes de première et terminale préparant le bac, des devoirs de maths qu'il surveille lui-même bénévolement chaque samedi après-midi, qu'il corrige le dimanche et qu'il rend aux élèves le lundi ! « Heureusement que nous sommes en seconde ! » avait laissé échapper Julien.

Le deuxième, c'est le prof de gym, l'illustration quasi parfaite de la formule de Juvénal : « un esprit sain dans un corps sain. » Formé à la très sélective École normale supérieure d'éducation physique et sportive (E.N.S.E.P.), il possède en outre un charisme qui lui attire d'emblée la sympathie des élèves.

– Je crois que je vais bien travailler avec lui, conclut Julien à la fin de l'heure.

– Avec lui seulement ? s'étonne Jérôme.

– Tu trouves qu'on n'a pas assez bossé au collège ? Maintenant c'est relax, on est sur les rails, y a plus qu'à attendre le terminus.

– Et le bac, tu y penses ?

– Tous ceux qui entrent à l'école normale en sortent instituteurs ! récite Julien en plagiant tante Yvonne.

– Ouais, mais pour les branleurs ça prend un ou deux ans de plus !

– De toute façon, le bac c'est en fin de première et de terminale, alors profitons au moins de cette année !

– Si tu fous rien cette année, tu décrocheras l'an prochain, insiste Jérôme.

Julien ne répond pas ; quoi qu'en pense son ami, il est bien décidé à s'accorder au moins une année de répit en récompense du travail acharné qu'il a fourni au collège et c'est en toute décontraction qu'après la prise de contact avec Gégé il rejoint la salle d'espagnol.

Hay que ver semble attendre ses nouveaux élèves de pied ferme. Debout sur l'estrade, les reins cambrés, l'œil sévère, elle ne parvient cependant pas à impressionner Julien : de cette quinquagénaire aux cheveux gris permanentés, au visage potelé et au corps grassouillet se dégage une bonhomie rassurante que la sévérité affichée ne parvient pas à masquer.

Jérôme se penche vers Julien :

– Dis, tu savais que c'est la femme du surgé du lycée ?

– Et alors ?

– Eh bien, il paraît qu'elle file des colles le dimanche et qu'il faut alors se rendre dans son appart au lycée où son mari surveille les élèves punis pendant qu'elle fait sa popote.

– Et alors ?

– Eh bien, continue patiemment Jérôme, si tu te fais coller tu seras repéré par le surgé et t'auras pas intérêt à tomber sur lui en faisant le mur.

– Vous deux là-bas ! intervient le professeur en pointant un index menaçant vers nos deux bavards. Vous voulez déjà que je vous inflige une retenue pour dimanche ? De quoi discutez-vous pendant que je parle ?

– Madame, je répétais à Julien ce que vous venez de dire car il n'avait pas bien entendu.

– Et qu'est-ce que je viens de dire ?

Pris au dépourvu, Jérôme tente de gagner du temps dans l'espoir que ses voisins lui soufflent la réponse adéquate :

– Euh ! Euh ! Vous disiez, madame... euh... euh... vous parliez des fournitures...

– Vous vous payez ma tête ou quoi ? Vous serez retenus tous les deux dimanche ! Vous viendrez chez moi de 10 heures à midi et de 15 heures à 17 heures, s'emporte le professeur avant de ponctuer sa sentence d'un sonore « *Hay que ver !* ».

Sur le chemin du retour au lycée, Julien ressasse son amertume en silence ; Godillot s'approche de lui avec un sourire bienveillant :

– Tu n'as pas l'air en forme, Delsol ! Qu'est-ce que tu as ?

– Ne m'en parle pas ! Je me suis fait coller par la prof d'espagnol ! Je ne l'imaginais pas si vache !

– Non, elle n'est pas rosse, au contraire, mais avec les nouveaux elle a toujours peur de se laisser déborder ; alors, au début, elle se force à être sévère puis, quand elle a bien assis son autorité, elle est très cool.

– J'espère que tu dis vrai, concède Julien en franchissant le portail du lycée.

– Installez-vous en étude ! ordonne le Puant en ouvrant la porte vitrée de la salle réservée aux normaliens.

C'est une grande pièce où s'entassent une cinquantaine de pupitres d'élèves en Formica. Pas d'estrade, pas de tableau ni de bureau magistral.

Le groupe n'a pas fini de s'installer que le Pacha, juché sur une table, impose le silence :

– Maintenant, fermez vos gueules, c'est moi qui parle ! Au terme de cette journée de classe, je souhaite la bienvenue aux bizuts !

Cette première tirade, teintée d'ironie, ne déride pas les visages anxieux des nouveaux tandis que les anciens affichent des sourires de connivence.

– Je vais maintenant vous communiquer le programme des festivités à venir, poursuit l'orateur. Ce soir, après le dîner, nous ferons plus ample connaissance avec les nouveaux auxquels nous distribuerons les sujets des dissertations qu'ils devront nous rendre en début de semaine prochaine. Et jeudi après-midi, après le déjeuner, réunion de tous les normaliens dans le dortoir où nous procéderons au baptême des bizuts. Puis, jeudi en huit, toujours après le déjeuner, remise des permis de chasse aux bizuts. Des questions ?

Contre toute attente, un bizut lève le bras. C'est Robert Chady, le bleu qui vient de Mézin et qui s'affirme déjà comme un élève-maître excentrique, un tantinet provocateur ; tous les regards convergent vers lui tandis que s'installe un silence sinistre.

– Pose ta question bizut, ordonne le Pacha.

– Vos permis de chasse et vos baptêmes, on n'en a rien à foutre ! Quant aux dissertations, personne d'autre que la Biquette n'est habilité à nous les imposer.

Les propos subversifs du jeune contestataire sidèrent l'assistance : les autres bizuts n'en reviennent pas d'entendre l'un des leurs s'exposer en toute inconscience à des mesures de rétorsion tandis que les anciens se demandent s'ils ont bien entendu. Le Pacha est le premier à reprendre ses esprits :

– Tu ne m'as pas compris, bizut. J'ai dit « pose ta question » et toi tu ne poses pas ta question : tu nous racontes ce que tu penses, tu nous fais part de tes opinions et ce que tu dis n'intéresse personne à part toi. Alors si tu as une question à poser, pose-la, sinon ferme-la !

– J'ai une simple question à poser, insiste l'impudent Chady. Que peut-il nous arriver si nous refusons le bizutage ?

– Question enregistrée. Tu auras la réponse ce soir après consultation du conseil des anciens, D'autres questions ? poursuit le Pacha.

Personne ne se hasardant à lever le bras, le chef des anciens descend de son piédestal et chacun s'installe à un bureau. Tous les bizuts se sont regroupés à l'instar des élèves de première et de terminale ; d'instinct, ils se sont agrégés autour de Jérôme, le plus athlétique des bizuts, et de Julien, le soi-disant adepte des sports de combat.

Après le dîner, tous les élèves-maîtres – à l'exception de ceux de quatrième année qui effectuent leur formation professionnelle et bénéficient du statut d'externe – regagnent le dortoir.

– Instructions du surgé du lycée ! annonce le Puant. Les W.-C. doivent être débouchés avant 23 heures. Il passera vérifier dans la nuit.

Tarass Boulba prend aussitôt le relais du pion :

– Vous avez bien entendu, les bizuts ? Les W.-C. doivent être immédiatement débouchés. Allez ! Au turbin !

Chady, impertinent en diable, ose une objection :

– Ce n'est pas nous qui avons balancé les écailles d'huître dans les chiottes ! Je ne vois pas pourquoi nous serions de corvée pour les enlever !

Un solide coup de polochon assené sur le crâne de l'impudent par un ancien calme toute velléité de contestation.

– Désolé pour cette brutale répression, intervient le Pacha d'une voix doucereuse et faussement contrite. Pour nous faire pardonner, mon brave Chady, je t'exempte de cette corvée. Tu resteras avec les anciens pendant que tes copains de promo feront le boulot.

– Je préfère aller avec eux, déclare Chady qui semble soudain prendre conscience des représailles auxquelles son effronterie l'expose.

– On ne discute pas mes décisions, poursuit le patron des anciens. Allez, les autres, au travail !

– Avec quoi on nettoie les W.-C. ? demande Gafet, s'adressant au Puant avec un sourire ingénu sous son large béret basque bleu marine.

– Rencarde-toi auprès du Pacha, lui suggère laconiquement le pion vraiment peu enclin à assumer ses responsabilités.

Naïf mais pas niais, Gafet choisit d'interroger Julien qui consulte Godillot. La réponse fuse sans ambiguïté :

– Avec les mains, pardi !

– Sans gants ?

– Vous voulez pas aussi un aspirateur, des bottes et un masque tant que vous y êtes ?

Tarass Boulba s'impatiente :

– Allez ! Démerdez-vous ! Trois par W.-C. ! Vous posez la merde sur le bord, vous enlevez les coquilles d'huître, vous les rincez dans les lavabos, un les descend dans les poubelles, un autre nettoie le lavabo et le troisième replace les étrons dans le trou et nettoie les W.-C. ! Exécution !

– À vos ordres, mon adjudant ! murmure Narric, le major de la bleusaille.

– Qu'est-ce que tu marmonnes ? interroge le bras armé du Pacha en brandissant son inséparable traversin.

– Je disais qu'il faut y aller !

– Tout à fait de ton avis ! Et à toi de donner l'exemple !

C'est ainsi que, précédé de son fort en thème mais privé de la contribution de son incorrigible rebelle, le clan des bizuts rejoint le terrain des opérations qui lui est assigné et s'attaque à la tâche qui lui est dévolue, chacun s'efforçant de prendre l'affaire du bon côté.

À mi-chantier, les apprentis vidangeurs perçoivent, provenant du dortoir, des vagissements parasités par des éclats de rire. Julien et quelques-uns de ses camarades, désertant un instant les W.-C., se risquent à jeter un œil par l'embrasure de la porte des sanitaires.

– Putain ! laisse échapper Jérôme. Ils font passer un mauvais moment à Chady !

– Ils lui font subir un *flying*, précise Coslo, le mieux informé de tous les bleus sur les techniques de bizutage.

Reconnu coupable de subversion, l'infortuné Chady avait été projeté sans ménagement sur un drap maintenu tendu à un mètre du sol par quatre robustes gaillards. Avant que le fautif n'ait retrouvé ses repères spatiaux, le châtiment s'était enclenché et il suivait son cours ; à chaque « Ho ! Hisse ! » scandé par l'assistance, les quatre anciens laissaient d'abord le drap se détendre ; le corps descendait alors au ras du plancher, puis, vigoureusement tiré à chacun de ses angles, le tissu se tendait à nouveau propulsant dans les airs le bizut complètement désorienté auquel ses gesticulations désespérées conféraient l'apparence d'une marionnette désarticulée ; lançant des regards affolés dans tous les sens, le coupable exécutait des moulinets désordonnés de ses deux bras tandis que ses jambes désynchronisées s'agitaient convulsivement ; l'hilarité des spectateurs accompagnait l'ascension puis la descente de ce corps décontenancé duquel s'échappaient de pathétiques cris d'effraie ; la chute du bizut était amortie par le drap qui ployait sous le choc et le cycle recommençait.

– Faut qu'on aille le délivrer ! décide instantanément Zamberou, l'un des bizuts les plus charpentés de la promotion.

– Je suis partant ! annonce aussitôt Julien dont la fureur soudaine fait battre le sang dans ses tempes.

– Vous êtes dingues ! Vous allez leur tendre le bâton pour vous faire battre ! intervient Cervoumaut.

– Allez terminer votre corvée au lieu de vous occuper de ce qui se passe dans le dortoir ! nasille le Puant.

– Pourquoi tu laisses faire ça ? De quel côté te places-tu ? interroge agressivement Zamberou en s'approchant du pion.

– Relis *Le Loup et l'Agneau* et tu comprendras, rétorque le pion en s'éloignant.

– Couille molle... laisse échapper Zamberou sur un ton méprisant.

– Laisse tomber, conseille Cervoumaut. Ça ne sert à rien de s'énerver.

– Allez ! Viens Christian ! T'en fais pas, un jour on lui fera avaler sa morgue à cette lope ! promet Julien en revenant vers son chantier.

Peu de temps après, ayant terminé le nettoyage de ces nouvelles écuries d'Augias, les bizuts regagnent le dortoir où règne un calme insolite.

Les anciens, regroupés près du box des pions, sont en concertation, ce qui ne laisse pas d'inquiéter les bleus. Un peu à l'écart, allongé sur son lit, Chady garde les yeux rivés sur le plafond.

– Ça va, Robert ? demande prudemment Cervoumaut.

Pas de réponse.

– T'es pas blessé au moins ? ajoute le brave Coslo.

Tel un gisant, cette forte tête de Chady reste de marbre.

– Laissons-le tranquille ! ordonne Zamberou. Il a besoin de calme après ce qu'il a subi.

– Dis, Jérôme, tu crois qu'il nous en veut de l'avoir abandonné aux anciens ? murmure Julien en s'éloignant.

– Arrête ton pathos, Julien ! On n'avait pas le choix et ça aurait été pareil pour toi, pour moi ou pour n'importe quel bizut. Que voulais-tu qu'on fasse contre une trentaine d'anciens ?

– Rien sur ce coup, tu as raison. Mais nous devons nous organiser pour résister !

– Nous en reparlerons plus tard, tranche Jérôme, visiblement intrigué par le comportement des anciens.

Leur conciliabule terminé, ceux-là se sont retournés vers les bizuts.

– Approchez-vous ! Approchez-vous ! ordonne Tarass Boulba d'une voix engageante.

– Qu'est-ce qu'ils nous veulent encore ? s'inquiète Coslo.

– Tu vas pas tarder à le savoir, marmonne Cervoumaut.

– Nous allons vous communiquer vos sujets de dissertation ! annonce le Pacha. Allez Bubulle, voici la liste : à toi de jouer !

Les nouveaux se sont rapprochés du groupe des anciens et font silence : sous peine de s'attirer les foudres de leurs aînés, les jeunes recrues ont intérêt à capter fidèlement le message du porte-parole du Pacha sans demander qu'il leur soit répété.

Bubulle entame la lecture de sa page :

– Narric : réflexions d'un cheval-vapeur broutant des racines carrées dans un champ magnétique. Coslo : connaissant le clair de lune, commentez le clair de l'autre. Cervoumaut : fais-nous bander. Pyson : tribulations d'un cannibale mélomane à la recherche d'un travail dans un opéra bouffe…

Julien, qui a déjà décidé de ne pas se plier à cette brimade, écoute d'une oreille distraite l'énumération de ces inepties transmises littéralement de promotion en promotion depuis l'origine du bizutage dans cet établissement ; aussi est-ce avec un réel détachement qu'il entend Bubulle prononcer son nom suivi du sujet qui lui est attribué :

– Delsol : commente ce vers de Corneille : « Et le désir s'accroît quand l'effet se recule. »

– Tu peux te fourrer ton calembour dans le fion, marmotte grossièrement Julien.

– Tu as une objection à formuler ? demande Tarass Boulba qui, sans attendre la réponse, poursuit : Au fait, Julien, il faut que je te parle. Tu veux venir par ici ?

Julien et Nolic (patronyme du surnommé Tarass Boulba) s'éloignent du groupe.

– Je t'écoute, annonce le bizut qui se tient sur ses gardes.

– Eh bien, voilà ! Je participe chaque année aux championnats scolaires d'haltérophilie dans la catégorie des mi-lourds et pour me préparer je fréquente une salle en ville, au-dessus du *Café Gascon*, boulevard de la Liberté, à cinq cents mètres du lycée. Dans cette salle, il y a aussi des lutteurs de gréco-romaine qui s'entraînent, alors j'ai pensé que ça pourrait t'intéresser.

– Pourquoi pas ? répond Julien, soucieux de ne pas contrarier l'ancien.

– Ce serait chouette ! On irait à la salle ensemble deux soirs par semaine.

– Et qui nous donnera les autorisations de sortie ?

– Tu plaisantes ? On fera tout simplement le mur ! Je te montrerai le chemin dès vendredi. On commencera les footings la semaine prochaine si tu veux.

– C'est O.K., conclut Julien en scellant l'accord par une solide poignée de main. Allez, bonne nuit, Nolic !

– Fermez les lumières ! crie le Puant en sortant la tête de son box.

– Ferme plutôt ta gueule ! lui rétorque irrévérencieusement un ancien tandis que les lampes restent allumées.

La tête du pion se rétracte sans *moufter* derrière le rideau. Apparaît bientôt celle de son collègue qui tente d'utiliser la persuasion sous couvert d'une familiarité de circonstance :

– Allez les mecs ! Soyez sympas ! Éteignez les couilles, sinon le surgé va rappliquer !

– Insiste encore et au lieu de les éteindre on va te les arracher ! lui réplique une voix de stentor montant du fond opposé de la salle.

Désabusé, Filochard bat en retraite à son tour.

Sciemment, pour bien signifier aux pions qu'ils ne font plus la loi en ces lieux, les anciens laissent s'écouler un bon laps de temps avant de décider, par la voix de leur Pacha, d'éteindre les lumières.

Des grognements ne tardent pas à troubler le silence nocturne ; des sommiers grincent, des pieds de lits ripent sur le plancher, des conversations à voix basse enflent et la lumière se rallume.

– Qui a allumé ? demande Gastounet d'une voix menaçante.

– C'est moi ! annonce crânement Zamberou, debout au pied de son lit, la veste du pyjama ouverte sur son torse aux pectoraux saillants.

– Peut-on savoir pourquoi ? poursuit l'ancien soudainement conciliant.

– Parce qu'on m'a mis le lit en portefeuille et que je ne suis pas le seul dans ce cas !

– Bon ! On vous accorde trois minutes et vous éteignez.

En fait, ce sont tous les lits des nouveaux sans exception qui ont été mis en portefeuille et, tout en replaçant correctement ses draps, Julien s'interroge : combien de temps encore ces brimades vont-elles durer ?

III

AU DEUXIÈME JOUR DE CLASSE, tout commence comme la veille : le petit déjeuner, le trajet du lycée à l'école normale, le chant des élèves dans le péristyle, l'inspection des tenues par la Grande avant le début des cours, mais la suite de la journée s'annonce sous de nouveaux auspices : aujourd'hui, les bizuts vont faire la connaissance des quatre professeurs qu'ils n'ont encore jamais rencontrés.

La porte de la salle d'anglais s'ouvre et Cromwell invite les élèves de seconde à entrer :

– *Come in ! Come in !*

Les bizuts s'exécutent avec nonchalance.

– *Hurry up, please !* ordonne le professeur.

– Il ne va quand même pas nous stresser à trois mois de sa retraite ! vitupère Julien en s'asseyant.

– Reste cool, lui conseille Jérôme, il n'a pas l'air d'un tyran.

La suite des événements confirme cette impression. Sous des dehors austères, Cromwell s'avère être un pince-sans-rire doué d'un humour très subtil que d'aucuns qualifieront d'anglais.

Il en va tout autrement avec Topinambour, un professeur de lycée agricole complétant ses horaires et son salaire en donnant des cours d'agriculture à l'école normale. Ce colosse d'une quarantaine d'années, au cou de taureau surmonté d'un faciès taillé à la hache, n'a pas compris que beaucoup de ses élèves, dont la plupart sont issus du monde rural, aspirent à un emploi de fonctionnaire pour échapper aux dures conditions de vie des paysans : l'agriculture ne les passionne pas du tout et, dès cette première heure de cours, face au désintérêt de son nouvel auditoire, Topinambour entre dans une colère homérique.

– J'essaie de vous intéresser au monde agricole et vous vous en foutez ! Mais pour qui vous prenez-vous donc ? Vous ne pensez qu'à vos futures vacances et à la retraite que vous prendrez à cinquante-cinq ans ! L'agriculture, vous vous en moquez ! Vous ne savez même pas de quelle variété de blé provient le pain que vous mangez ! Pas plus que vous ne savez si le lait que vous buvez dans la région vient d'une bretonne pie noir ou d'une normande !

– Il va nous faire une crise d'apoplexie, murmure Jérôme.

– T'en fais pas, on appellera un vétérinaire qui lui prescrira un remède de cheval ! plaisante Julien.

La pause de la mi-matinée survient à point pour détendre l'atmosphère.

– Tu fais un ping-pong avec moi ? propose Cervoumaut en s'approchant de Julien.

– Non, je ne sais pas y jouer.

– Eh bien, comme ça tu apprendras ! Tu verras, ce n'est pas difficile.

– N'insiste pas ! intervient Jérôme. Il ne veut pas paraître ridicule devant Agnès !

– N'importe quoi ! lâche Julien avec irritation. D'ailleurs, Agnès n'est pas là !

– Elle n'est pas là ? Mon œil ! Regarde du côté du piano, persiste Jérôme.

Julien tourne la tête : il aperçoit la jeune fille adossée à la ceinture de l'instrument ; elle devise gaiement avec des copines et, quand son regard croise soudain celui de Julien elle sourit et, d'un geste gracieux de la main, envoie un bonjour furtif.

– On dirait bien que tu lui plais ! ironise Cervoumaut.

– Tu ne vas pas t'y mettre toi aussi ! Ma parole, je vais finir par croire que vous êtes jaloux ! Et si je vous disais... s'énerve Julien soudain interrompu par le timbre de la sonnerie électrique.

– Tu nous le diras plus tard, maintenant il faut aller voir Crâne d'œuf, conclut Jérôme.

C'est avec une satisfaction non dissimulée que les bizuts, assimilant d'emblée les cours de dessin à des séances de défoulement, découvrent la salle d'arts plastiques nichée sous les combles au deuxième étage de l'établissement. Retiré dans un angle de la pièce, le professeur paraît très absorbé par la lecture du *Petit Bleu* ; il ne daigne même pas lever les yeux pendant que les élèves s'installent ; ceux-ci, déconcertés par l'indifférence dont ils font l'objet, se figent dans une expectative silencieuse. Quelques secondes s'écoulent, Crâne d'œuf se lève, vient se placer face aux normaliens et finit enfin par s'exprimer :

– Mesdemoiselles, messieurs, je me présente : je suis Crâne d'œuf et je suis ravi de faire votre connaissance.

Personne ne pipe mot. Le professeur continue son allocution de bienvenue :

– Jusqu'à aujourd'hui, nombre d'entre vous ont pu considérer le dessin comme secondaire. Maintenant, vous êtes de futurs instituteurs et institutrices et vous aurez bientôt la responsabilité d'initier des enfants à la pratique des arts plastiques. Je suis chargé de vous amener à un degré de compétence vous permettant d'assumer cette responsabilité avec succès. Vous avez compris... ou je vous fais un dessin ?

Quelques hochements de tête affirmatifs confirment la bonne réception du message.

Jérôme se penche vers Julien :

– Alors, toujours décidé à te la couler douce ?

– Bien sûr !

– Même en cours de dessin ?

– Surtout en cours de dessin !

– Alors j'ai l'impression que tu vas vraiment être en pension complète à l'école normale, y compris le dimanche !

– On verra.

– Une que tu ne verras pas souvent, c'est ta copine Jeanne.

Cette remarque, frappée du sceau du bon sens, assombrit l'humeur de Julien pour le restant de la matinée mais, dès le début de l'après-midi, il retrouve son entrain.

– On va enfin pouvoir s'éclater ! s'exclame-t-il en descendant l'escalier qui conduit à la salle de travail manuel située au sous-sol du bâtiment.

– Faudra quand même bosser un peu pour l'exposition trimestrielle des objets réalisés, avertit Jérôme.

Dès qu'il franchit la porte, Julien est surpris par l'étendue de la salle où sont répartis de nombreuses machines et quantité d'outils destinés aux travaux de menuiserie, d'ébénisterie, de ferronnerie et de reliure. Apercevant les premiers normaliens, Rase-mottes vient à leur rencontre. D'une taille d'environ un mètre soixante, vêtu d'une blouse blanche qui descend jusqu'à vingt centimètres du sol et dissimule les mouvements de ses jambes, il donne l'illusion de glisser sur le ciment. D'une voix nasillarde fortement teintée de l'accent chantant du Sud-Ouest, il invite les nouveaux élèves-maîtres à visiter les différents ateliers.

– Qu'est-ce que c'est ? interroge Gafet en désignant du doigt une espèce de chauffe-biberon géant.

– C'est un réchaud pour faire chauffer la colle destinée aux travaux de reliure, répond Rase-mottes dont la voix est aussitôt couverte par celle de Chady qui entonne le refrain d'une chanson paillarde contant l'histoire d'un jeune capucin :

« Y'a d'la colle colle colle
Y'a d'la colle dans les p'tits pois.

Si ça colle colle colle
Si ça colle c'est qu'y en a ! »

– *Canaille dé Dious !* Continuez comme ça et moi je vais vous en mettre de la colle ! fulmine Rase-mottes, stoppé dans ses menaces par un coup de gong impromptu.

Toutes les têtes pivotent vers le petit Pyson qui repose placidement le marteau avec lequel il vient de cogner sur l'enclume.

Juste à cet instant, les normaliens voient le facteur passer derrière les petites fenêtres de la pièce situées à la partie supérieure des murs ; aussitôt Michel reprend le grand succès d'Henri Génès, *Le Facteur de Santa Cruz* :

« Ohé les muchachas
J'apporte le courrier
Ohé les muchachas
Voici les P.T.T. »

C'en est trop pour Rase-mottes qui s'étrangle de fureur mais réussit cependant à émettre de sinistres prédictions :

– *Macarel dé Diu !* J'ai affaire à de fortes têtes ! Mais je vais vous mater ! Je vais adresser à Mme la directrice un rapport sur votre conduite !

Faussement contrit, le grand Zamberou se penche vers le petit professeur :

– S'il vous plaît, monsieur, ne faites pas ça ! Nous vous promettons d'être sages comme des images, nous ne recommencerons pas.

Rase-mottes observe son interlocuteur avec de la suspicion dans le regard, puis se résout à lui accorder sa confiance :

– D'accord, mais à la première algarade je ne vous loupe pas !

Les normaliens se le tiennent pour dit pour le restant de l'heure mais ils savent déjà que, pendant les prochains cours de travail manuel, les murs de l'atelier auront du mal à contenir un tintamarre indescriptible généré par les ronflements des scies circulaires, les mugissements des raboteuses, les claquements des marteaux, les grésillements des fraiseuses, le tout agrémenté d'une profusion de cris spontanés, de hurlements sporadiques, de chants paillards qui ne laisseront à Rase-mottes que de rares occasions de communiquer ses instructions.

Au soir de cette deuxième journée de classe, les normaliens viennent de réintégrer leur internat au sein du lycée. La cohabitation des anciens et des bizuts s'organise spontanément dans un processus d'autorégulation, le rôle des deux surveillants présents dans la salle se réduisant à de la simple figuration. Chacun se déplace à sa guise, émet les commentaires qui lui passent par la tête, chantonne s'il en a envie, interpelle tout de go un camarade à l'autre bout de la pièce si ça lui chante et participe ainsi à la joyeuse anarchie ambiante.

Godillot s'approche de Julien :

– Tiens, Julien, voici un cahier de T.P.

– Qu'est-ce que c'est que ça ?

– Un cahier de travaux pratiques de physique et chimie.

– Et qu'est-ce que tu veux que j'en fasse ?

– Que tu le recopies.

– Mais je n'en ai rien à faire !

– Moi, si ! Tu vas le recopier pour moi ! Ça fait partie du boulot des bizuts ! Je t'indiquerai chaque semaine ce que la Rose nous demande et tu auras une semaine pour mettre mon cahier à jour.

– Et pourquoi moi ? On est seize, tu ne peux pas choisir quelqu'un d'autre ?

– Non, parce qu'il s'agit d'une charge héréditaire et que les quinze autres vont hériter de la même charge que toi ! Tu as pigé.

– O.K. ! O.K. ! Je ne suis pas idiot !

– Tu es un brave petit ! ironise l'ancien en s'éloignant.

Un quart d'heure plus tard, c'est Coslo qui est sollicité par Richard, un ancien au regard pervers.

– Tiens bizut, voici de l'argent. Va me chercher un paquet de cigarettes.

– Où ça ?

– Au bureau de tabac du coin, pardi !

– Et si je me fais piquer ?

– Si tu es trop brêle pour te faire piquer, tant pis pour toi ! Et surtout ne t'avise pas de dire que c'est moi qui t'ai chargé d'aller au bureau de tabac ! Allez, dépêche-toi avant que le portail soit verrouillé ! Il te reste dix minutes à peine !

Coslo est le type même de l'élève modèle. Fils d'immigrés italiens modestes, il s'est totalement investi dans le travail scolaire et a réalisé son rêve : intégrer l'école normale d'instituteurs pour pouvoir continuer ses études sans occasionner de charges financières à ses parents. Discret et serviable, il est déjà très apprécié de ses camarades de promo mais il a aussi été repéré par quelques anciens aux penchants sadiques qui jouissent en voyant la lueur craintive que fait naître au fond de ses yeux toute menace de brimade.

Richard revient à la charge :

– Alors, tu es sourd ? Tu attends que le portail soit verrouillé pour aller chercher mes clopes ?

– Et si le surgé ferme le portail pendant que je suis à l'extérieur ?

– Raison de plus pour te manier le popotin ! Allez ! File ou tu vas le regretter !

À bout d'arguments, Coslo disparaît pour réapparaître cinq minutes plus tard essoufflé comme un phoque, un paquet de Gauloises bleues à la main. Paradoxalement, l'élève le plus respectueux sans doute du règlement intérieur de l'internat a été le premier à l'enfreindre !

Et le pauvre Coslo n'est pas au bout de ses malheurs : les deux nuits suivantes, il est l'un des rares bizuts à se retrouver recroquevillé contre la tête de son lit mis en cathédrale par un ancien, sans doute par Richard.

Au petit matin du jeudi, Zamberou rejoint Julien :

– Il va falloir qu'on s'organise pour faire cesser ce bizutage au plus tôt sinon ça va dégénérer. Regarde la tête de ce pauvre Coslo ! Il va finir par déprimer !

– Je marche avec toi mais il va falloir motiver tous les autres et ça va pas être facile parce qu'il y a des trouillards, des fatalistes, des faux-culs…

– Il suffit qu'on soit quatre ou cinq bien décidés à leur rentrer dans le lard et les autres suivront s'ils veulent.

– D'accord. Laissons passer les deux ou trois séances traditionnelles de bizutage collectif, comme le baptême prévu cet après-midi ou les permis de chasse et ensuite on fait front.

Les deux bizuts se quittent sur ces bonnes résolutions et le déroulement des événements s'inscrit parfaitement dans la trame de leur plan.

À 15 heures, alors que tous les élèves-maîtres sont rassemblés dans la salle d'études sous l'impuissante autorité du Puant et de Filochard, le Pacha ordonne à tout le monde de rejoindre le dortoir.

La cérémonie du baptême va débuter.

Tarass Boulba prend la parole :

– Par la volonté toute-puissante de notre Pacha et de ses fidèles anciens, vous allez recevoir le sacrement du baptême. Vous allez vous présenter dépouillés de tout bien matériel, c'est-à-dire dans la tenue d'Adam, dans l'ordre décroissant d'entrée à l'E.N. Allez ! Exécution !

Tous les bizuts s'exécutent sur-le-champ.

– Très bien ! commente le Pacha en reluquant ostensiblement les corps dénudés des bizuts qui – accoutumance à cette situation oblige – ne s'en offusquent pas. Je vois que vous intégrez bien l'existence des rapports hiérarchiques qui régissent notre petite société et que vous avez acquis le sens de l'obéissance.

– Il ne se doute pas que son règne va être de courte durée, glisse Zamberou à l'oreille de Julien qui sourit en imaginant l'abolition prochaine des privilèges des anciens.

Au centre du dortoir, ceux-là ont disposé un verre à dents et un pot de chambre empli d'eau destiné à faire office de fontaine baptismale.

Le premier bizut se présente devant le Pacha qui lui attribue aussitôt son pseudonyme :

– Pignon, au nom de tous les anciens ici réunis, je déclare que désormais tu t'appelleras tout simplement… Pignouf. Approche, Pignouf.

Le bizut s'exécute.

– Mets-toi à genoux et ferme les yeux !

Pignon obéit ; le Pacha plonge le verre à dents dans le pot de chambre pour le remplir d'eau et le retourne sur la tête du bizut.

– Pignouf, tu es maintenant baptisé. Tu peux te relever et aller te sécher les cheveux.

Ensuite, tu porteras ceci pendant toute l'année dans ce lycée.

– Qu'est-ce que c'est ?

– Déplie-le, crétin, et tu comprendras ! C'est le bonnet d'âne attribué au dernier de la classe ! Tiens, voilà ton certificat de baptême. Au suivant !

Pendant que Pignon, visiblement blessé dans son amour-propre, s'éloigne silencieusement, le quinzième de la dernière promotion, un dénommé Borot, se présente à son tour et reçoit pour sobriquet Hamdoulah.

L'énumération des surnoms officialisés par la remise des certificats de baptême s'égrène durant dix bonnes minutes.

Zamberou, déjà très féru de politique pour son âge, se voit ainsi affublé du sobriquet de Paillasson, sous-entendu « de Caillavet », car il ne tarit pas d'éloges à l'égard de ce député radical-socialiste du coin.

Les deux autres camarades de cours complémentaire de Julien, Michel Bouzik et Jérôme Lefoll, sont respectivement rebaptisés Bouse et Barjot.

Quant à Gimenez, il s'appellera désormais Churros « pour des raisons évidentes », précise le Pacha.

Pyson (un mètre cinquante-cinq et quarante-huit kilos) devient Moustique « pour des raisons évidentes également ».

Par le recours à un raisonnement déductif tiré par les cheveux, Cervoumaut a dégénéré en Corniaud à partir de son anagramme Cervaumout.

Par quel mystère, Coslo, le deuxième de la promo, est-il devenu le Che ? « Parce que Tchécoslovaque ! », déclare le Pacha.

Quant à Narric, parce qu'il est le major de la promotion des bizuts, il est surnommé Sergent et reçoit en guise de distinction un calot de la Seconde Guerre mondiale qu'il devra obligatoirement coiffer, pendant toute l'année, en salle d'études et au dortoir.

Gafet écope du pseudonyme de Balluche « parce qu'il ne cesse de gaffer », expliquera un ancien tandis que Chady, déjà repéré pour sa rétivité, sera surnommé Ravachol.

Eu égard à son prétendu goût pour les sports de combat que le Pacha assimile à des jeux de sauvage, Julien se voit attribuer le pseudonyme Primitif.

La cérémonie terminée, le Pacha ordonne un retour en salle d'études où les normaliens retrouvent Filochard plongé dans les interminables aventures des *Pieds nickelés* et le Puant ostensiblement concentré sur la lecture de *La Métamorphose* de Kafka.

Godillot s'approche discrètement de Julien :

– Alors, Primitif ? Tu as commencé à recopier mon cahier de T.P. ?

– Pourquoi ? Ça te presse tant que ça ?

– Non, non ! Mais il faut que tu me le tiennes à jour.

– J'y réfléchirai.

– Comment ça, tu y réfléchiras ? Mais c'est tout réfléchi, fiston !

Allez savoir pourquoi l'instinct prévaut parfois sur la raison ! Toujours est-il qu'oubliant toute prudence, Julien se redresse vivement et laisse libre cours au déchaînement de violence que l'insistance de Godillot vient de provoquer en lui :

– Pour toi peut-être, mais pas pour moi. Je te dis que j'y réfléchirai à tête reposée parce que là tu commences à m'énerver et quand je m'énerve mieux vaut ne pas insister !

– Julien a raison ! renchérit Zamberou. Vous n'allez pas nous emmerder toute l'année avec vos T.P. ! Ce n'est plus du bizutage, c'est de la fainéantise !

– Je suis tout à fait d'accord avec vous ! annonce Chady, trop heureux de trouver des alliés pour affronter les anciens.

– Moi aussi, je suis avec vous ! déclare Jérôme en s'approchant de Julien.

Une minute de silence ponctue cet embryon de révolte. Les autres bizuts, par couardise ou par calcul, ne bronchent pas.

Le Pacha fait mine d'être indifférent à l'incident mais invite, d'un bref signe de tête, Tarass Boulba à le rejoindre et chacun attend, qui avec inquiétude, qui avec curiosité, les conclusions de l'entretien entre le patron des anciens et son affidé.

Celui-ci ne tarde pas à rejoindre Godillot et à lui transmettre le message du chef :

– Laisse tomber, mon pote, on reparlera de ça plus tard.

Christian Zamberou ne l'entend pas de cette oreille et le fait savoir avec fermeté :

– Non, on n'en reparlera pas ! C'est tout entendu ! On ne recopiera pas les T.P. ! Point barre !

Tarass Boulba, ébranlé par la témérité du bizut, lance un regard interrogateur vers le Pacha qui confirme impassiblement :

– Bien sûr qu'on en reparlera.

Les deux pions, toujours aussi insignifiants, n'ont pas levé le nez de leurs pages.

Le soir, après l'extinction des feux, Julien cherche désespérément le sommeil. Lui qui s'endort habituellement très vite ne parvient pas à chasser de son esprit une appréhension confuse distillée par le souvenir de l'incident qu'il a provoqué en bravant l'autorité des anciens. Tard dans la nuit, il finit par s'endormir.

Pas pour longtemps. En deux temps trois mouvements, son lit se trouve placé à la verticale et les lois implacables de la pesanteur l'entraînent jusqu'au sol où, avant d'avoir pu se dégager des draps, il reçoit sur son corps recroquevillé toute la literie qui s'est désolidarisée du sommier. Quand il réussit enfin à s'extraire de cette situation inconfortable et reprend ses esprits, il perçoit des gémissements en provenance de la rangée opposée de lits, des sortes de ahanements irréguliers comme en poussent les lutteurs lorsqu'ils se portent des prises au cours d'un combat. L'irruption brutale de la lumière confirme ses pressentiments : de l'autre côté de l'allée, Mao affronte Zamberou dans un corps à corps acharné. Le métis cherche à immobiliser le nouveau sur le lit mais celui-ci se défend bec et ongles.

Tarass Boulba, entraînant derrière lui une horde d'anciens, se précipite vers les belligérants. Julien, accompagné de Chady et de Jérôme, en fait autant.

– Arrêtez tout de suite ! ordonne le Pacha qui vient de se joindre au groupe.

Mao relâche son étreinte, quelques gouttes de sang perlent à la commissure de ses lèvres.

– Que s'est-il passé ? demande le chef des anciens.

– Comme convenu, je suis venu faire une cathédrale au Paillasson mais il ne dormait pas et il m'a balancé un direct en pleine gueule. Il m'a même cassé une dent, regarde !

Mao plonge une main dans la poche de son pyjama et en retire une superbe prémolaire à la racine encore ensanglantée.

– C'est toi qui as fait ça ? interroge Tarass Boulba en s'approchant de Zamberou.

– Ouais, c'est moi ! certifie ce dernier sans se démonter.

– Et tu es fier de toi ? Tu sais que ça va te coûter cher cette affaire ?

Le cercle des anciens s'est resserré autour du bizut qui ne se laisse pas impressionner.

– Vous croyez m'intimider parce que vous êtes à plusieurs ? C'est courageux, ça, de venir à une dizaine d'anciens contre un bizut tout seul !

– Tu n'es pas tout seul ! intervient Robert Chady. On est là pour t'aider s'il le faut !

Les anciens se retournent d'un bloc.

– Oui, on est là pour l'aider s'il le faut ! répète Jérôme. T'es bien d'accord, Julien ? Mais qu'est-ce que tu as Julien ? Tu es tout pâle et tu trembles !

– C'est les nerfs, ça va passer ! répond Julien en s'asseyant sur le lit voisin.

En fait, Julien ne supporte pas la vue du sang et il n'est pas loin de s'évanouir.

Le Puant sort sa tête du box :

– Qu'est-ce qu'il se passe là ?

– Recouche-toi et ferme-la ! réplique Tarass Boulba.

– C'est bon ! décide le Pacha qui comprend que la situation peut très vite dégénérer en une bagarre générale. Tout le monde au pieu et on oublie tout ce qui s'est passé. Toi, Primitif, viens prendre un peu l'air avec moi.

Julien se redresse et suit l'ancien. Dès qu'ils ont franchi la porte, le Pacha tourne la tête vers le bizut :

– Faut pas te mettre dans ces états, Primitif ! On ne fait que perpétuer les traditions. Sans méchanceté. Uniquement pour affermir un certain esprit de promotion. Seulement pour renforcer le sentiment d'appartenance à la grande famille des normaliens. Il te faut comprendre ça ! On ne fait pas ça que pour vous embêter. Tu comprends ?

Julien comprend surtout que le Pacha s'est mépris sur la raison de sa fébrilité et il compte bien en tirer profit :

– Je comprends bien, mais c'est plus fort que moi. Quand je me sens agressé, je ne peux pas contrôler ma réaction et je suis alors capable de frapper à mort ! Je n'y peux rien, c'est comme ça !

– Pourtant, tu es habitué aux sports de combat et tu dois savoir te maîtriser !

– Ça n'a rien à voir ! En boxe, on est deux adversaires placés dans les mêmes conditions de combat. Ici, c'est la jungle. Vous vous mettez à trois ou quatre contre un, vous prétendez imposer la loi du plus fort parce que vous êtes les plus nombreux ! Eh bien, on ne veut pas de votre bizutage et, si vous persistez, il y aura d'autres dents de cassées et peut-être des blessures plus graves encore !

– Calme-toi, calme-toi ! Tu es vraiment un primitif !

– Non, je ne me calmerai pas et, si vous continuez à nous emmerder avec vos rites de merde, je te garantis qu'il y aura du grabuge ! On ne se soumettra pas !

– Tu veux bien m'écouter un instant, Primitif ?

– Je t'écoute.

– Voilà ! On va passer un accord. Toi et moi. Sans témoin. Tu ne dis rien, tu nous laisses faire sans intervenir et je fais en sorte qu'on te ménage. En toute discrétion. Et s'il y a le moindre souci tu viens m'en parler. Ça te va ?

Julien hoche la tête mais le Pacha ne s'y trompe pas, il ne s'agit pas d'un geste d'approbation mais bel et bien de la manifestation d'un profond désenchantement confirmé par le regard désabusé du bizut.

– Mais tu me prends pour qui ? Tu crois que je vais lâcher mes copains ? L'esprit de promo, je l'ai sans avoir besoin de votre bizutage débile pour le cimenter ! Et tes manœuvres sont indignes d'un leader ! Tu prétends forger un esprit de promo et tu essaies de nous diviser ! Où est ta cohérence là-dedans ?

– Qu'est-ce qu'il se passe ? demande Tarass Boulba dont la grosse tête de bouddha apparaît dans l'entrebâillement de la porte.

– Rien, rien, répond le Pacha. Je règle un petit problème avec Primitif. Tu peux aller te coucher.

– J'y vais aussi, enchaîne Julien. Pour moi, le problème est tout réglé.

– Si tu le dis ! conclut l'ancien sur un ton équivoque.

Le lendemain, après l'étude du soir, Tarass Boulba s'approche de Julien :

– Alors, Primitif ? On y va ?

– Où veux-tu donc aller ?

– Eh bien ! Au *Café Gascon*, comme on avait dit !

Julien se passerait bien de cette sortie clandestine mais il aurait mauvaise grâce à se dédire et à laisser ainsi échapper une chance de circonvenir un ancien et pas n'importe quel ancien : Tarass Boulba, le principal sbire du Pacha !

– D'accord, allons-y.

Les deux déserteurs d'un soir descendent discrètement au rez-de-chaussée et longent la cour d'honneur pour atteindre les W.-C. situés à l'opposé de l'escalier de leur dortoir.

– Tu vois la fenêtre là, au-dessus du réservoir de la chasse ? C'est par là qu'on sort, explique Tarass Boulba.

– Mais c'est bien haut ! objecte Julien.

– T'inquiète ! À deux c'est facile ! Tu me fais la courte échelle puis moi je te tire. Ne bouge plus, Primitif ! Il me semble entendre quelque chose.

Julien s'immobilise. Un bruit de pas parvient de plus en plus distinctement à ses oreilles et voici que le faisceau lumineux d'une torche danse dans la nuit, éclairant tour à tour la cour et les bâtiments du lycée.

– C'est le surgé qui fait sa ronde, murmure Tarass Boulba. Faut pas bouger.

Un dernier trait de lumière balaie le plafond des W.-C. et laisse définitivement place à l'obscurité tandis que le surveillant s'éloigne.

– Bon ! Allons-y maintenant ! Fais-moi la courte échelle, Primitif.

Julien s'exécute. Tarass Boulba se hisse à hauteur de la fenêtre, l'ouvre et, après avoir effectué un rétablissement en prenant appui sur le réservoir de la chasse d'eau, s'assoit à califourchon sur la traverse basse du dormant.

– À toi maintenant ! Donne-moi tes mains !

Julien tend les bras. Deux étaux enserrent aussitôt ses poignets et l'arrachent du sol.

– Bien ! Maintenant agrippe-toi au rebord de la fenêtre et débrouille-toi pour me rejoindre, lâche l'ancien en se laissant glisser vers l'extérieur.

Arc-bouté contre le mur, le bizut sent ses forces faiblir mais il ne sera pas dit qu'il a flanché en présence de Tarass Boulba ! Au prix d'un effort rageur, il réussit à se rétablir au niveau de l'ouverture. Son camarade d'évasion l'aperçoit et l'encourage aussitôt :

– Allez ! Descends maintenant !

– Mais il y a au moins quatre mètres ! objecte Julien en constatant que le trottoir se situe nettement en contrebas des W.-C.

– Retiens-toi au rebord de la fenêtre puis laisse-toi tomber en souplesse en pensant à plier les jambes pour amortir ta chute, lui conseille Tarass Boulba.

Julien respecte scrupuleusement les consignes de son aîné et atterrit sur le trottoir.

– C'est bien ! Tu vois, c'est pas sorcier ! Il n'y a que le premier pas qui compte !

– Ouais ! Mais c'est quand même assez casse-gueule ! Il est loin ton *Café Gascon* ?

– À quatre cents mètres à peine. Du bout de la rue, on peut l'apercevoir.

Dix minutes plus tard, Tarass Boulba et Julien entrent dans le café, saluent le patron et les deux clients accoudés au comptoir, empruntent l'escalier et débouchent dans la salle située au premier étage.

Sur un vaste tapis central, des lutteurs s'entraînent sous l'œil critique d'un moniteur qui leur prodigue des conseils et des encouragements tandis que dans un angle de la pièce trois haltérophiles effectuent des séries de développés, d'arrachés et d'épaulés-jetés.

– Pour ce qui est de la lutte, on ne pratique ici que la gréco-romaine, précise Tarass Boulba. Quant aux haltérophiles, ils préparent les championnats civils, mais moi je me cantonne aux championnats scolaires. Ça t'intéresse de venir t'entraîner ici ?

– Pourquoi pas ? répond évasivement Julien.

– Tu veux que j'en parle au coach des lutteurs ?

– Pas pour l'instant car je vais peut-être m'essayer à l'haltéro.

Julien qui, contrairement à ce qu'il a affirmé lundi dernier, n'a jamais mis les pieds sur un tapis de lutte ne tient pas à ce que Tarass Boulba découvre son imposture mais ce dernier est loin de se douter des réelles motivations du bizut et s'exclame :

– Ce serait super ! On pourrait s'entraîner ensemble !

– D'accord, mais je n'ai jamais pratiqué ce sport. Il me faudra d'abord faire un essai.

– Qu'à cela ne tienne ! Il y a des barres de libres ! Suis-moi !

Julien emboîte le pas à son camarade d'école normale qui saisit une barre aux extrémités de laquelle il fixe quelques disques de fonte.

– Tiens, Primitif ! Essaie simplement de soulever ça !

Julien plie les jambes, empoigne la barre et l'arrache du sol avec une apparente facilité.

– Pas mal pour une première fois ! Tu as soulevé cinquante kilos ! précise Tarass Boulba.

Je vais te charger la barre à soixante kilos pour voir.

Julien s'accroupit, noue ses doigts autour de l'axe d'acier et se redresse sans difficulté.

– On va essayer avec soixante-dix kilos, décide l'ancien.

– Passons directement à cent ! propose le bizut.

– Ce ne serait pas prudent ! Tu pourrais te claquer un muscle ou te déchirer un ligament parce que tu ne t'es pas échauffé ! On essaiera la prochaine fois. Maintenant on va rentrer.

Julien se garde bien de contredire Tarass Boulba dont il vient de chatouiller involontairement l'ego en s'affichant déjà comme un rival potentiel dans cette discipline sportive.

Sur le chemin du retour au lycée, le bizut s'inquiète.

– Dis, Tarass Boulba…

L'ancien le coupe :

– Écoute, Primitif, ici on n'est pas au bahut, alors appelle-moi tout simplement par mon prénom : Pierre.

– O.K., Pierre. Et toi tu m'appelles Julien.

– Va pour Julien, même si je trouve que Primitif ça te va bien.

– Dis, Pierre, côté rue, les fenêtres par lesquelles on est sortis sont à une telle hauteur qu'on ne peut les atteindre. Comment va-t-on faire pour rentrer au lycée ?

– Pas de problème. Fais-moi confiance, déclare Tarass Boulba, content d'affirmer le statut avantageux de l'ancien qui sait ce que le bizut ignore.

Les deux normaliens passent sous les fenêtres des W.-C. du lycée sans s'arrêter et, au bout de la rue, tournent à gauche.

– Nous y voilà ! précise Tarass Boulba en s'arrêtant au pied du mur d'enceinte du lycée surmonté de barreaux de fer forgé dont les extrémités effilées culminent à plus de trois mètres au-dessus du trottoir. Tu vois, l'E.D.F. s'est faite complice de nos escapades : elle a eu la bonne idée de placer son poteau contre le mur de clôture. Je passe le premier pour te montrer.

Utilisant les alvéoles du pylône en ciment en guise d'échelons, l'ancien grimpe assez haut pour pouvoir poser un pied entre deux pointes acérées et sauter dans la cour de l'établissement. Julien suit son exemple et les voilà qui longent les arcades latérales et rejoignent leur dortoir.

Le visage suffisant du Puant surgit entre les rideaux de son box.

– D'où venez-vous, vous deux ? se risque-t-il à demander.

– Ça ne te regarde pas et, si on te le demande, tu diras que tu n'en sais rien, compris ? lui réplique Tarass Boulba.

La tête du surveillant disparaît aussi vite qu'elle était apparue.

Le lendemain après-midi, tous les élèves de l'école normale quittent l'internat pour aller passer ce premier week-end de l'année scolaire dans leurs foyers. Tous sauf Jérôme et Julien consignés par le professeur d'espagnol.

Jérôme ne semble guère affecté par cette sanction et entame cet après-midi en lisant des bandes dessinées empruntées à Filochard, le pion de service de cette fin de semaine.

– Tu peux en prendre autant que tu veux dans ma piaule, lui a indiqué le surveillant, ravi de partager sa passion du neuvième art.

Julien n'est pas bédéphile et, quand bien même il le serait, il n'a pas le cœur à lire des B.D., il est trop tourmenté. Cette punition tombe vraiment mal à propos pour lui. S'il n'avait eu aucun projet précis pour occuper le week-end, peu lui importerait de passer celui-là au lycée ou ailleurs mais il y a Jeanne. Demain, elle l'attendra et il ne sera pas au rendez-vous pour partager avec elle d'irremplaçables moments de bonheur ; que va-t-elle s'imaginer, elle qui lui avait un jour confié être inquiète de le savoir en présence de jeunes filles durant toute la semaine ? Le croira-t-elle quand il lui exposera les raisons qui l'ont empêché de la rejoindre ?

Dimanche, 10 heures. Julien et Jérôme sonnent à l'appartement de fonction qu'occupent le surveillant général du lycée et son épouse, le professeur d'espagnol. Celle-ci ouvre la porte et les accueille chaleureusement :

– Bonjour ! Entrez donc ! Entrez donc ! Et veuillez bien m'excuser, je suis en train de préparer mon repas.

– Bonjour madame ! Si vous acceptez, nous pourrions peut-être vous aider ? lance Jérôme avec un brin d'impertinence.

À la surprise de Julien qui s'attend à ce que son compagnon d'infortune se fasse rembarrer par Hay que ver, celle-là accueille favorablement la proposition et entraîne les deux élèves dans sa cuisine.

– Voilà, vous allez m'aider à éplucher les légumes. Je vais vous donner mes consignes uniquement en espagnol et, si vous avez quelque chose à dire, vous vous exprimerez également dans la langue de Cervantès. Si vous vous appliquez, vous serez dispensés des deux heures de colle de cet après-midi. *De acuerdo ?*

– *Si, señora !* s'empressent de répondre en chœur les deux normaliens, tout heureux de s'en tirer à si bon compte même s'ils ne sont pas loin de penser que la levée partielle de leur sanction tient plus de l'envie du professeur de se libérer de toute contrainte de surveillance en ce dimanche après-midi que de leurs performances en espagnol.

S'étant acquittés de leur corvée de *pluches* dans les conditions posées par Hay que ver, les deux élèves remontent dans leur dortoir dès 11 heures et demie.

– Vous êtes déjà de retour ? s'étonne Filochard sans lever les yeux de sa bande dessinée.

– Ouais, confirme Jérôme. Finalement, Hay que ver n'est pas si sévère qu'elle veut bien le laisser croire. Elle est plutôt sympa. Elle nous a même supprimé les heures de colle de cet après-midi.

– Aussi on va se tirer du bahut tout de suite, s'empresse d'ajouter Julien, impatient d'aller retrouver sa famille et, surtout, sa petite amie Jeanne.

Trois quarts d'heure plus tard, il gare sa Terrot sous le hangar de Laguillemie. Sa jeune sœur, Solange, devancée par Dick, le chien de la ferme, qui pousse des jappements de joie, accourt vers lui.

– Papa et maman ne t'attendaient pas aujourd'hui, ils pensaient que tu étais resté à Agen pour travailler.

– C'est un peu ça mais j'ai terminé mon travail ce matin alors je suis venu vous faire la bise, explique Julien en aménageant la vérité à son avantage.

Ses parents, Fernand et Estérina, ne mettent pas un instant en doute cette version des faits.

– C'est très bien, fiston, déclare le père. Tu es content de ta première semaine ?

– Ça va, ça va. Il y a juste le bizutage qui est dur à supporter.

– Le quoi, tu dis ?

– Le bizutage.

– Le bizutage ? *Qu'es aquò*[1] ?

Julien raconte succinctement les tracasseries imposées par les anciens pendant ces premiers jours d'internat.

– Et vous vous laissez faire ? s'indigne le père sur un ton incrédule.

– On essaie bien de résister mais ils sont trente et on est seize, alors on attend le moment favorable pour se révolter, répond Julien.

Pingeaud, le vieux domestique de la ferme, jusque-là silencieux dans son coin, sort de son mutisme :

– Eh bé, petiot ! En 14-18, on n'attendait pas quoi que ce soit pour attaquer les Boches, un petit coup de schnaps et à l'assaut !

1. Expression occitane signifiant « qu'est-ce que c'est ça ? ».

– Arrêtez, Élie ! ordonne Estérina. Il n'y a pas la guerre à l'école normale ! Ce sont de grands enfants. Ils s'amusent plus qu'autre chose.

– Ça fait rien, reprend Fernand, j'espère que tu vas leur montrer que tu es le digne fils de ton père ! Jamais un Delsol n'a plié le genou devant quelqu'un !

Julien doit reconnaître que son père dit vrai : il n'a jamais cédé, ni devant les événements ni devant les hommes. Quand, à peine âgé de trente-trois ans, Fernand devint accidentellement aveugle, il ne baissa pas les bras : il continua à traire ses vaches, à rentrer les foins, à atteler ses bœufs, à effectuer, comme il le fait aujourd'hui, tous les travaux ne nécessitant pas impérativement l'usage de la vue, sans lamentation, sans amertume.

Et gare à celui qui se met en travers de son chemin ! Truffasse, le maire de Sauvagnas, l'avait appris à ses dépens, pas plus tard que l'an dernier, lorsqu'il avait décidé de récupérer un champ loué en fermage à Fernand quinze ou vingt ans plus tôt. Au lieu de s'adresser préalablement à Estérina afin que celle-ci, avec doigté, prépare son mari à accepter la rupture du bail, l'impudent notable, surestimant son ascendant qu'il croyait irrésistible eu égard à ses hautes fonctions communales, avait pris Fernand à rebrousse-poil.

– Salut, Fernand ! Je viens t'avertir que je reprends mes terres à la Saint-Michel, lui avait-il balancé au visage.

– Pour l'instant, vous êtes sur les miennes, monsieur le Maire ! avait rétorqué Fernand. Alors, avec tout le respect que je vous dois, je vous prie de déguerpir si vous ne voulez pas que j'achève de vous défigurer ! avait-il ajouté, faisant ainsi une allusion désobligeante aux inesthétiques excroissances nasales de Truffasse.

Et, pour accréditer la réalité de ses intentions, le père de Julien faisait décrire à son bâton d'aveugle de redoutables moulinets de nature à refroidir les ardeurs belliqueuses des interlocuteurs les plus téméraires.

– On en reparlera, avait glapi le premier magistrat de Sauvagnas en battant prudemment en retraite.

Loin d'inquiéter Fernand, la menace n'avait fait que l'exciter.

– Oui, quand les poules auront des dents ! avait-il riposté, manifestant ainsi sa volonté de ne plus entendre parler de cette affaire.

– Ton mari est terrible ! avait déclaré le maire à Estérina qu'il avait croisée quelques minutes plus tard.

– Vous savez bien comment il est ! Il n'en fait qu'à sa tête ! Il ne craint rien, ni Dieu ni diable, et ce n'est pas maintenant qu'il changera, lui avait-elle répondu, fataliste.

– Il ne me craint même pas moi ! s'était lamenté le notable sans prendre la mesure de sa fatuité.

Depuis cet incident, il n'avait jamais plus abordé ce sujet avec Fernand qu'il assimilait, sans le laisser paraître, à un dangereux caractériel.

Aujourd'hui, le père de Julien, fier de sa réputation non usurpée d'irréductible insoumis, incite son fils à la rébellion :

– Il faut leur foncer dedans, fiston ! Te laisse pas faire ! Leur bitumage, ce n'est qu'un prétexte pour se sentir puissants.

– Le bizutage, papa. Pas le bitumage.

– Appelle-le comme tu veux, ça n'empêche que c'est comme un esclavage et qu'il ne faut pas te soumettre.

– D'accord, papa ! J'ai compris. Bon, maintenant, il faut que je retourne au lycée.

– Vas-y et n'oublie pas ce que je t'ai dit.

Julien enfourche sa moto et prend la direction de Sauvagnas.

À cinquante mètres du village, face au mûrier planté au beau milieu du carrefour, il devrait prendre à droite pour descendre vers Agen mais il tourne à gauche pour monter vers la ferme de Jeanne.

Il sait que chez lui on ne voit pas d'un bon œil cette liaison qu'il entretient avec cette fille de la commune. Ses parents ne lui ont jamais fait part explicitement de leur désapprobation mais de non-dits en sous-entendus, de faux-semblants en insinuations, ils ont laissé deviner leurs pensées.

– Le couple d'instituteurs de Sauvagnas vient de s'acheter une Traction avant, tu te rends compte ? C'est vrai qu'avec deux salaires d'enseignant ils peuvent se la payer. Tu as bien fait de marcher sur leurs pas, Julien, avait un jour déclaré son père.

– Alors, Julien, tes copains de promo, comment sont-ils ? avait demandé sa mère.

– Bien dans l'ensemble, avait-il répondu.

– Et les normaliennes ?

– Bien aussi, avait laissé tomber Julien avec une apparente indifférence.

– Et il n'y en a pas une ou deux qui te plaisent plus que les autres ? avait-elle insisté.

– Tu es bien curieuse, maman, avait-il répliqué.

– C'est seulement que j'espère que tu sauras trouver ton bonheur, avait-elle conclu pour se justifier.

Julien n'avait cure des souhaits que ses parents exprimaient à demi-mot car son bonheur il l'avait déjà rencontré et c'est Jeanne qui l'incarnait, celle-là même qui, alertée par le bourdonnement velouté du quatre-temps de la Terrot, sort à l'instant de sa maison et vient se blottir dans ses bras. Impossible, dans ces états de passion exacerbée, de réduire la prodigieuse accélération de la fuite des heures et, quand survient le moment de la séparation, le cœur s'alourdit des émotions et des serments qui n'ont pu trouver le temps de s'exprimer.

– Tu viendras me chercher chez mon oncle jeudi soir, comme promis ? demande une dernière fois la jeune fille.

– C'est promis, Jeanne. On ira au cinéma.

– Tu es sûr de ne pas te faire prendre en faisant le mur ?

– Ne t'inquiète pas ! Il n'y a aucun risque.

« Et quand bien même il y en aurait, ce n'est pas ça qui m'empêcherait de rejoindre Jeanne dans quatre jours ! » se répète Julien pendant son trajet de Sauvagnas à Agen.

Le jeune homme connaissait Jeanne depuis qu'ils avaient fréquenté ensemble l'école communale mais ce n'est qu'à l'adolescence qu'il avait eu le cran de lui avouer qu'il l'aimait depuis l'enfance ; elle en avait été toute bouleversée et lui avait confié qu'elle partageait ses sentiments en secret depuis plusieurs années.

Craignant que son statut de paysanne soit plus tard incompatible avec celui d'instituteur auquel aspirait Julien, elle avait crânement décidé, l'an dernier, de reprendre ses études dans une école privée d'Agen et avait donc quitté sa commune pour aller s'installer chez son oncle au chef-lieu du département.

Julien, alors élève de troisième spéciale au cours complémentaire Jasmin, logeait chez Joséphine, la tenancière d'une pension de famille insolite, et les deux tourtereaux avaient pris l'habitude de se rencontrer en semaine pour partager de longs moments de tendre communion.

Aujourd'hui, ce n'est pas la rigidité des règles de l'internat du lycée qui va empêcher Julien de rejoindre sa belle en dehors des heures de sortie autorisées !

IV

– TU SAIS QUE TU ARRIVES EN RETARD, lui fait remarquer le Puant, à l'entrée du dortoir.

Surpris par l'excès de zèle intempestif du surveillant, Julien reste sans réponse.

– De quoi il se mêle celui-là maintenant ? intervient Tarass Boulba en se redressant sur son lit distant de deux mètres du box des pions. Qui fait la loi ici ? Ce garde-chiourme d'opérette ou le Pacha ? Ne fais pas attention à lui et viens me trouver, j'ai à te parler.

– D'abord, laisse-moi te remercier, Pierre, tu m'as sorti d'un mauvais pas.

– Tu parles ! Tu n'as rien à craindre des pions, ils ne font que de la figuration. D'ailleurs, tu sais pourquoi ils sont là ?

– Pour nous encadrer, je suppose.

– Oui, si tu veux. C'est théoriquement leur boulot mais, s'ils sont ici, c'est parce qu'ils ont échoué à la fac après avoir vainement redoublé en propédeutique et qu'ils se préparent à repasser leurs examens en candidats libres. Alors, qu'ils s'occupent de bosser leurs cours et qu'ils ne prétendent pas à jouer les petits chefs avec nous ! Mais ce n'est pas de ça que je veux te parler, c'est de notre entraînement.

– Je t'écoute.

– Voilà, on se rendra à la salle le lundi soir et le vendredi soir, le mardi et le jeudi, nous ferons de la course de fond sur la piste du lycée de 6 heures à 7 heures, le mercredi et le samedi, abdos-fessiers, pompes et assouplissements avant le petit déjeuner. Ça te va ?

Julien se garde bien d'émettre la moindre objection : se concilier les bonnes grâces de Tarass Boulba implique que l'on soit attentif à ne pas le contrarier.

– Ça me va tout à fait.

– Parfait ! On commence demain soir. Ne veille pas trop, Julien, pour éviter le surmenage.

– D'accord, je vais me coucher de bonne heure.

Sans doute en raison de pressions exercées par Tarass Boulba sur ses pairs, aucun ancien ne s'avisa, durant la nuit qui suivit, de troubler le sommeil de Julien en mettant son lit en cathédrale alors que nombre de ses camarades ne furent pas épargnés. Cette protection devient manifeste, le soir même, en salle d'études, lorsque Gastounet relève les dissertations que les bizuts doivent remettre aujourd'hui.

– Primitif, ta dissert ? demande-t-il.

– Je ne l'ai pas faite car les primitifs ne savent pas écrire ! répond placidement Julien.

L'ancien marque le coup ; il dévisage un instant ce bizut désinvolte qui s'autorise à bafouer l'autorité de ses aînés puis il termine la collecte des copies. Julien suit l'ancien du coin de l'œil lorsqu'il revient vers la table du jury constitué d'une demi-douzaine d'élèves de la classe de sciences expérimentales présidés par le Pacha auquel il remet la liasse de devoirs ; il le voit murmurer à l'oreille de son chef et, aussitôt, ce dernier se penche vers Tarass Boulba.

« Que vont-ils décider ? » se demande Julien avec inquiétude.

Le Pacha se redresse et prend la parole :

– Nous allons vous lire la prose que vous nous avez pondue et vous attribuer les notes que vous méritez.

Commence alors la lecture de ces pages où chacun a fait assaut d'esprit pour trouver grâce aux yeux des anciens. La palme de la drôlerie revient à Jacques Pyson qui récolte un vingt sur vingt avec sa dissertation sur un cannibale mélomane lâché dans un opéra bouffe tandis que Jérôme Lefoll, dont les trois pages graveleuses, extraites d'un minable roman pornographique, ne parviennent pas à stimuler la libido des membres du jury, écope d'un double zéro pointé, les autres bizuts obtenant des notes échelonnées entre ces deux extrêmes.

Après le dîner, Julien et Tarass Boulba s'évadent du lycée pour aller s'entraîner à la salle d'haltérophilie.

Le bizut profite de cette complicité pour sonder son aîné :

– Dis, Pierre, quelle a été la réaction du Pacha quand Gastounet m'a mouchardé ?

– Il voulait te sanctionner pour délit de désobéissance, ce qui est somme toute normal, tu en conviendras.

– Non, je n'en conviens pas. Je ne suis pas entré à l'E.N. pour être le larbin des anciens ; je préfère m'entraîner avec toi plutôt que de perdre mon temps à des corvées débiles.

– Et c'est bien pour ça que je me suis fait ton avocat ! Mais il ne faut pas que tu exagères.

– Qu'est-ce que tu entends par là ?

– Qu'il te faut y mettre un peu du tien. Tu comprends bien qu'on ne peut pas tout te passer, les autres bizuts ne comprendraient pas.

– Les autres font ce qu'ils veulent, Pierre. Si ça leur plaît de baisser leur froc, qu'ils le fassent ! Si ça leur va de se faire asservir, grand bien leur fasse !

– Ta fougue me plaît, Julien, mais il te faut garder ton énergie pour préparer les championnats scolaires d'haltéro. Pour le reste, essaie d'être plus conciliant. Par exemple, joue le jeu pour les séances de bizutage poilantes, comme la délivrance des permis de chasse, et fais-toi discret pour échapper à celles qui te paraissent trop dégradantes. Quant aux brimades individuelles que pourraient vouloir t'imposer quelques anciens, on te laissera gérer chaque situation sans intervenir : vous réglerez vos comptes entre vous. Tu es d'accord ?

– Tout à fait, acquiesce Julien, satisfait de ce pacte implicite qui l'affranchit des épreuves les plus avilissantes du bizutage.

Le lendemain matin, dès 6 heures et demie, Tarass Boulba secoue le lit de Julien qui se redresse vivement, prêt à sauter à terre.

– N'aie pas peur, Julien, c'est moi. Je te réveille pour qu'on fasse notre séance d'abdos-fessiers.

– Putain ! J'ai cru que quelqu'un voulait me foutre le lit en cathédrale !

– Tu sais bien que tu ne risques plus rien, murmure Tarass Boulba.

– D'accord, d'accord, répond Julien en se frottant les yeux.

– Allez ! Debout ! Enfile ton survêt et on y va.

– On va où ?

– Faire quelques tours de piste.

En sortant du dortoir avec Tarass Boulba, Julien est saisi par le froid précoce qui s'est déployé sur la région durant cette nuit de septembre mais, après trois tours de piste, de fines gouttelettes de sueur perlent sur son front. Vingt-cinq minutes plus tard, l'ancien, essoufflé comme un phoque, décrète subitement :

– C'est bon ! Rentrons prendre notre douche !

Notre paire de sportifs pénètre dans le dortoir où sommeillent encore les trois promotions d'élèves-maîtres et les deux pions.

Julien, de nature assez solitaire, apprécie déjà ces moments où, avec Tarass Boulba, il s'adonne à une activité que les autres ne pratiquent pas.

D'une manière générale, peu de normaliens font du sport et Gégé, le professeur d'éducation physique, a bien du mal à constituer des équipes en vue des championnats scolaires. Pour le basket-ball, titulaires et remplaçants confondus, sept joueurs suffisent ; pour le volley-ball, il faut passer à neuf, puis à une dizaine pour le hand-ball, à une douzaine pour le football. Quant au rugby, c'est le casse-tête pour former l'équipe de quinze joueurs plus cinq ou six sur le banc en prévision des inévitables blessures qui surviennent en cours de match.

Ce sont d'ailleurs les sept basketteurs qui forment le noyau de toutes les autres équipes. Autour d'eux viennent s'agréger d'autres normaliens, de bon gré ou non suivant qu'ils jugent le sport compatible avec les compétences intellectuelles ou qu'ils pensent le contraire. Ainsi, Tarass Boulba qui réalise de très bonnes performances sportives réussit également très bien dans les autres disciplines scolaires tandis que Mao se croit obligé de mépriser le sport pour se construire une image d'intello. Tarass Boulba n'a cure de ces préventions que certains nourrissent à l'égard des activités physiques, surtout s'il s'agit de bizuts, et il ne s'est pas embarrassé de scrupules pour en enrôler certains de force dans les diverses équipes sportives de l'école normale.

– Paillasson, tu es grand, tu es balèze, tu seras arrière en basket et en foot, attaquant en hand-ball, seconde ligne en rugby, a-t-il décidé d'autorité.

– Je n'ai jamais joué au rugby, a candidement objecté Zamberou.

– On s'en fout, ton boulot sera de pousser en mêlée, de prendre le ballon en touche et de foncer bille en tête, lui a répliqué l'ancien.

Même diktat adressé à Pyson :

– Moustique, on a besoin de toi dans l'équipe de foot et de rugby.

– Mais je n'ai jamais fait de sport, moi !

– Ça ne t'empêchera pas de courir. Tu joueras à l'avant au foot et trois-quarts aile au rugby.

– Et pourquoi pas gardien de but ou pilier ? plaisante le petit bizut de quarante-huit kilos pour un mètre et demi de taille à cinq centimètres près.

Julien est enrôlé dans toutes les équipes mais c'est au rugby qu'il compte bien briller au poste de trois-quarts centre car, à l'école normale, c'est ce sport collectif qui l'emporte sur les autres ; il demande de l'adresse, de la stratégie et de la cohésion dans le groupe mais, en plus, de la puissance et du courage pour aller au contact de l'adversaire, de la vitesse pour percer, de l'audace pour plaquer, de la détente pour crocheter bref, de la virilité, et celui qui fait montre de ces qualités, qu'il soit bizut ou ancien, force le respect de ses pairs et l'admiration des élèves-maîtresses.

– Debout là-dedans ! ordonne le Puant planté devant son box.

Aucun des normaliens couchés ne bouge, le pion insiste :

– Allez, debout sinon vous allez être à la bourre !

– La ferme ! glapit le Pacha en s'étirant dans son lit.

Néanmoins, une heure et demie plus tard, la petite troupe de normaliens pénètre dans l'école normale et se déploie en demi-cercle dans le péristyle, en face du groupe des élèves-maîtresses.

Elles sont toutes là, des élèves de seconde, aux allures de collégiennes, aux stagiaires, aux airs de suffragettes. Soustrait au regard de la directrice par les épaules massives d'un ancien derrière lequel il s'est opportunément placé, Julien observe toutes ces futures institutrices vêtues de blouses grises et chaussées de souliers plats et une évidence s'impose : l'uniformité des tenues vestimentaires ne place pas les créatures qui les portent sur un pied d'égalité. Que peuvent avoir de commun Agnès et Annie sous leurs accoutrements identiques ? Chez la première, la vivacité d'esprit, la volupté de la bouche, la gracilité de son corps, la fougue de ses gestes ou l'éclat de ses yeux opposent leur charme irréductible à toute tentative de banalisation de même que l'uniforme ne dissimulera jamais, chez la seconde, la gaucherie des mouvements, la fadeur du regard ou l'insipidité de sa conversation.

Un ancien, surnommé Bartók en raison de ses talents de pianiste, se propose pour diriger le chant choral du matin. Julien ne chante pas. Il ne sait pas chanter juste. Il ne peut pas. Pour l'épreuve de musique imposée au concours d'entrée à l'E.N. et qui consistait à solfier un morceau de musique, il avait tout appris par cœur et répété cent fois chacun des six chants imposés : il n'avait dû qu'à l'extrême indulgence du jury et au faible coefficient attribué à cette épreuve de se maintenir dans le peloton des admis. Ici, le matin, il mime le chant mais se garde bien d'émettre le moindre son, de peur d'écorcher les oreilles de ses camarades et surtout d'encourir le risque d'être moqué. Alors, pendant que les autres, les yeux rivés sur le faux Bartók – qui se prend pour le vrai –, donnent de la voix, Julien observe tous ces visages de jeunes filles juxtaposés en face de lui comme une suite de notes alignées sur une portée de musique. Toutes des blanches sauf une, bien noire, qui pointe son petit nez retroussé au milieu de la promotion des sciences-ex.

À l'insu de la Grande, certaines de ces jeunes choristes jettent de brefs regards vers les élèves-maîtres. De connivence pour les unes qui ont déjà entamé une relation avec leurs homologues masculins, de prospection pour les autres en quête d'âmes sœurs parmi les normaliens dégagés *a priori* de toute liaison amoureuse. Ce n'est pas le cas de Julien qui doit rejoindre sa tendre Jeanne dès ce soir mais Agnès ne le sait pas.

– Dis, Julien, t'as vu comme Agnès te reluquait tout à l'heure ! plaisante Jérôme à la fin du chant. Je suis sûr qu'elle en pince pour toi !

– Tu ne trouves pas que tu es un peu lourd avec ça ? se défend Julien qui n'a cependant pas été sans remarquer que la jeune fille l'avait plusieurs fois dévisagé avec un léger sourire au cours des trois ou quatre minutes précédentes.

– Je te dis que tu as une touche, c'est tout, ne te fâche pas !

– Et moi je te dis que tu m'emmerdes ! C'est clair ?

Sans échanger un mot de plus, les deux amis rejoignent leur salle de classe où la Biquette les attend de pied ferme.

Pendant le cours de français, Julien, assis près de Jérôme, se surprend à observer Agnès. Indifférent au discours du professeur, il se laisse aller à imaginer ce que pourrait être son avenir avec cette belle élève-maîtresse qui attise tant de convoitise chez les normaliens de seconde et – qui sait ? – d'autres promos peut-être. Raison de plus pour ne pas balancer pendant des semaines sous peine de se la faire souffler par un rival moins indécis que lui. Il n'a pas oublié la traîtrise de son ancien ami Léon qui lui a subtilisé la si envoûtante Juliette lorsqu'il n'était encore qu'un jeune collégien timoré. Même Jérôme pourrait se révéler un sérieux concurrent. Il suffit de le surveiller du coin de l'œil pour constater qu'il n'est pas seulement attentif à la parole du professeur ; son regard dévie souvent vers les élèves-maîtresses, en particulier vers Paulette dont il semble apprécier les formes épanouies. Seulement voilà ! Michel Bouzik a déjà jeté son dévolu sur la bombe latine qui n'a pas refusé ses avances contraignant ainsi Jérôme à se rabattre sur un autre parti. Et s'il lui venait l'idée de faire la cour à Agnès ? Et si un ancien avait déjà repéré la jeune et belle bizute aux yeux verts ?

– Monsieur Delsol, je vous ai posé une question ! lance le professeur avec agacement.

– Je vous prie de m'excuser, madame, j'étais distrait et je n'ai pas entendu, bredouille Julien.

– Pouvez-vous nous dire ce qui vous distrait à ce point, jeune homme ? insiste la Biquette.

– Je pensais à mon avenir, madame.

– Eh bien ! Pensez plutôt au présent, monsieur Delsol. Vous m'avez entendue ?

– Oui, madame.

Alors Julien se met à penser au présent. Pas à celui que voudrait lui imposer la Biquette qui tente de faire partager son admiration sans bornes pour les *Pensées* de Pascal, mais à celui qu'envahissent ses pensées personnelles entièrement dévolues à la séduisante Agnès. À cet instant, flatté dans son amour-propre par l'intérêt qu'il suscite chez la jeune normalienne mais retenu par un vague sentiment de culpabilité à l'égard de Jeanne, il hésite. Il a maintes fois juré à celle-ci qu'elle était le grand amour de sa vie et qu'il ne la trahirait jamais, mais que pèsent les serments enflammés prononcés au cours de l'adolescence lorsque pointe l'âge adulte et son cortège de contingences matérielles, d'ambitions professionnelles et d'égoïsmes de classe ? Que reste-t-il d'autre que de l'écume évanescente lorsque les élans passionnés se brisent sur les écueils du réalisme, de l'opportunisme ou de l'arrivisme ?

Julien est troublé. Par la présence d'Agnès et par le choix qu'elle le contraint involontairement à effectuer.

Déjà, alors qu'il allait sur ses douze ans et qu'il fréquentait l'école communale de son village natal, le directeur de la laïque était venu jusqu'à la ferme, entre chien et loup, pour lui demander de prendre une décision importante : « Que veux-tu faire plus tard ? » Julien, complètement désarçonné par cette question d'autant plus imprévisible qu'il n'avait jamais imaginé autre chose que de passer sa vie auprès de ses parents, s'était entendu répondre, de manière totalement irréfléchie : « Je voudrais être instituteur. » Il n'avait heureusement jamais regretté ses paroles.

Plus tard, il avait dû choisir entre Juliette et Jeanne. Léon, son ami du cours complémentaire, lui avait facilité la tâche en captant les faveurs de la première.

Maintenant qu'il était entré à l'école normale d'instituteurs et qu'il filait, du moins jusqu'à ce matin, le parfait amour avec

Jeanne, il croyait en avoir terminé avec les incertitudes existentielles et voilà que l'irruption d'Agnès dans son présent lui confirme qu'« il n'est pas certain que tout soit certain », comme vient de le déclarer la Biquette citant une des *Pensées* de Pascal.

– Monsieur Delsol, voulez-vous répéter cette pensée de Pascal ?

– Il n'est pas certain que tout soit certain, madame.

– Très bien ! Et vous devrez retenir celle-ci également qui vient en complément de la première : « il n'est pas certain que tout soit incertain. » Vous me préparerez un commentaire de ces deux pensées pour le prochain cours. Je vous remercie, vous pouvez disposer, les filles d'abord, les garçons ensuite.

Dans le couloir, Julien presse le pas pour se porter à hauteur d'Agnès.

– Dis, Agnès, l'autre jour, quand nous avons découvert que nous étions le couple treize, tu m'as dit que le hasard fait parfois bien les choses. Je me demande si tu n'as pas raison.

La jeune fille tourne son visage angélique vers son interlocuteur et lui confirme :

– Je continue à penser que si.

La suavité de cette confidence, accompagnée d'un regard appuyé de ces yeux verts au fond desquels dansent des reflets d'or, trouble Julien. Une onde de volupté le submerge et annihile ses facultés de jugement. Il se sent tout à coup d'une légèreté aérienne aussitôt dissipée par l'intrusion de ce lourdaud de Jérôme dans la conversation :

– Sacré Julien ! Je te surprends en train de faire du gringue à Agnès ! Et que va en penser ta petite Jeanne ?

– Quelle Jeanne ? demande Agnès, soudainement intriguée.

Julien ne se démonte pas :

– Une Jeanne virtuelle que j'ai servie à Jérôme pour qu'il me fiche la paix car, les premiers jours, il ne cessait pas de m'embêter. Il me disait qu'il avait bien vu que j'en pinçais pour toi, que je te dévorais des yeux et que cela n'avait pas l'air de te déplaire.

– Et il disait vrai ? interroge malicieusement la jeune normalienne.

Julien se contente de sourire en guise de réponse puis conclut :

– Je crois surtout qu'il est jaloux !

– Et a-t-il des raisons de l'être ?

– Peut-être, si tu ne repousses pas mes avances.

– Entrez donc au lieu de discuter dans le couloir ! ordonne la Caille, raide comme un piquet sur le seuil de la salle d'histoire et géographie.

– À tout à l'heure, Agnès, glisse Julien en s'éloignant de la jeune fille pour rejoindre sa place habituelle, près de Jérôme.

Celui-ci semble avoir pris le parti d'ignorer Julien qui se demande quelle peut être la cause réelle de cette attitude : est-il vexé d'avoir naïvement cru à l'existence de Jeanne ou ne supporte-t-il pas qu'Agnès lui préfère quelqu'un d'autre ?

– Allez, Jérôme ! Arrête de me faire la gueule. C'est même toi qui m'as fait remarquer que j'avais ma chance avec Agnès ! Tu as tout fait pour favoriser cette liaison : tu m'as vanté sa beauté, tu m'as ouvert les yeux sur sa sollicitude à mon égard et, maintenant, tu parais contrarié en constatant que ça démarre plutôt bien entre elle et moi.

Jérôme n'y tient plus :

– Au bal des faux-culs, tu décrocheras le premier prix, espèce de salaud ! Et moi, pauvre brêle, je me suis laissé mener en bateau ! Je t'ai cru comme on croit un ami, sans douter un instant de ta parole ! Et tu m'as menti sans vergogne, tu as trahi ma confiance sans scrupule et tu voudrais que je te dise merci peut-être !

– Tu es excessif, Jérôme. Ce n'était qu'un petit mensonge de circonstance pour préserver la sérénité de notre amitié. Si je n'avais pas inventé Jeanne, tu n'aurais pas arrêté de me chambrer au sujet d'Agnès et nous aurions fini par nous fâcher.

– Maintenant, tu fais l'éloge du mensonge !

– Non, mais je pense sincèrement que le mensonge qui fait du bien est préférable à la vérité qui fait du mal.

– Tu as trouvé ça tout seul ? interroge sarcastiquement Jérôme.

– Monsieur Lefoll et monsieur Delsol, quand aurez-vous terminé de carcailler ? Vous souhaitez peut-être passer votre week-end en salle d'études ? intervient le professeur.

Jérôme et Julien savent qu'ils viennent d'éviter de justesse la privation de sortie ; la menace ayant restauré une connivence un instant ébranlée, tous deux se tiennent tranquilles jusqu'à l'heure de la récréation.

– Allez Jérôme, on fait un ping-pong ? propose Julien, soucieux de se réconcilier définitivement avec son copain de promo.

– Mais tu as dit que tu ne savais pas y jouer !

– Eh bien, tu m'apprendras !

Les deux bizuts échangent quelques balles, histoire de s'échauffer avant d'entamer une partie. Le Pacha s'approche de leur table, une feuille de papier à la main.

– Arrêtez de jouer une seconde vous deux ! J'ai quelque chose à vous faire signer.

– Qu'est-ce que c'est ? s'enquiert Julien.

– Ne parle pas si fort, Primitif ! ordonne l'ancien. C'est confidentiel.

– Comment ça, confidentiel ? demande Jérôme.

– Approchez, je vais vous expliquer.

Les deux bizuts obtempèrent en silence.

– Voilà. C'est une pétition. Vous savez que l'armée française utilise la torture en Algérie et que le gouvernement d'Edgar Faure couvre les militaires. Or un lieutenant de réserve s'est opposé à la torture et risque d'être sanctionné par sa hiérarchie. Qu'est-ce que vous en pensez ?

– Quelles sanctions risque-t-il ? demande Jérôme.

– Ah ! Tu n'as pas usurpé ton surnom, toi ! Ce n'est pas sur la sanction que je te pose la question ! rétorque l'ancien. C'est sur la torture, Barjot !

– Barjot peut-être, mais je suis mon idée. De quoi va écoper ton lieutenant ? D'une réprimande ? D'une privation de permission tout au plus ? Si ta pétition parvient un jour jusqu'à ses supérieurs – et j'en doute fort –, il aura déjà accompli sa peine. Quant à la faire parvenir au gouvernement, tu rêves ! Elle terminera dans la corbeille à papiers d'un sous-fifre anonyme !

– Donc, la torture, tu t'en balances, si j'ai bien compris ?

– Non, tu n'as pas bien compris. Je dis seulement que ta pétition sera inefficace.

– Peut-être, mais on peut quand même essayer ! C'est l'intention qui compte. Alors, tu signes, oui ou non ?

– Allez, donne.

Sans grande conviction, Jérôme pose la feuille sur la table de ping-pong et trace un hiéroglyphe à côté des autres signatures sans même prendre connaissance du texte de la pétition.

– Et toi, Primitif ? Tu signes aussi ?

– Bien sûr que je signe ! Je trouve que la torture enlève toute humanité à celui qui la pratique et le réduit à l'état de monstre. Comme je trouve que les brimades imposées par la force…

– Alors signe ! Tu me feras ton *speech* ensuite.

Julien lit les sept lignes de la pétition ainsi rédigée :

Nous, élèves de l'école normale d'instituteurs et d'institutrices de Lot-et-Garonne,

– prenons position contre l'usage banalisé de la torture pratiquée par l'armée française en mission en Algérie ;

– demandons au gouvernement français de tout mettre en œuvre pour faire appliquer l'article 3 de la convention de Genève de 1949 ;

– soutenons le lieutenant Bordeneuve dans sa dénonciation de la pratique de la torture par l'armée française en Algérie et réclamons l'abandon des mesures disciplinaires envisagées à son encontre par sa hiérarchie.

Puis il se saisit du stylo, appose une belle signature, parfaitement lisible, à la suite des gribouillis des précédents signataires et, fier de lui, toise le Pacha :

– Je fais peut-être un *speech* mais moi, au moins, j'assume mes convictions.

– Qu'est-ce que tu veux dire ?

– Que vous faites de belles déclarations mais que vous vous dégonflez quand il faut s'engager par écrit. Regarde le paquet de signatures sur ta pétition : il n'y en a qu'une d'identifiable, la mienne. Ça veut dire quoi, ça ? Que vous voulez paraître ce que vous n'êtes pas ? Ah, oui ! Vous voulez défendre une cause noble, mais en restant anonymes au sein du groupe pour ne pas vous exposer individuellement.

– Autant que je sache, c'est quand même moi qui ai pris l'initiative de faire cette pétition ! Et tout le monde le sait ! rétorque le Pacha.

– C'est vrai, mais aucun des normaliens ne le confirmera. Les uns ne te dénonceront pas par peur de représailles et les autres se tairont pour ne pas être assimilés à d'infâmes sycophantes !

– Tu as tout faux, Primitif. Personne n'ignorera que je suis à l'origine de cette pétition et je vais te montrer pourquoi, tête de mule.

Ce disant, le Pacha prend le stylo des mains de Julien, se penche sur la pétition et, d'une écriture fluide, mentionne en bas de page : *Guesy Paul, initiateur de la présente pétition.* Il se redresse un instant, plante un regard de défi dans les yeux de Julien, puis s'incline à nouveau vers la feuille de papier sur laquelle il appose sa signature parfaitement identifiable.

– Alors, bizut, tu as encore des objections à formuler ?

– Non, mais comme tu n'avais pas signé… bafouille Julien, tout à coup déstabilisé par l'assurance du Pacha qui s'éloigne en quête de nouveaux signataires.

– Tu as l'air malin, maintenant ! lance narquoisement Jérôme.

– Au moins, le Pacha vient de prouver qu'il a du cran ! réagit Julien. Il n'est pas comme toutes ces couilles molles qui signent de manière illisible !

– Continue à faire ton malin, Julien, et tu verras que tu le regretteras un jour.

Julien n'a cure des avertissements de son ami ; il est même fier d'affirmer sans équivoque ses idées, dussent-elles lui attirer des déconvenues. C'est de son père qu'il tient ce franc-parler qui frise parfois l'impudence sinon la provocation.

– Je ne fais pas mon malin, je dis ce que je pense, c'est tout. Si la guerre d'Algérie dure encore plusieurs années, tu t'y vois, toi, futur instituteur, en train de passer un *fellouze* à la gégène, de lui brûler les *claouis* au chalumeau ou de le sodomiser avec le canon de ton pistolet ?

– À froid, comme ça, non ! Mais dans le feu de l'action, entraîné dans la violence de la guerre, qui est capable de dire comment il agira ? Tu as entendu parler de Guy Monnerot ?

– L'instit assassiné le 1er novembre de l'an dernier, le jour de la Toussaint rouge ?

– C'est ça ! On arrête le chauffeur du car, complice des fellouzes, et on l'interroge : il ne veut pas parler. Que faut-il faire ? Le laisser se taire au risque de voir ses amis perpétrer de nouveaux attentats ou l'obliger à parler coûte que coûte pour sauver des vies ?

– Et si on analysait les origines de cette violence pour la désamorcer et rechercher une solution pacifique au conflit au lieu de réprimer aveuglément ?

– Là, tu rêves, mon pauvre Primitif. Va-t'en en parler aux militaires et aux politiques. Les premiers veulent faire oublier

Diên Biên Phu où ils ont été humiliés par le Viêt-Minh et les seconds, douze jours après la mort de Monnerot, déclarent emphatiquement, par la voix du ministre de l'Intérieur, François Mitterrand : « Des Flandres au Congo… il y a… une seule nation… »

– Je rêve peut-être, mais je ne suis d'accord ni avec les uns ni avec les autres, ça c'est une réalité.

– Dis, Primitif, tu ne serais pas un peu gauchiste sur les bords, bolchevique-léniniste, trotskiste, communiste ou quelque chose de ce genre ?

– Arrête ton laïus, Barjot. Je ne comprends rien à ce que tu me dis. Je suis simplement comme je suis et, pour ça, je n'ai pas besoin d'être assimilé à tous tes trucs en -iste.

La sonnerie interrompt fort à propos la discussion qui prenait un tour polémique épineux et disperse les élèves vers les différentes salles de cours.

Comme à l'accoutumée, Jérôme et Julien se retrouvent côte à côte vers le fond de la classe mais tandis que le premier prête une oreille attentive aux paroles du professeur d'anglais, le second, le regard distraitement fixé sur le tableau, tente en vain d'analyser avec lucidité sa situation sentimentale. Il doit se rendre à l'évidence : il y a plus souvent antagonisme que synergie entre intellect et affect et, à cette heure, il ne saurait dire lequel des deux l'emportera sur l'autre.

Pendant l'étude du soir, Julien s'efforce de ne plus penser au brouillamini affectif qui le tourmente depuis qu'il a accosté Agnès. En vain. Il a beau vouloir chasser de son esprit l'image de la jeune normalienne, la passion naissante que la plus belle fille de sa promotion a enraciné au plus profond de sa sensibilité se joue de sa volonté et brise toutes ses velléités de clarification rationnelle. Mais par quel mystère, par définition inaccessible à la raison, l'amour scelle-t-il les cœurs de deux êtres ? De quelle alchimie procède-t-il pour naître du croisement de deux regards, de l'échange de deux paroles ou du contact de deux épidermes ?

L'intervention de Zamberou arrache subitement Julien à ses interrogations métaphysiques :

– Dis, Primitif, il faudrait que nous nous réunissions ce soir dans la cordonnerie. Tu es d'accord ?

– Qu'est-ce qu'il se passe donc ?

– Ce serait pour organiser une petite agape entre nous. Ça te branche ?

– Tout à fait.

– C'est l'heure. Tout le monde au dortoir ! annonce Filochard qui vient de terminer la lecture du dernier volume des aventures de Tintin, *Les Sept Boules de cristal.*

En quelques minutes, les élèves-maîtres rangent leurs affaires scolaires et s'apprêtent à quitter la salle d'études. Lorsque le Rital franchit le premier la porte de sortie, avant même que ses yeux ne se soient habitués à l'obscurité extérieure, il est violemment refoulé à l'intérieur de la salle par deux silhouettes surgies de la nuit tandis qu'une rumeur hostile enfle derrière les deux agresseurs.

Le Rital referme vivement la porte et se retourne vers le Pacha :

– Putain ! Y a pas moyen de sortir ! On est assiégés par ces enfoirés de lycéens. Qu'est-ce qu'on fait, Paul ?

Tarass Boulba n'attend pas la réponse de son chef et, emporté par une irrésistible envie d'en découdre avec les assaillants, se précipite vers la porte en beuglant :

– Suivez-moi ! On va leur flanquer une bonne dérouillée !

– Arrête, Pierre ! Ce n'est pas la bonne solution ! ordonne posément le Pacha.

Tarass Boulba, brisé dans son élan, se retourne vers le Pacha, l'œil interrogateur.

– Écoute, Pierre, nos deux surveillants ne sont pas payés pour glander. C'est à eux de régler le problème.

– Et que veux-tu qu'on fasse ? laisse tomber Filochard, l'air impuissant.

– Demande la recette au Pr Tournesol ou à qui tu voudras mais nous, nous sommes sous votre responsabilité donc c'est à vous, les pions, de nous tirer d'affaire ! réplique le Pacha.

– D'accord, mon collègue Serge et moi, nous allons prendre les choses en main, nasille le Puant, entrevoyant là une occasion de restaurer une autorité jusqu'ici bafouée. Vous ne bougez pas et nous deux, nous allons parler aux lycéens.

Par l'une des fenêtres de la pièce, Julien scrute la nuit pour évaluer les forces de l'ennemi : ils sont tout au plus une quarantaine à faire le siège de la salle d'études des normaliens, sans doute des terminales à en juger par leur stature. Il s'approche de Tarass Boulba :

– Tu as raison, Pierre. Il faut faire une sortie musclée et leur donner une bonne leçon !

– Non, pas encore, Julien. Laisse d'abord faire le Pacha, il a son plan.

– Laissez passer les deux négociateurs ! ordonne ce dernier.

Les normaliens s'écartent pour livrer passage aux deux plénipotentiaires, le Puant qui marche en tête, plus infatué qu'à son habitude, suivi de Filochard qui n'en mène pas large et a tout à fait la dégaine d'un pétochard.

À peine ont-ils franchi la porte qu'ils sont accueillis simultanément par les huées des lycéens et par deux ou trois seaux d'eau qui les atteignent de plein fouet. Désemparés, ils battent aussitôt en retraite et tentent de se replier dans la salle d'études : c'était sans compter sur le cynisme du Pacha qui vient juste d'ordonner que la porte soit fermée à clé. Les deux surveillants, encerclés par les lycéens qui se font de plus en plus menaçants, tambourinent désespérément sur la porte de la pièce où les normaliens se tordent unanimement de rire en voyant leurs pions ridiculisés.

– Laissez-les rentrer maintenant ! ordonne le Pacha, estimant que la situation des surveillants devient périlleuse.

Tarass Boulba ouvre la porte, permettant ainsi aux deux malheureux parlementaires d'échapper à la pression de la meute des lycéens qui scandent : « Normaliens ! Bons à rien ! Topazes ! Gros nazes ! » tandis que les élèves-maîtres leur répondent : « Potaches ! Bravaches ! Lycéens ! Moins que rien ! »

Entre deux slogans hostiles, le Pacha donne ses instructions :

– Puisque nos deux poules mouillées (cascade de rires impitoyables dans la salle) nous ont donné la preuve de leur inefficacité, nous ne devons compter que sur nous-mêmes. Nous allons donc sortir par la porte et les fenêtres et attaquer cette bande de fiers-à-bras. Vous êtes prêts ?

Une clameur guerrière lui répond et les normaliens se ruent vers les lycéens, bien décidés à leur faire regretter leur initiative belliqueuse. En première ligne, Tarass Boulba distribue généreusement des horions dans tous les sens, imité par les plus solides des normaliens et soutenu par les encouragements des élèves-maîtres les plus malingres, ou les moins hardis, restés prudemment en retrait auprès des surveillants frissonnant de froid dans leurs vêtements détrempés.

Alors que l'échauffourée bat son plein et que l'issue du combat semble indécise, un message d'alerte se propage dans les rangs des lycéens :

– Gaffe, les gars ! Le surgé entame sa ronde !

Aussitôt, le groupe des assaillants se désagrège et se fond dans l'obscurité laissant le champ libre aux normaliens qui peuvent enfin regagner tranquillement leur dortoir.

– Bravo, les bizuts ! Vous avez bien défendu l'honneur des normaliens ! déclare Tarass Boulba en essuyant du revers de la main sa tempe droite où perlent quelques gouttes de sang.

– On n'allait quand même pas se dégonfler face à ces fils de bourgeois ! lui répond Zamberou dont la pommette gauche boursouflée enfle à vue d'œil.

– Tu devrais placer un mouchoir imbibé d'eau froide sur ton hématome, ça l'empêchera de gonfler davantage, conseille le Pacha avant de demander : Y a-t-il d'autres éclopés parmi nous ?

– Ravachol a pris un gnon en pleine gueule et il saigne du nez, annonce Gimenez.

– De quoi tu te mêles ? réagit le blessé dont le visage taché de sang et la tignasse hirsute témoignent de l'âpreté du combat qu'il a mené. D'ailleurs, ce n'est pas grave, je vais me laver la figure et il n'y paraîtra plus rien.

– Bon, vous avez fait votre devoir, c'est très bien. Maintenant, approchez tous ! Nous allons vous transmettre la table des dix commandements que nous avons reçue de nos pères et que vous devrez scrupuleusement respecter pendant toute l'année.

– Qu'est-ce que c'est encore que cette histoire ? murmure Julien à l'oreille de Jérôme.

– Ne t'inquiète pas, ça ne doit pas être bien méchant, lui répond celui-ci.

– Méchant ou pas, j'en ai ras le bol de me soumettre à leurs ordres ! De quel droit se permettent-ils de nous brimer ainsi ?

– Du droit du plus fort, mon pauvre. C'est comme ça depuis la nuit des temps. Le plus fort commande !

– Et tu trouves ça normal ? Moi, pas. C'est la raison qui doit primer sur la force !

– D'accord, Primitif. Mais la raison de qui ? La raison du plus fort, pardi ! Regarde comment ça se passe quand il y a conflit. Qui commandait en France pendant l'Occupation ? Les Allemands. Au nom de quoi ? De la raison du plus fort. Qui commande actuellement en Algérie ? La France. Au nom de quoi ? De la raison du plus fort.

– D'accord, Barjot. Mais ça n'empêche pas de résister !

– Ouais, mais résister ne sert à rien si tu n'es pas le plus fort !

– Si, ça sert à quelque chose quand on pense sincèrement défendre un idéal de justice. Ça sert à se préserver du déshonneur et à rassembler tous ceux qui nourrissent l'espoir d'accéder un jour à la liberté.

– Oui, cependant ton espoir ne se réalisera que le jour où tu seras le plus fort, pas seulement mentalement mais aussi physiquement.

– Quand vous aurez terminé vos messes basses, Delsol et Lefoll, nous pourrons commencer ! s'impatiente le Pacha.

Julien et Jérôme cessent leur vaine discussion et se mêlent aux autres bizuts rassemblés devant le clan des anciens pour prendre note des dix commandements auxquels ils devront impérativement obéir tout au long de cette année.

Le Pacha ouvre solennellement la séance puis énonce la première loi sacrée :

– Ton père et ta mère honoreras et sans contester leur obéiras. Pas de questions ?

L'incorrigible Chady lève le bras.

– Je t'écoute, lui dit le Pacha avec un air résigné.

– N'y a-t-il pas contradiction ?

– Explique-toi.

– Pour être honoré, faut en être digne. Quelqu'un qui te réduit au servage en te demandant de lui obéir aveuglément ne mérite pas que tu l'honores sauf si tu es maso.

– Arrête d'ergoter, Ravachol, sinon il va t'en cuire. Deuxième commandement : lorsqu'en ville un ancien tu rencontreras, l'apéro lui offriras. Troisième commandement : quand un ancien tes fringues demandera, jamais ne les lui refuseras. Vous notez bien tout ça les bizuts ? Tiens, Ravachol, répète-moi les trois premiers commandements.

Chady, qui n'a pas consigné un seul mot des trois phrases sur sa feuille, inspire un bon coup et se lance dans une dangereuse improvisation :

– Ton père et ta mère mépriseras et sans hésiter leur désobéiras. Lorsqu'en ville un ancien tu rencontreras l'apéro il t'offrira. Quand un ancien tes fringues te demandera, le cul tu lui botteras.

Passé trois secondes de stupeur générale, tous les bizuts se pincent pour ne pas rire tandis que les anciens, ébranlés par l'outrecuidance de cet ingérable de Chady, tiennent un conciliabule pour savoir quelle suite donner à cette situation imprévue. Le Pacha ne tarde guère à annoncer les conclusions de cet aparté impromptu :

– Ravachol, nous allons continuer sans toi. Puisque tu aimes la merde, Tarass Boulba va t'enfermer dans les chiottes où tu pourras la respirer tout à ton aise jusqu'à ce que nous ayons terminé. Allez, exécution !

Et tandis que Chady est emmené *manu militari* dans un cabinet d'aisances, le Pacha continue l'énumération des commandements :

– Quatrième commandement : l'aval des anciens tu demanderas quand de draguer une normalienne tu envisageras. Cinquième : quand d'aucune normalienne ne disposeras vers la Grande et le Boudin te tourneras…

Une fois les dix préceptes énoncés, le Pacha ordonne la libération de Chady et tous les normaliens regagnent leur lit. Tous sauf Zamberou qui vient relancer Julien :

– Alors Julien ? T'es d'accord ou pas pour qu'on se réunisse dans la cordonnerie ?

– Si, si. Je te suis.

– Alors ameute tous les bizuts qui sont de ton côté et j'en fais autant de l'autre.

Trois minutes plus tard, tels les membres d'une tribu iroquoise s'apprêtant à fumer le calumet autour d'un feu sacré, les seize élèves de seconde sont assis en cercle au milieu de la petite pièce carrée. Zamberou prend la parole en premier :

– Voilà, je voulais qu'on se réunisse pour resserrer nos liens. Nous sommes ensemble depuis un peu plus d'une semaine, nous commençons à mieux nous connaître les uns les autres et je crois que nous devrions renforcer la convivialité dans notre promo, d'abord parce que nous sommes appelés à passer plusieurs années à l'E.N. et que le temps paraît moins long quand on partage de bons moments avec les copains, ensuite parce qu'on est plus forts en groupe qu'isolés. Qu'est-ce que vous en pensez ?

Tous les bizuts adhèrent aux propos de Zamberou mais certains ne se satisfont pas de paroles. Gafet, coiffé de son inséparable béret, demande :

– Concrètement et dans l'immédiat, qu'est-ce que tu proposes ?

– Je suggère que nous commencions par organiser, ici même et dès la semaine prochaine, une petite bouffe. Chacun de nous apporterait quelque chose à *grailler* et on achèterait un peu de pain et des boissons. Puis il nous faudrait prévoir un repas de promo dans un petit resto en ville.

– O.K. mais pas pendant le week-end parce que moi je rentre à Nérac chaque samedi, prévient Pyson.

– Ni le lundi ni le vendredi, parce que je vais au club d'haltéro avec Tarass Boulba, avertit Julien.

– Il nous reste quand même trois jours, conclut Zamberou. On pourrait choisir un jeudi. Si ça vous convient, on croûtera ici jeudi prochain et en ville le jeudi suivant.

– Et si les anciens programment une séance de bizutage ces soirs-là ? envisage Coslo.

– Alors on négociera ! tranche le Zamberou, sans l'ombre d'une hésitation, avant de préciser : Voilà pourquoi nous devons jouer collectif. S'il y a une bonne cohésion dans notre promo, nous pourrons négocier.

Pendant quelques secondes, un silence pesant règne sur la petite assemblée. On devine l'émergence d'avis divergents sur l'attitude à adopter face à la domination des anciens.

Les révoltés jusqu'au-boutistes sont prêts à en venir aux mains sans se soucier des conséquences de leur extrémisme ; Robert Chady et Pierre Gimenez sont de ceux-là, Christian Zamberou et Julien Delsol sont leurs leaders.

À l'opposé, les fatalistes, victimes consentantes du bizutage, considèrent les brimades comme des rites d'initiation intangibles leur conférant le droit et le devoir de les appliquer aux prochaines classes de bizuts ; Michel Bouzik, Jérôme Lefoll, Pignouf et Narric constituent le noyau de ces traditionalistes.

Entre ces deux clans s'agrègent les éternels indécis, les attentistes qui se décideront ultérieurement par opportunisme au mépris de toute conviction, les tièdes – ceux-là mêmes que stigmatise l'*Apocalypse de Jean* –, les pleutres, les velléitaires de tout poil, bref le ventre mou de la promotion qui fait le jeu des anciens.

Ceux-ci non plus ne forment pas un groupe homogène.

Certes, le Pacha est unanimement reconnu et respecté ; il n'abuse d'ailleurs pas des pleins pouvoirs qui lui sont accordés et n'éprouve aucun plaisir sadique à bizuter les bleus ; il se pose simplement en garant de la perpétuation de la tradition du bizutage à l'école normale.

Certains anciens, tels que Tarass Boulba ou Mao, sont également dans cet état d'esprit alors que d'autres, comme Gastounet ou le Rital, n'ont que faire de ces rites qu'ils assimilent à une parodie d'épreuves initiatiques. C'est sur la neutralité de ces derniers que Zamberou et ses fidèles misent pour inverser le rapport de forces entre anciens et bizuts, mais ils devront compter aussi avec ce pervers de Richard et deux ou trois de ses acolytes auxquels leur potentiel de sadisme confère une capacité de malfaisance considérable.

Christian Zamberou tire un carnet et un crayon de sa poche puis demande :

– Alors, qu'est-ce que vous apporterez pour jeudi prochain ?

Au bout de cinq minutes, la liste des victuailles proposées est close : elle est constituée, pêle-mêle, de saucisson et de jambon du pays, de boudin, de pâtés de porc et de volailles, de grattons de canard, d'œufs durs, de tartes à l'oignon et au fromage, d'oreillettes, de pruneaux à l'armagnac, de vin blanc de Bergerac, de vin rouge de Buzet et de quelques autres produits régionaux, le tout laissant présager une première soirée de ripailles mémorable.

La nuit qui suit se révèle anormalement calme. Sans doute en raison de la nécessité de recouvrer des forces après le court mais intense affrontement avec les lycéens.

V

– DEBOUT, MURMURE TARASS BOULBA en secouant légèrement le lit de Julien.

Celui-ci ouvre un œil, puis l'autre, et dévisage l'ancien.

– Putain ! Tu as un sacré bleu sur la tempe !

– Ce n'est rien, ça se résorbera vite. Allez ! Enfile ton survêt, on va descendre faire quelques tours de piste.

Julien revêt paresseusement son survêtement de sport et emboîte le pas à son aîné. Aujourd'hui, il se serait bien accordé une dispense d'entraînement mais il a bien compris que ce n'est pas dans son intérêt de décevoir Tarass Boulba dont l'exigence de discipline s'accommoderait mal d'un tel laxisme.

De retour dans le dortoir, alors qu'ils se dirigent vers les douches, une altercation retient leur attention.

– Churros, tu vas me cirer les pompes tout de suite ! ordonne Richard sur un ton comminatoire.

– Je ne suis pas ton boy ! lui rétorque crânement Pierre Gimenez.

– Tu n'es qu'un bizut de merde et tu fais ce que je te dis ! poursuit l'ancien en haussant le ton.

– N'y compte pas, espèce de dégénéré !

– Répète ce que tu viens de dire !

– Tu es sourd ? Je viens de dire « n'y compte pas, espèce de dégénéré ! ».

– Tu vas le regretter ! menace Richard en contournant le lit qui le sépare du bizut.

Tarass Boulba fait un pas vers les belligérants mais Julien le retient par la manche.

– Où vas-tu, Pierre ?

– Je vais calmer Churros.

– Alors je viens avec toi pour calmer ce vicieux de Richard.

– Tu te battrais contre moi ?

– Tu n'es pas un pervers, toi, mais Richard, oui, c'est un pervers et ce sont des mecs comme lui qui vous discréditent. Tu te trompes de cible, Pierre. Celui qui mine votre autorité, ce n'est pas Churros, c'est Richard qui ne cesse de vouloir nous humilier pour assouvir ses pulsions sadiques.

– Même si je suis un peu de ton avis, tu ne veux quand même pas que je balance une figue à un ancien devant tous les bizuts ?

– Non. Vous vous arrangerez entre vous. Pour l'instant, contentons-nous de les séparer.

Tarass Boulba et Julien s'approchent des deux fauteurs de trouble qui se sont colletés et se toisent du regard.

– Richard, lâche-le, ordonne calmement Tarass Boulba.

– Et toi, Churros, laisse tomber, conseille Julien.

– Vous avez entendu ? s'impatiente le premier en haussant le ton.

Sans se quitter du regard et avec une lenteur circonspecte, les deux combattants lâchent prise simultanément.

– On se reverra, Churros *de mierda* ! menace Richard, davantage pour sauver la face que par sincère détermination.

– Quand tu voudras, espèce de taré ! réplique du tac au tac Gimenez, conscient d'incarner, à cet instant, la résistance des bizuts face à l'oppression des anciens.

Pendant le trajet du lycée à l'école normale, Gimenez, entouré de Julien et de Zamberou, se rend bien compte que les attitudes

des autres normaliens à son égard ont soudainement évolué. Parmi les anciens, beaucoup d'entre eux, qui n'apprécient guère la perversité de Richard, lui coulent des regards approbateurs, Gastounet allant jusqu'à l'encourager à affronter délibérément cette brebis galeuse de leur promotion :

– Tu as bien fait de le remettre en place, Churros, c'est une ordure, et le comble c'est que dans deux à trois ans on va lui confier des gosses à éduquer !

Mais c'est dans le comportement des bizuts que notre héros du jour perçoit une substantielle évolution. Surtout dans celui du groupe des craintifs et des hésitants qui l'admirent d'avoir accompli ce qu'ils n'auraient jamais osé faire : entrer en conflit ouvert avec un ancien, au vu et au su de tous les normaliens :

– Après le Paillasson qui a pété une dent à Mao en pleine nuit, voilà que toi tu rembarres ce vicieux de Richard, en plein jour et devant tout le monde, je tire mon chapeau ! lui déclare Coslo, les yeux étincelant d'enthousiasme.

Dix minutes plus tard, réunis dans le péristyle, les pédagogues en herbe attendent l'arrivée de la directrice, Mme Weisseldinger. L'économe, Mme Dudognon, est déjà présente, boudinée dans sa robe de cretonne bleu marine, les bras croisés sur sa poitrine plantureuse. Julien croise le regard d'Agnès, debout au premier rang du groupe des élèves-maîtresses ; ils se sourient et ne se quittent plus des yeux jusqu'à ce qu'une porte claque et qu'un martèlement nerveux de talons de chaussures féminines sur le marbre du couloir annonce l'irruption imminente de la Grande. Chacun rectifie sa position, y compris les anciens les plus chevronnés, afin de s'éviter la causticité des remontrances dont la directrice a le secret. Seul Chady affiche une allure des plus désinvoltes : mal rasé, mal peigné, mal fagoté dans sa blouse grise amputée de la moitié de ses boutons, les chaussures délacées, il revendique fièrement sa singularité en première ligne du groupe des normaliens, prêt à payer le prix de son attitude provocatrice. Aussi n'est-il guère étonné lorsque la Grande, dès son apparition dans la salle, après l'avoir fusillé du regard, lui intime l'ordre de diriger le chant :

– Monsieur Chady, prouvez-nous que vous êtes plus doué pour diriger la chorale que pour soigner votre présentation !

Sans se démonter, une lueur goguenarde au fond des yeux, Chady se dirige vers la Grande et le Boudin, s'arrête à trois mètres des deux femmes, effectue un demi-tour sur place et, face aux élèves qui pressentent le pire des scénarios, énonce le titre du chant : *L'Internationale.*

Avant que les autorités n'aient eu le temps d'intervenir, il entonne le premier couplet :

« Debout les damnés de la terre
Debout les forçats de la faim. »

Progressivement, d'autres voix s'unissent à la sienne mais, les paroles exactes des couplets étant ignorées de la totalité des élèves hormis de cet énergumène de Chady, toutes les syllabes du texte sont remplacées par des « la ». Par contre, lorsque le chef de chœur amorce le refrain, ce sont de tonitruants éclats de voix qui font exploser, dans le vaste péristyle, les derniers vers du chant révolutionnaire :

« C'est la lutte finale
Groupons-nous et demain
L'Internationale
Sera le genre humain. »

Fier de sa prestation subversive, notre impertinent bizut regagne sa place parmi les normaliens.

– Je crois que là tu as dépassé la mesure, Ravachol, lui glisse Pyson.

Chady esquisse un sourire mais ne dit mot.

L'économe, statufiée, reste de marbre. Quant à la directrice, elle essaie bien de maîtriser sa fureur mais c'en est trop : ses yeux furibonds, qui foudroient l'outrecuidant Chady, et ses doigts entrelacés, qui s'agitent nerveusement, trahissent son extrême irritation.

– Allez ! Rejoignez vos salles de cours et vous, monsieur Chady, vous viendrez me voir à midi ! ordonne-t-elle d'une voix altérée par la colère sourde qu'elle peine à contenir.

– Oui, madame la directrice, répond sereinement l'interpellé.

– Tu vas te faire remonter les bretelles ! chuchote Pyson.

– Ne t'inquiète pas, je ne porte pas de bretelles, plaisante Chady, nullement affecté par cette convocation directoriale.

À l'issue des deux premières heures de cours, pendant la pause, alors qu'elle discute avec deux copines près du piano, Agnès ne semble guère impliquée dans la conversation car elle tourne fréquemment son regard vers Julien, posté près des tables de ping-pong. Jérôme, qui a repéré le manège de la gracieuse normalienne aux yeux d'émeraude, ne tarde pas à taquiner son ami :

– Dis, Agnès te fait des appels de phare. Tu ne devrais pas la laisser se morfondre.

– Tu as raison, Barjot. Excuse-moi de te planter là mais je ne peux pas la laisser languir plus longtemps.

À peine a-t-il terminé sa phrase que Julien regrette de l'avoir prononcée. Soudainement, il se rend compte de l'entreprise dans laquelle il s'est fourvoyé. Par pure provocation. Par simple agacement. C'est vrai ! Il en a sa claque des commentaires de Jérôme au sujet d'Agnès, et il ne comprend pas la raison de ce harcèlement. Jalousie ? Dépit ? Machiavélisme ? Toujours est-il que, poussé à bout par son ami, il a décidé intempestivement de le prendre au mot.

Décider est une chose, agir en est une autre. Julien en fait la cruelle expérience. De nature plutôt discrète, il doit maintenant traverser plus de la moitié de la grande salle pour rejoindre Agnès. Devant tout le monde. Et toute l'assistance va le suivre des yeux de son point de départ jusqu'à son point d'arrivée. Du moins se l'imagine-t-il sans avoir conscience de son agoraphobie. Qui plus est, tous les élèves de toutes les classes découvriront qu'il rejoint Agnès. Difficile de faire mieux pour quelqu'un qui n'aime pas s'exposer au regard des autres !

Pourtant, il ne peut plus faire machine arrière. Alors, avec cet aplomb inattendu dont font preuve les timides maladifs lorsqu'ils surmontent momentanément leur inhibition, Julien marche vers le piano. Le voici déjà près d'Agnès. Ayant concentré toute son énergie sur le parcours de quinze pas qui le séparait de la jeune fille, il ne trouve plus rien à dire et se tient là, tout penaud, ne sachant quelle contenance adopter.

– Bonjour Julien, lui susurre la jolie blonde. Tu voulais me dire quelque chose ?

– Non, Agnès, rien de particulier, simplement te dire bonjour, réussit à articuler l'adolescent.

Julien voudrait bien échanger autre chose que ces banalités mais Agnès n'est pas seule, ses copines sont là, tout yeux et tout oreilles. Il y a Paulette, la bombe latine aux cheveux de jais, aux yeux de braise, aux formes épanouies ; Jeannine, une fille longiligne au charme rétro, au regard nostalgique ; et enfin Annie, sans doute la plus défavorisée par la nature de toutes les bizutes. C'est cette dernière qui interpelle soudain Julien :

– Et à nous, tu ne veux pas nous dire bonjour ?

– Si, si, bonjour, lâche laconiquement Julien qui s'efforce, depuis qu'il la connaît, de ne rien laisser paraître de l'inappétence qu'il éprouve à son endroit.

Il la trouve tellement quelconque pour ne pas dire laide ! Oubliant qu'un tel jugement personnel est empreint d'une très grande subjectivité, il pense que la terre entière partage son appréciation et qu'Annie demeurera vieille fille pour le restant de ses jours. Donc il la plaint avec une profonde sincérité et, pour lui adoucir le sort qu'il imagine être le sien, il fait preuve de gentillesse à son égard, il la traite à l'égal des autres filles, il lui parle, il lui sourit. À tel point qu'il se demande parfois si Annie ne se méprend pas sur les raisons de son comportement magnanime. À plusieurs reprises, elle s'est retrouvée à ses côtés dans les couloirs de l'E.N. Trop fréquemment pour qu'il s'agisse d'un pur hasard. Puis il y a eu, hier, cet autre événement apparemment anodin mais néanmoins insolite : alors qu'il revenait seul du gymnase, Annie, assise sur le perron de l'école normale, semblait l'attendre ; Julien avait grimpé les marches quatre à quatre mais avait été rattrapé par la question d'Annie :

– Où cours-tu si vite Julien ?

Il s'était retourné pour répondre qu'il était en retard et il avait remarqué qu'Annie arborait un affreux sourire qui se voulait enjôleur, tandis que ses yeux de chien battu semblaient implorer un signe de tendre complicité.

Julien ne s'était pas senti le courage de la désillusionner. Il avait passé son chemin, espérant qu'Annie finirait bien par comprendre toute seule qu'en ayant des visées sur lui elle se trompait lourdement de cible. Aujourd'hui, la pauvre fille n'est pas encore parvenue à cette déduction si l'on en juge par les avances à peine déguisées qu'elle fait à Julien :

– Tu ne trouves pas, Julien, qu'on a de la chance d'être dans une école normale mixte ?

– Si, si. Mais c'est normal puisque nous vivons dans une société mixte. Ça nous apprend à vivre ensemble, filles et garçons, au moment où nous entrons dans le monde des adultes.

– En plus, ajoute Annie avec ambiguïté, on peut trouver sur place l'âme sœur, comme l'a déjà fait Paulette.

– Attends, attends ! réagit cette dernière. Ce n'est pas parce que Michel et moi sommes de bons amis que nos destins sont scellés. Nous ne nous connaissons que depuis une semaine et il n'est pas le seul garçon de l'E.N.

– Et tu n'es pas la seule fille non plus, fait remarquer Jeannine.

– *Grosso modo,* intervient Agnès, il y a autant de garçons que de filles donc, mathématiquement parlant, nous sommes en présence d'une possibilité de bijection parfaite qui ne laissera personne sur la touche. Ainsi, tu n'as pas de souci à te faire, Annie : ici et maintenant, il y a un garçon qui te correspond. À toi de le dénicher s'il ne vient pas vers toi.

Julien sourit avec une cruauté inconsciente. Il doute qu'un normalien prenne un jour l'initiative de venir conter fleurette à Annie et il se demande par quel sortilège cette dernière pourrait bien envoûter quelqu'un.

– En fait, poursuit Agnès, si chacun se satisfaisait du conjoint que le sort lui a attribué à l'entrée à l'E.N., le problème des couples serait réglé.

– Eh bien ! Moi je m'en satisfais, glisse Julien. Pourquoi n'en serais-tu pas satisfaite toi aussi, Annie ? Ton mari, c'est Jérôme ? Tu ne le trouves pas à ton goût ?

– Si, mais on ne peut pas se laisser influencer par cette sorte de hasard. C'est comme si on tirait son futur mari à la loterie.

– Mais Jérôme, c'est quand même un beau gosse. Qu'est-ce que tu lui reproches ? Tu veux que je lui parle ? Qu'est-ce que tu veux que je lui dise ? insiste Julien, se délectant par anticipation de la tête que fera son ami à la réception du message d'Annie.

– Je lui ai déjà parlé, comme ça, sans arrière-pensée, histoire de faire connaissance.

– Et alors ? demande Jeannine.

– On a parlé de tout et de rien. Il m'a répondu que pour le moment il ne cherchait à établir aucune relation avec une fille en particulier, qu'on était là pour quatre ans, que d'autres promotions nous rejoindraient et qu'il souhaitait donc prendre son temps. Et il a ajouté : « Mais tu sais, Annie, je connais quelqu'un qui en pince pour toi ! »

– Et il t'a dit qui est ce quelqu'un ? interroge vivement Paulette.

– Oui, mais je ne vous le répéterai pas ! C'est mon secret, déclare fièrement la disgracieuse normalienne plus ou moins consciente de se valoriser en laissant planer le suspense.

Un détail n'a cependant pas échappé à Julien : le regard appuyé que lui a lancé Annie en prononçant sa dernière phrase. Et ce qui n'était chez lui qu'un vague pressentiment se mue progressivement en une effarante certitude : ce quelqu'un que Jérôme a indiqué à Annie n'est autre que lui, Julien.

Il a du mal à refréner la colère qui monte en lui. Mais pourquoi Jérôme a-t-il fait avaler ce canular à Annie ? Se rend-il compte du choc affectif qu'elle encaissera lorsqu'elle découvrira la vérité ? Charitable vis-à-vis de l'infortunée normalienne, Julien se doit de lui dessiller les yeux au plus vite, avant qu'elle ne s'abîme, corps et âme, dans de funestes fantasmes. Mais comment la désabuser sans la désespérer ? Une idée lui vient.

– Jérôme est l'un de mes meilleurs copains. Si je le lui demande, je suis sûr qu'il me dévoilera le nom de ton mystérieux soupirant.

– Tu le connais peut-être déjà, suggère Annie avec une note d'espérance dans la voix.

– Franchement non, Annie. Jérôme ne m'a rien dit et je ne vois pas qui cela peut être, articule posément Julien.

– Alors n'en parlons plus. Jérôme a dû me monter un bateau, conclut la pauvre fille, les yeux empreints de tristesse avant de lancer soudainement : Mais pourquoi m'aurait-il fait ça ?

– Pour te faire une blague, insinue Paulette.

– Ou pour bien te faire comprendre qu'il n'est pas prêt à entamer une relation sentimentale avec toi et que tu dois orienter tes recherches vers quelqu'un d'autre, laisse entendre Jeannine.

– C'est sans doute ça, renchérit Agnès. Il ne veut pas que tu t'imagines qu'étant mari et femme dans la promo des bizuts vous êtes destinés à le devenir aussi dans la vie.

Julien ne partage pas ces hypothèses. Il a une tout autre interprétation du comportement de Jérôme et il est bien décidé à en vérifier la validité dès que l'opportunité se présentera.

La sonnerie annonce la fin de la pause. Les élèves-maîtres de seconde se ruent dans l'escalier qui conduit aux ateliers en chantant à tue-tête le refrain grivois « Ya d'la colle, colle… » devenu l'hymne incontournable qui prélude à la cacophonie inhérente aux activités manuelles des normaliens.

Parvenus dans la salle du sous-sol, les pédagogues en herbe saluent cavalièrement Rase-mottes, écoutent distraitement ses instructions, puis se répartissent dans les divers ateliers pour entamer la réalisation de projets bien précis. Julien a prévu de relier les deux tomes récemment écrits par le Dr André Soubiran sous le titre générique *Les Hommes en blanc*.

Alors qu'il s'affaire à débrocher les deux livres, quelqu'un lui tape sur l'épaule. Il se retourne : c'est Jérôme qu'il n'a pas entendu approcher et pour cause car, dans la vaste pièce où le hurlement sourd des scies circulaires le dispute à celui, strident, des meuleuses, où le tintamarre des marteaux parasite le vrombissement des raboteuses-dégauchisseuses, même la clameur d'un groupe d'élèves-maîtres chantant à tue-tête *Le Curé de Camaret* ne parvient pas à émerger distinctement du vacarme ambiant.

– Ah, c'est toi ! Tu tombes bien ! crie Julien.

– Tu veux que je t'apporte mon aide ? demande Jérôme.

– Je veux surtout que tu m'apportes des explications ! Pourquoi es-tu allé raconter à Annie que j'en pinçais pour elle ? Je t'écoute.

– Dans ce boucan, on ne s'entend plus. Tu ne préfères pas qu'on en parle plus tard ?

– Ne compte pas t'en tirer comme ça, Barjot. On reporte les explications mais tu n'y échapperas pas, avertit Julien.

– D'accord, d'accord, tu auras tes explications, concède Jérôme avant de s'éloigner.

– Stoppez tout ! C'est terminé pour aujourd'hui ! annonce en vain Rase-mottes.

– Macarel ! Vous êtes sourds ! Stoppez tout ! hurle-t-il.

L'intensité du vacarme diminue très progressivement jusqu'à ce qu'un violent coup de marteau, assené sur une enclume par Chady, ponctue l'arrêt complet des machines.

– *Canalha de Diu !* Qui a fait ça ? demande le petit professeur.

– C'est moi, monsieur ! Pour annoncer la fin du boulot ! prétexte le fauteur de trouble.

– Ah ! Tu fais la forte tête ! Tu veux que je t'envoie chez Mme la directrice ?

– Ne vous donnez pas cette peine, monsieur. Je suis déjà convoqué dans son bureau, réplique l'élève.

– Alors, ne la fais pas attendre, morveux. Allez ! Disparais !

Toute la classe, Chady en tête, se dirige vers la sortie en braillant : « Ohé les muchachas, j'apporte le courrier… » devenu la turlurette définitivement adoptée par les élèves de seconde pour célébrer la clôture des séances de travail manuel.

– Chady ! Suis-nous ! ordonne l'un des deux pions postés en faction près de l'entrée du péristyle.

Ravachol tend les deux bras vers l'avant.

– Qu'est-ce que tu veux ? nasille le Puant.

– J'attends que vous me passiez les pinces !

– Arrête de faire le malin et suis-nous ! conseille posément Filochard.

Le coupable et les deux surveillants qui l'encadrent disparaissent dans les couloirs puis réapparaissent cinq minutes plus tard.

Sur le trajet du lycée, Jérôme se porte à la hauteur de Chady.

– Alors, raconte-moi comment ça s'est passé.

– La Grande m'a simplement filé un avertissement.

– Tu t'en tires à bon compte.

– Ouais ! Mais si elle me refait le coup de me désigner pour diriger le chant, je lui envoie *La Carmagnole.*

– Tu nous apprendras d'abord les paroles.

Gafet s'approche à son tour de Chady.

– Alors Ravachol ?

– Qu'est-ce que tu veux savoir, Balluche ?

– La Grande n'a pas été trop vache ? s'enquiert celui-ci, les yeux brillant d'une naïve curiosité sous le large béret basque.

S'il avait été contemporain de Voltaire, Gafet aurait pu inspirer au philosophe le personnage de *L'Ingénu*. Dans cette promotion de normaliens, ce fils d'agriculteurs girondins intrigue par son allure maladive et surprend par son effarante naïveté. Pourtant, classé parmi les meilleurs au concours d'entrée à l'école normale d'instituteurs, il a confirmé, dès les premiers jours, que sa réussite scolaire ne relevait pas du fruit du hasard mais révélait l'existence d'un solide potentiel intellectuel. Cependant, quel décalage entre son intelligence et son bon sens !

Gafet, c'est un organisme grandi trop vite, avec des jambes trop maigres pour donner de la tenue au pantalon de velours marron qui flotte autour d'elles, avec des épaules trop étroites pour l'empiècement de la blouse qu'elles supportent, avec un cou trop fluet pour cette tête poupine aux yeux d'encre de Chine surmontés d'une broussaille de sourcils ténébreux et, pour couronner ce corps dégingandé, un large béret noir qui laisse échapper quelques mèches de cheveux de jais.

Gafet, c'est aussi un grand candide de dix-sept ans. Exclusivement tourné vers ses études, il n'a guère appris à l'école de la vie, laissant ainsi se créer une discordance flagrante entre l'appropriation des idées et des savoirs d'une part et le sens des réalités d'autre part. Comme le résume Jérôme : « Balluche, c'est un martien : il n'a pas les pieds sur terre », et personne ne se prive d'exploiter la candeur de ce pseudo-extraterrestre.

– Ne m'en parle pas, Balluche, J'ai failli y passer ! confie Chady avec son air le plus sérieux.

– Comment ça, y passer ?

– Tu n'es pas au courant ? Heureusement que les pions m'ont briefé avant que j'entre dans le bureau, sans quoi…

– Sans quoi quoi ? coasse Gafet, très intrigué.

– Sans quoi je passais à la casserole, mon vieux !

– Faut lui expliquer, intervient Jérôme. Faut qu'il soit averti lui aussi, sinon il risquerait de se laisser surprendre.

– D'accord, on va te mettre au parfum mais tu n'en parles à personne. C'est bien clair, à personne ! Tu promets de garder ça pour toi ?

– C'est promis ! s'empresse de répondre Gafet, impatient de connaître le danger qui plane furtivement au-dessus de sa tête.

– Eh bien, la Grande, c'est une érotomane insatiable, poursuit Chady.

– Une quoi ? demande Gafet.

– Une nymphomane si tu préfères, une amatrice de sexe, quoi ! précise Jérôme avec une irritation simulée pour donner encore plus de crédit à ses paroles.

– Ouais ! reprend Chady. C'est une redoutable prédatrice sexuelle et tu as intérêt à toujours rester sur tes gardes quand tu vas dans son bureau !

– On raconte même qu'elle a voulu diriger une E.N. mixte pour avoir sous la main de quoi assouvir son appétit sexuel démesuré ! renchérit Jérôme.

– Alors là, Ravachol, je ne m'attendais pas à ça ! s'exclame Gafet avec une authentique crédulité. C'est renversant !

– Renversant, c'est en effet le mot juste ! Si tu ne fais pas gaffe, en deux temps trois mouvements, tu es renversé sur le tapis et je ne te décris pas la suite !

– Et comment tu as fait, toi, pour échapper à ses sévices ? s'enquiert Gafet, visiblement ébranlé par le récit de ses deux camarades.

– J'avoue que j'ai eu du pot. La Grande m'a d'abord menacé des pires sanctions, puis elle m'a dit : « Mon petit Robert, vous ne m'avez pourtant pas l'air d'un mauvais sujet et je vais donc vous proposer un marché. » Elle s'est levée puis, le regard lubrique et les deux mamelles agressivement pointées vers moi, elle s'est approchée. Je reculais vers la porte au fur et à mesure qu'elle avançait mais elle gagnait du terrain. J'entendais sa respiration de plus en plus rauque, je voyais son regard de plus en plus brillant, je sentais son parfum de plus en plus entêtant et je me disais : « Ça y est, mon pauvre Robert, tu vas y passer ! »

Chady s'interrompt et, à l'évocation de la situation désespérée qu'il vient d'imaginer, secoue machinalement la tête d'avant en arrière tout en répétant :

– « Ça y est, mon pauvre Robert, tu vas y passer ! »

– Et après ? s'impatiente Gafet.

– Après ? reprend Chady en feignant d'émerger de son cauchemar. Après, tout a basculé.

– Elle t'a renversé sur le tapis ?

– Mais non, Balluche ! Je t'ai dit que j'avais eu du bol. Juste au moment où j'allais être acculé à la porte, voilà-t'il pas que quelqu'un sonne ! La Grande recule précipitamment vers son bureau et crie : « Entrez ! » La porte s'ouvre et devinez qui se pointe dans l'embrasure ?

– L'un des pions ! conjecture Gafet.

– Tu parles ! Les pions s'étaient tirés en douce après m'avoir livré à la Grande. Non, c'était le facteur qui apportait un paquet de lettres recommandées. Du coup, la Grande m'a renvoyé : « Allez, pour aujourd'hui, mon garçon, vous vous en tirez avec un avertissement, mais attention à la prochaine fois ! »

– Maintenant tu es bien averti, commente Jérôme d'un air grave. Le prochain coup, Robert, tu y passes ! Tu vois, Balluche, le danger qui nous guette, à nous, les garçons ? Tu as intérêt à te tenir à carreau avec la Grande si tu ne veux pas qu'elle te viole sur le tapis de son bureau !

Gafet ne souffle mot, trop absorbé qu'il est dans d'amères réflexions sur sa condition d'élève-maître. Déjà objet des brimades des anciens, le voici menacé de devenir esclave sexuel de la directrice ! Visiblement préoccupé par ce qu'il vient d'entendre, il s'éloigne rapidement des deux compères.

Julien, qui a tout entendu, rejoint Chady.

– Toi et Barjot, vous exagérez !

– Oh ! là, là ! Voici un père la morale qui débarque sans qu'on l'ait sollicité !

– Arrête, Ravachol ! Au fond de toi, je suis sûr que tu me donnes raison. Ce n'est pas bien de faire gober de telles conneries à un copain de promo. Au lieu de l'aider, vous vous payez sa tête. Mais il est des nôtres, merde !

– Et alors ? On n'a pas le droit de plaisanter entre nous ?

– Tu appelles ça plaisanter ? Toi, tu te marres peut-être mais Balluche ne rigole pas, lui. Et, quand il comprendra que vous vous êtes foutus de lui, il vous en voudra, et là, pour le coup, oui, il aura le droit de vous en vouloir.

– Qu'il m'en veuille ou non, je m'en fous ! Et puis ça lui passera !

– Tu veux bien m'écouter deux minutes, Ravachol, seulement deux minutes et je me casse.

Julien se tait un instant puis, baissant la voix pour ne pas être entendu des anciens qui cheminent autour de lui, reprend sur un ton qui se veut le plus convaincant possible :

– Nous, les bizuts, nous devons ne faire qu'un face aux anciens. Tu veux continuer, toi, à subir des *flyings*, à te faire enfermer dans les chiottes qu'ils nous ont forcés à déboucher à mains nues, à recopier leurs T.P. à longueur d'étude ? Moi et plusieurs autres, nous ne sommes pas décidés à supporter tout ça plus longtemps mais le seul moyen de parvenir à nos fins, c'est de rester unis comme les doigts de la main. Alors évite de semer des germes de discorde au sein de notre promo sinon on te laissera te démerder tout seul quand tu auras des ennuis.

– Tu parles bien, mais quand je me suis encaissé le *flying*, personne n'a levé le petit doigt !

– C'est vrai, mais tu dois savoir que le Paillasson voulait intervenir et que nous l'avons dissuadé car nous n'étions pas encore prêts à nous opposer frontalement aux anciens. Depuis, tu as pu constater que nous avons marqué des points. Quand Christian a pété une dent à Mao, il n'a subi aucune mesure de représailles. Quand Gimenez s'est colleté avec ce connard de Richard, il n'a pas été inquiété par la suite. Les anciens sont moins sûrs d'eux. Ils sentent que ça peut déraper s'ils poussent le bouchon trop loin. C'est bon signe. Alors ne foutez pas tout en l'air simplement pour vous marrer cinq minutes au risque d'en baver pendant tout le reste de l'année. T'es pas de mon avis, Ravachol ?

– Parce que tu crois vraiment que Balluche, naïf qu'il est comme un lapereau de six semaines, peut nous être d'un grand secours pour affronter les anciens ? T'es pas sérieux, Julien !

– Détrompe-toi, Ravachol, c'est parce qu'il est un authentique révolutionnaire qu'il est naïf et on ne peut pas se passer de lui comme on ne peut pas se passer de toi pour renverser la dictature des anciens.

– Bon, j'ai compris. Épargne-moi ton éloquence tribunitienne ! Je parlerai à Balluche tout à l'heure, en étude, concède Ravachol, flatté d'être identifié comme un acteur incontournable du complot qui se trame contre les anciens.

– O.K. Ravachol ! Tu es des nôtres. Nous comptons sur toi.

Au cours du déjeuner qui suit le retour au lycée, le Pacha annonce aux bizuts qu'ils sont convoqués dans le dortoir à 14 heures précises.

Ce nouvel ukase des anciens est diversement apprécié par les bizuts. Il conforte Julien, Christian et quelques autres dans leur détermination à se battre bec et ongles contre la perpétuation de cette tradition du bizutage tandis que Narric, Coslo ou Pyson ne manifestent aucune volonté de résistance, les uns voulant préserver l'autorité des anciens dont ils seront investis l'an prochain, les autres craignant d'indisposer leurs aînés et de subir des brimades supplémentaires.

Après le repas, Julien aborde Jérôme dans la cour du lycée :

– Tu as une minute, Barjot ? Faut qu'on cause tous les deux.

– Tu as un problème ?

– Ne fais pas l'innocent, Barjot ! Tu sais de quoi je veux te parler.

– Non, mais je t'écoute.

– Oui, écoute-moi, et surtout écoute bien ce que je vais te dire parce qu'il va falloir, ensuite, que tu te le tiennes pour dit une fois pour toutes !

– Oh ! là, là ! Des menaces ?

– Non, mais une mise au point définitive !

– Vas-y.

– Annie m'a tout raconté et elle vient juste de comprendre que tu lui as menti !

– Ce n'est qu'un prêté pour un rendu. Tu m'as bien menti, toi aussi, au sujet de Jeanne, contre-attaque Jérôme.

– Jeanne n'existe pas, mon mensonge ne l'affecte donc pas. Annie existe, elle fait partie de notre promo et, pour m'emmerder, tu lui causes du tort ! s'énerve Julien.

– Au contraire, je lui ai procuré un doux moment de rêve.

– Tu ne manques pas d'air ! Tu imagines au moins le désespoir d'Annie découvrant ton imposture ? Tu as conscience du poids des mots ? Tu sais qu'un mot peut enchanter la vie et qu'un autre peut la détruire ?

– Je suis d'accord avec toi. Disons donc que j'ai enchanté la vie d'Annie et que toi tu as pris le risque de désespérer cette pauvre fille !

– Je ne discute plus avec toi, Jérôme. Tu es d'une mauvaise foi désarmante ! s'exclame Julien avec dépit.

VI

En montant au dortoir, le surlendemain après-midi, Julien ressasse de mornes pensées.
N'a-t-il pas lui-même vécu avec Jeanne, pendant des mois et des mois, cet enchantement de la vie que procure un amour partagé ? Et si, aujourd'hui, il devait dire à la jeune fille ces paroles qui détruisent en quelques secondes un bonheur construit en plusieurs années, comment réagirait-elle ? Serait-ce du courage ou de la lâcheté que de lui expliquer que le cœur n'a que faire des scrupules de la conscience et que ses déferlements de passion submergent les digues de la morale ? Serait-ce une preuve d'honnêteté ou un acte de trahison que de lui annoncer une décision unilatérale de rupture ? Et dire qu'il se permet d'adresser des reproches aux uns et aux autres, lui qui s'autorise à mentir sans vergogne à ses amis et envisage de briser le cœur de celle qui lui accorde une confiance à toute épreuve !

Quand il débouche dans le dortoir, il aperçoit ses camarades de promo qui se tiennent bien sagement debout face au clan des anciens.

– Dépêche-toi, Primitif ! lui ordonne le Puant de l'intérieur de son box.

Julien passe son chemin sans daigner répondre à cet ersatz de surveillant, ravalé au rang de subalterne des anciens, et se joint aux autres bizuts.

– Aujourd'hui, j'ai une surprise pour vous, les bizuts, déclare le Pacha.

Un silence général suit cette annonce. Armé de son inséparable polochon en guise de matraque, Tarass Boulba sort du groupe des anciens et s'approche des bleus :

– Vous avez entendu ? Le Pacha vous réserve une surprise. Qu'est-ce qu'on dit ? On dit : « Merci Pacha ! »

– Merci Pacha ! reprennent en chœur les bizuts sans suffisamment d'enthousiasme au gré de Tarass Boulba qui éructe :

– Plus fort ! Plus fort !

– Merci Pacha ! répètent les bleus avec un peu plus d'allant.

– Maintenant, ouvrez bien vos *esgourdes*. Avec Tarass Boulba et quelques autres, nous allons vous faire défiler en ville afin que les Lot-et-Garonnais voient la tronche des futurs instituteurs de leurs marmots.

S'ensuivent des instructions très précises dont l'application débute *illico presto* dans le dortoir.

Un quart d'heure plus tard, encadrés par une quinzaine d'anciens revêtus de leurs blouses grises, les seize bizuts, dont les têtes émergent d'affreux ponchos confectionnés à partir de sacs-poubelle de cent litres, se dirigent vers la place de la Porte-du-Pin. Ils cheminent par deux dans un joyeux tintamarre provoqué par les canettes en fer-blanc attachées à leurs chevilles. Dans leurs dos, tracés en blanc sur le polyéthylène noir de ces sacs-poubelle – figurant parmi les plus grandes inventions de nos amis canadiens ! –, apparaissent leurs sobriquets et leurs classements d'entrée à l'E.N. Ainsi les Agenais pourront-ils apprendre que le dernier du cortège, coiffé d'un grand bonnet d'âne, n'est autre que Pignouf, dernier de la promo, alors que celui qui marche martialement en tête, coiffé d'un calot, est Sergent, major de la promo, les autres bizuts s'échelonnant entre ces deux extrêmes.

Sur ce premier tronçon d'itinéraire quasiment désert, le monôme ne provoque guère de curiosité mais, lorsqu'il traverse la place de la Porte-du-Pin, il intrigue les passants, suscite des quolibets, déclenche des rires et s'attire les foudres de l'agent chargé de régler la circulation.

– Suivez-moi tous au poste de police ! ordonne ce dernier que tous les citadins connaissent de nom et de réputation car il s'agit de Beausoleil, l'incorruptible policier qui a poussé le zèle jusqu'à verbaliser son épouse coupable d'étendre du linge à sa fenêtre après 10 heures du matin.

Regroupés devant l'antenne du commissariat qui s'intercale entre les W.-C. publics et le *Tabac-Presse du Pin*, les élèves-maîtres attendent l'issue des pourparlers engagés entre les policiers et le Pacha. Bientôt, celui-ci réapparaît, le sourire aux lèvres.

– Les forces de police nous autorisent à poursuivre notre manifestation à condition qu'elle ne provoque pas de troubles.

– Pas de pot, marmonne Christian.

– Y a qu'à mettre le bazar pour emmerder les anciens, ajoute Chady, toujours prêt à prôner l'anarchie.

– Évitons pour le moment tout conflit avec les anciens, c'est trop tôt. Et, de plus, nous aussi, nous serions sanctionnés ; mieux vaut rester tranquilles, conseille Jérôme.

La file de normaliens reprend sa marche, amorce la descente du boulevard de la République et s'arrête devant la graineterie Marty qui jouxte un magasin de surplus militaire. Le Pacha s'adresse aux bizuts :

– Les huit premiers bizuts, Sergent d'abord, vous allez entrer, l'un après l'autre, dans le magasin de surplus militaire et demander à acheter une capote anglaise. Quant aux huit derniers, vous allez successivement pénétrer chez le grainetier pour faire l'acquisition de deux kilos de lentilles concaves. Exécution. Et ceux qui attendent leur tour vont réviser leurs chants sous la conduite de Bartók.

Les nouveaux normaliens extirpent de leurs poches les partitions qui leur ont été remises avant le départ et, entourés de quelques promeneurs attirés par ce concert de rue insolite, se livrent à une répétition de l'hymne occitan *Se canta* attribué à Gaston Phœbus et du *De profundis morpionibus*, ce morceau d'anthologie de la chanson paillarde du XIXe siècle écrit par l'illustre Tarbais Théophile Gauthier qui, par la suite, nia obstinément la paternité de cette œuvre pour préserver, sans succès, ses chances d'admission à l'Académie française.

Le retour de Pignon, sévèrement éconduit par le marchand de graines, marque la fin de cet interlude et la reprise de cette procession profane qui, au bout de vingt minutes, atteint la place Jasmin, du nom du célèbre coiffeur-poète occitan dont la statue s'élève en ce point de sa ville natale.

Le Pacha communique ses nouvelles instructions :

– Sergent et Pignouf, vous allez grimper sur le piédestal pour embrasser notre félibre gascon et vous chanterez avec nous avant de redescendre. Allez ! Aidez-les à escalader le socle !

Zamberou, Jérôme, Chady et Julien sont les premiers à venir en aide à leurs deux camarades de promo qui sont instantanément propulsés au niveau du poète qu'ils embrassent aussitôt avant d'entonner, tout en se cramponnant à l'énorme bloc de bronze, le chant occitan :

« *Dejós ma fenèstra*
I a un aucelon
Tota la nuèit canta
Canta sa cançon.
Se canta, que cante
Canta pas per ieu
Canta per ma mia
Qu'es al luènh de ieu[1]… »

---

1. Sous ma fenêtre / Il y a un petit oiseau / Qui toute la nuit chante / Chante sa chanson / S'il chante, qu'il chante / Il ne chante pas pour moi / Il chante pour ma mie / Qui est loin de moi.

Sous la surveillance discrète mais attentive de l'agent affecté à la régulation de la circulation, des badauds se sont regroupés autour de cette chorale singulière et, cédant à leur atavisme régional, ont joint leurs voix à celles de leurs cadets. Puis les clients attablés à la terrasse du *Café Foy* se sont à leur tour ralliés à ce chœur hétéroclite pour faire éclater, dans l'un des derniers ciels de cet été, les voyelles chaudes et épanouies de la langue de nos troubadours.

Le dernier refrain terminé sous une salve d'applaudissements, le cortège reprend le boulevard de la République. Avant de quitter ces lieux familiers, Julien jette un dernier regard nostalgique vers le cours complémentaire Jasmin dans lequel il vient de passer cinq années de son adolescence pour préparer le concours d'entrée à l'école normale d'instituteurs. Il a une pensée reconnaissante pour M. Clément, le directeur, et pour nombre de professeurs dévoués et compétents qui l'ont accompagné, soutenu, réconforté, encouragé. Pour les autres aussi, sans rancune : l'Ivrogne, l'Adjudant ou le Jésuite qui illustrent la diversité de la société humaine à défaut d'incarner les qualités psychopédagogiques requises pour exercer les fonctions de professeur.

Le Jésuite. Julien l'avait retrouvé à l'école normale. Pas l'individu, mais le concept. Grâce à la Biquette, la prof de français qui ne jurait que par Pascal et ses *Provinciales*, il avait vaguement assimilé ce qui faisait divergence entre un jésuite et un janséniste. Cela ne l'avait guère affecté, les deux frères ennemis restant sous le giron de leur sainte mère, l'Église catholique apostolique et romaine, celle-là même où il avait officié comme enfant de chœur dans son enfance avant de s'en détacher sous l'influence d'un père athée qui se gaussait ouvertement de tous ces culs-bénits qui s'imaginaient que « bouffer une hostie chaque dimanche après confesse » les lavait de toutes les ignominies dont ils s'étaient sciemment rendus coupables les jours précédents. Comme la plupart de ses camarades du séminaire laïque qu'est l'école normale, Julien est agnostique, pas anticlérical, et l'initiative des anciens qui ont décidé de faire un détour jusqu'au collège des jésuites, histoire de narguer les autorités et les élèves de cet établissement, ne l'enthousiasme guère mais il n'a pas le choix.

Arrivé devant le collège privé, le groupe d'élèves-maîtres, anciens et nouveaux confondus, interprète les trente couplets de ce *De profundis morpionibus* auquel la reprise systématique, entre chaque quatrain, du refrain gauloisement latinisé : « De profundis morpionibus. Et secatis roupettibus, Et excita verolabus », confère une componction blasphématoire de circonstance.

Totalement ignorés par le personnel et les pensionnaires du collège, diversement appréciés par les rares promeneurs de passage, les normaliens lèvent le camp et rejoignent le terrain de leur dernière épreuve, la rue de l'Argenterie, territoire de prédilection des péripatéticiennes agenaises auxquelles les bizuts ont pour mission de demander ce qu'elles pensent de leur illustre maître, Aristote.

Flairant la mauvaise plaisanterie qui non seulement ne les gratifiera d'aucun avantage pécuniaire, mais encore risque de leur faire rater un éventuel client diurne en vadrouille dans le coin, les premières gagneuses interviewées ne tardent guère à abreuver d'insultes ces « petits merdeux venus perturber leur *business* » et à les dissuader de prolonger leur incursion dans ce quartier interlope.

Il ne leur reste plus qu'à regagner le lycée.

Le Rital n'a pas participé à l'expédition. Allongé sur son lit, il observe Julien pendant quelques secondes puis demande :

– Alors, Primitif ? Ça s'est bien passé ?

Julien fait aussitôt un bref compte rendu des événements qu'il vient de vivre sans s'attarder sur la séquence relative au collège des jésuites car, ayant lui-même des grands-parents maternels d'origine transalpine, il sait que les immigrés italiens sont souvent des catholiques pratiquants.

– Au fait Rital, pourquoi tu ne nous as pas suivis ?

– Justement parce que je n'étais pas d'accord avec le passage par le collège des jésuites.

– Tu pratiques la religion ?

– Non, mais mes parents, oui. Et moi je respecte la conscience de chacun de mes compatriotes. Je suis laïque donc tolérant. Ce qui ne veut pas dire que tout soit tolérable.

– Je suis de ton avis, avoue Julien.

– Au réfec ! crie le Puant.

Personne ne commente l'intervention du pion mais tout le monde se rue dans l'escalier.

Au retour du dîner, Julien se met sur son trente et un, quitte le dortoir, fait tranquillement le mur et se dirige vers la demeure de l'oncle de Jeanne située rue Félix-Aunac, à quatre-vingts mètres à peine du stade Armandie dans lequel l'équipe du S.U.A[1]., déjà championne de France à deux reprises, électrise périodiquement ses milliers de supporters agenais.

C'est Jeanne qui lui ouvre la porte. Elle l'attendait avec impatience. Avec amour. Elle lui sourit spontanément, sans un geste afin de ne pas briser la magie de cet instant unique où le regard découvre la présence de l'être cher, sans un mot pour ne pas troubler ce moment de grâce où la passion a besoin de silence pour s'exprimer dans sa plénitude.

Puis elle fait un pas vers lui, dépose un baiser furtif sur ses lèvres et l'invite à franchir le seuil.

– Achève d'entrer[2], propose-t-elle avec spontanéité, reprenant ainsi une expression courante littéralement transposée de notre patois.

– Non merci, Jeanne. Puisque tu sembles prête à sortir, partons directement.

---

1. *Sporting Union Agen.*

2. *En occitan : acaba de dintrar.*

– Tu vas quand même bien dire bonjour à mon oncle et à ma tante, insiste la jeune fille.

Julien obtempère. Uniquement pour ne pas contrarier Jeanne. Pourtant, il se passerait bien d'aller saluer ces gens-là. Surtout tonton Julot, comme l'appelle sa nièce. Dans sa famille, on qualifie Jules de bon vivant, une formule euphémique très pratique pour essayer de le rendre sympathique malgré ses vices. Toujours avec le souci de ne pas l'exclure du clan, du moins tant qu'il n'a pas commis l'irréparable, on minimise son penchant pour l'alcool et, lorsqu'il est entre deux vins, on le dit convivial. Quand, après avoir grillé deux paquets de Gauloises bleues dans la journée, il salive avec délectation sur le dernier mégot avant d'avaler un ultime verre de rouge, on fait remarquer qu'il honore la mémoire de son père, un épicurien qui voulait profiter de tous les plaisirs de la vie après avoir passé trois ans dans les tranchées, un bon vivant mort d'avoir trop fumé. Quant aux multiples infidélités conjugales de ce gai luron qui n'a pu devenir père parce qu'il est stérile, il bénéficierait, dit-on, de circonstances atténuantes, son épouse étant coupable de n'avoir aucune propension à la gaudriole. Mais ce que Julien ne peut lui pardonner, c'est d'avoir touché Jeanne. Ce n'est arrivé qu'une fois. Un geste déplacé sous l'empire d'un armagnac de trop. Certes, une fois les vapeurs enivrantes dissipées, il s'est confondu en excuses, lui a juré de ne plus recommencer et a tenu parole. Cet attouchement unique n'a laissé aucune trace sur la poitrine de Jeanne mais s'est gravé de façon indélébile dans l'esprit de Julien ; chaque fois que sa main épouse le galbe si esthétique d'un sein de sa bien-aimée, il ne peut s'empêcher de penser qu'une autre main, une main intruse, graveleuse et rustaude, s'est posée brutalement sur cette gorge délicate aux lignes si pures. Aussi ne s'attarde-t-il pas dans la demeure de tonton Julot et entraîne-t-il Jeanne à l'extérieur.

– Où me conduis-tu ? demande-t-elle.

– Où veux-tu aller ?

– J'aime bien aller au cinéma avec toi. On est si bien dans le noir tous les deux, confie-t-elle en se serrant contre Julien.

– En ce moment, ils passent *Le Blé en herbe*. Ça te dit ?

– Celui-là ou un autre, qu'est-ce que ça change ? De toute façon, on n'en voit pas le quart.

– Tu regrettes ?

– Non, au contraire. En plus, nous, ce n'est pas du cinéma, c'est encore mieux que les plus beaux films d'amour.

Tant de naturel et de confiance mettent aujourd'hui Julien mal à l'aise car il n'est plus sûr de ses sentiments à l'égard de Jeanne. Il croyait son amour pour la jeune fille indestructible. Il s'imaginait que rien ne pourrait désormais altérer leur passion réciproque, que les liens qui les unissaient résisteraient à jamais à tous les dangers et il aura suffi d'un caprice du hasard, d'une ironie du destin, postant Agnès en embuscade sur son chemin, pour mettre à mal la stabilité de son univers affectif. Ses certitudes se fissurent, le doute torture son esprit. Il en viendrait à souhaiter moins de tendresse de la part de Jeanne, moins de ferveur dans l'amour qu'elle lui porte. Cela l'aiderait s'il était amené à rompre avec elle, il culpabiliserait moins s'il devait, un jour prochain, lui déclarer que tout est fini entre eux.

– Alors ? Ça te dit *Le Blé en herbe* ?

– T'en as pas vu assez, de blé, à Laguillemie ?

– Tu fais exprès de me contrarier ? demande Julien avec un brin d'agacement.

– Oh ! là, là ! Monsieur s'est levé du pied gauche. Dis, mon amour, qu'est-ce qu'il t'arrive ? Pourquoi me parles-tu ainsi ? Tu as des ennuis ?

Julien hésite. Doit-il lui dire tout de suite la nature des soucis qui le rendent irritable ou est-il plus prudent d'attendre afin que la situation se décante progressivement avec le temps à venir ? Par sagesse ou par facilité, Julien décide de taire ses tourments.

– Non, non, ma chérie. Je te prie de m'excuser, je ne voulais pas te blesser.

– Ah bon ! Tu m'as fait peur. Moi, je disais ça pour plaisanter. Tu sais bien que j'adore le blé. C'est grâce à lui que nous avons découvert que nous nous aimions passionnément.

Mais pourquoi Jeanne ravive-t-elle ainsi des souvenirs qu'il devra peut-être refouler dans l'oubli pour éviter que le passé vécu avec elle n'altère l'avenir imaginé avec Agnès ?

Jeanne a été son amour d'enfance, plus tard évincé par la passion fulgurante qu'il avait vouée à Juliette, cette jolie citadine qui avait fait irruption dans ses années d'adolescence et dont il s'était subitement détaché par dépit lorsqu'il l'avait découverte dans les bras de Léon, son meilleur ami du cours complémentaire d'Agen. À dix-sept ans, alors qu'il participait, avec son cousin Christian, à un dépiquage de blé dans une ferme voisine de celle de ses parents, il avait revu Jeanne. Elle aidait aux cuisines et, le soir venu, l'un des fils de la maison avait tenté de la violer. Julien, qui était intervenu avec son cousin pour l'arracher des griffes de son agresseur, l'avait ensuite raccompagnée chez elle. Dans la nuit complice de l'été, ils s'étaient juré de s'aimer pour l'éternité. Julien était sincère. Il ne pensait pas que ses sentiments à l'égard de Jeanne puissent un jour s'estomper. Au contraire, il était sûr que le temps allait les fortifier. Il avait bien observé, autour de lui, la fragilité des serments d'amour guettés par l'usure du temps, par la jalousie maladive des uns, par l'inconstance des autres mais il se croyait une exception, oubliant qu'il n'était qu'un homme abusé par sa vanité, un « homme qui jouait à être Dieu[1] ».

– Alors, en route pour « Le Pucier[2] », si nous voulons être à l'heure !

1. *Film américain de John G. Adolfi sorti en 1932 sous le titre* The Man Who Played God.

2. *Surnom donné au cinéma populaire Le Royal qui était situé boulevard Carnot à Agen.*

Quand l'ouvreuse les conduit dans la salle, les actualités ont déjà débuté. Sur le grand écran, des ouvriers de Renault exultent : ils viennent d'obtenir une troisième semaine de congés payés. Des autres actualités présentées, Julien ne verra que peu d'images car Jeanne, indifférente à la politique des grands ensembles qui commence à Sarcelles, au renversement du président argentin Juan Perón et aux conséquences des massacres de Philippeville sur la politique coloniale de la France, ne cessera de se blottir contre lui, de le câliner, de se l'accaparer, lui témoignant son inépuisable tendresse. Interrompues par l'entracte, les manifestations explicites de l'attachement de la jeune fille à son chevalier servant reprennent ensuite de plus belle et, celui-ci se laissant facilement circonvenir, ni l'un ni l'autre, à la sortie du cinéma, ne seraient en mesure de raconter dans le détail le film projeté.

Julien raccompagne Jeanne chez son oncle et, après un dernier baiser, prend le chemin du lycée.

Au fur et à mesure qu'il s'éloigne de la jeune fille, il reprend ses esprits et, cette lucidité retrouvée, c'est aussi la résurgence de la voix d'une conscience un moment annihilée par le tumulte des passions.

Ce n'est pas la première fois que Julien se trouve à la croisée des chemins de l'amour mais, jusqu'à ce jour, les affres du choix lui ont été épargnées par l'intervention d'un hasard tutélaire qui résolvait le problème à sa place. Qu'en sera-t-il aujourd'hui où il doit trancher entre Jeanne et Agnès ?

Il en est là de ses pensées lancinantes, avançant machinalement à la lueur des réverbères, lorsqu'il est accosté par deux policiers à bicyclette qu'il n'avait pas entendu venir.

– Bonsoir, jeune homme. Vous pouvez nous présenter vos papiers d'identité, s'il vous plaît ?

Julien n'a aucun papier sur lui et tente de se justifier :

– Bonsoir messieurs. Je suis désolé mais je les ai oubliés.

– Quel âge avez-vous ? demande le flic le plus jeune sans descendre de vélo.

– Dix-sept ans et demi.

– Dans ce cas, ou bien vous nous suivez au poste pour téléphoner à vos parents qu'ils viennent vous récupérer, ou bien nous vous raccompagnons chez vous pour contrôler vos papiers.

– Vous habitez loin ? demande le second policier.

– J'habite au lycée Palissy.

– À la bonne heure, c'est tout près d'ici. En route !

– Vous permettez, messieurs, que je vous explique ma situation ? lâche précipitamment Julien qui commence à s'inquiéter de la tournure que prennent les événements.

– Nous vous écoutons, déclare le premier agent de police.

Le jeune homme ne fait pas le fier. Il sait que cette affaire peut le mener loin et qu'il vaut mieux faire profil bas. Dans un élan calculé de sincérité, il passe aux aveux en insistant sur les risques d'exclusion qu'il encourrait si des échos de son équipée nocturne parvenaient aux oreilles du proviseur du lycée ou de la directrice de l'E.N.

Les policiers échangent un regard amusé qui peut exprimer soit un enjouement suscité par la reviviscence du souvenir de leurs propres incartades d'adolescents, soit la jubilation de deux chasseurs de primes tombant sur un hors-la-loi recherché. Le suspense ne dure guère.

– Allez, mon jeune ami ! Rentrez dans votre lycée et ne vous avisez pas de refaire le mur. Je vous parle comme si vous étiez mon fils. Imaginez dans quel pétrin vous vous mettriez s'il vous arrivait quoi que ce soit au cours de votre escapade ! Et, même en sortie autorisée, ayez toujours vos papiers sur vous, recommande le plus âgé des deux agents de police.

– Oui, monsieur l'agent. Au revoir messieurs les agents, articule Julien avec une obséquiosité qui traduit sa peur viscérale des policiers en général et qui fait sourire les deux représentants de l'ordre.

– Il vaut mieux pour vous que l'on ne se revoie pas, jeune homme. Bonne nuit, lance le plus jeune des flics en s'éloignant avec son aîné.

À la lueur des réverbères qui repoussent l'obscurité au-dessus des toits de la ville, Julien rejoint son dortoir et, épuisé de fatigue, sombre aussitôt dans un profond sommeil réparateur.

Quand Tarass Boulba le réveille, six heures plus tard, pour aller faire un footing, il éprouve une soudaine envie de l'envoyer paître mais il refrène sagement sa pulsion.

– Passe devant, Pierre. Je te rejoins dans deux minutes.

– Non, non, je t'attends, dépêche-toi !

Julien n'insiste pas et, sans un mot, emboîte le pas à son ami. Le jour se lève à peine et la fraîcheur matinale le tire de son engourdissement. Après quatre à cinq kilomètres parcourus sur la cendrée de la piste du lycée, une douche délassante et un petit déjeuner reconstituant, Julien éprouve une sensation de bien-être qui le rend optimiste. Les brimades imposées par les anciens ? Relativisées ! Ses scrupules vis-à-vis de Jeanne ? Envolés ! Mais la réalité a la vie dure : s'il lui arrive de s'effacer devant l'euphorie, très vite, elle s'impose à nouveau. Ainsi, dès que Julien entend Richard ordonner à Coslo de lui porter le cartable du lycée jusqu'à l'E.N., il sent aussitôt le sang bouillir dans ses veines et il faut toute la force de persuasion de Zamberou pour le dissuader d'intervenir :

– Calme-toi, Julien. Ne compromets pas notre plan par une action prématurée.

Et lorsqu'il se retrouve dans le péristyle de l'école normale, en face d'Agnès qui lui sourit pendant l'exécution du traditionnel chant matinal, l'ombre de Jeanne vient obscurcir les feux de leur amour naissant.

Pendant les deux premières heures de cours, Julien tente de faire le point sur l'imbroglio sentimental qui brouille ses perspectives d'avenir. Rien ne l'indispose autant que l'incertitude. S'il admet volontiers les impondérables, à l'irruption desquels il est totalement étranger, il ne supporte pas de laisser perdurer une situation confuse sur laquelle il peut agir.

– Fais au moins semblant de prendre des notes si tu ne veux pas récolter une colle, lui conseille amicalement Jérôme.

Julien sauve les apparences pendant cinq minutes puis se replonge dans l'analyse de ses sentiments qui le préoccupent bien plus que la leçon d'histoire de la Caille traitant de Jules César franchissant le Rubicon et trahissant, par là même, la République romaine. Julien va-t-il, lui aussi, se rendre coupable de forfaiture en abandonnant Jeanne sur une rive pour rejoindre Agnès sur l'autre berge ? Il est conscient d'être au milieu du gué. Il est encore temps de revenir vers Jeanne, de ranimer un amour banalisé par le temps et déprisé par la routine. Mais, s'il fait un pas de plus vers Agnès, il devra renoncer explicitement à Jeanne. Et comment expliquera-t-il son reniement à celle-ci ?

En fait, Julien a déjà fait son choix et son problème est d'assumer la décision qu'il a prise. Au début, ce n'était qu'une petite pensée fugace, l'écho éphémère d'un chant de sirène venant titiller la plénitude de son amour pour Jeanne. Puis c'est devenu une idée trottinant sur son chemin pour aller donner corps à une hypothèse avec une part grandissante d'évidence chassant progressivement le doute jusqu'à ne plus lui laisser d'autre choix possible que celui de se séparer de Jeanne pour se rapprocher d'Agnès.

– Fais gaffe, Julien. La Caille t'a repéré, murmure Jérôme.

Julien se remet à griffonner quelques mots sur sa page, mais qu'en a-t-il à faire de la rivalité entre César et Pompée ou de la mort de Crassus ? Ce qui lui importe, pour l'instant, c'est de préparer les phrases qu'il débitera à Jeanne. Pas n'importe lesquelles ! Des phrases dont la forme devra amortir le choc provoqué par le message qu'elles transmettent. Car Julien a le souci de ne pas désespérer Jeanne. Mais comment s'y prendre ? Il passe vainement toute la journée à chercher la solution et il n'a toujours pas résolu son problème lorsqu'il rejoint le dortoir, juste après le dîner.

– Tous les bizuts, vous êtes convoqués au dortoir en sortant du réfec, avait déclaré Tarass Boulba, à la fin du repas.

Convoqués ! Julien et nombre d'autres bleus supportent de moins en moins cette souveraineté illégitime que les anciens s'attribuent et qui se manifeste dans leur vocabulaire. Si leur aîné avait dit : « Vous êtes conviés à nous rejoindre au dortoir », personne ne se serait rebiffé, mais là c'en était trop, surtout pour Chady auquel Julien, Jérôme et Christian avaient eu tout le mal du monde à faire entendre raison afin de lui éviter d'être une nouvelle fois sévèrement châtié.

– Calmos, calmos, Ravachol. Garde ton énergie pour plus tard, ce n'est pas le moment de t'exposer pour si peu. Tu n'y gagneras rien de bon. Tu veux te payer un nouveau *flying* ou une corvée inutile ?

Chady s'était contenu et avait donc accepté de suivre ses camarades de promo jusqu'au dortoir où les attendaient les anciens.

– Ordre du Pacha ! Tous les bizuts à poil ! tonitrue Tarass Boulba.

– Ces pédés commencent à me les gonfler, lâche à voix basse Zamberou tout en s'exécutant.

– À moi aussi, si tu veux le savoir, lui glisse Julien en ôtant lui aussi ses vêtements avant d'ajouter avec détermination : Ils ne l'emporteront pas au paradis.

– Mettez-vous en demi-cercle, face à nous ! commande Richard, dégoulinant de morgue.

– Un jour, je vais me le faire celui-là et je te garantis que ça me soulagera, murmure Zamberou.

Les bizuts obéissent et, une fois en place, attendent la suite des événements avec un regain d'anxiété. Depuis la rentrée, ils vivent chaque minute avec l'appréhension d'un futur qui ne leur appartient plus car les anciens sont parvenus à leur instiller le sentiment d'une menace permanente qui gâche tous les instants de leur nouvelle vie de normaliens, sape leurs élans de révolte et tend à les réduire progressivement à un état de servage. Les uns, psychologiquement vulnérables, ou bien sombrent dans la dépression, ou bien développent le syndrome de Stockholm et se font complices de leurs persécuteurs. Les autres, mentalement plus résistants, subissent les brimades mais attendent leur heure pour démanteler cette organisation illégitime où les anciens se sont arrogé des pouvoirs abusifs : Christian, Jérôme, Julien et quelques autres bizuts sont de ceux-là mais, à cette seconde, ils s'abstiennent de toute démonstration d'opposition et gardent le silence. Un silence qui dure et génère un malaise grandissant parmi les bizuts : se retrouver nu, exposé à la vue de personnes vêtues, n'est pas de nature à vous combler d'aise, encore moins à vous conférer ne serait-ce qu'un sentiment d'égalité !

Le Pacha se décide enfin à parler :

– Braves bizuts, vous avez été baptisés, la semaine dernière. Depuis, vous avez grandi et êtes maintenant en âge de chasser. Mais vous savez que la chasse est réglementée. Donc, aujourd'hui, nous allons vous délivrer vos permis de chasse correspondant au type d'armes dont vous disposez et vous indiquer le gibier qu'il vous est permis, à vous tous, de harceler en toute quiétude. Mais gare à ceux qui s'attaqueraient aux espèces protégées. Commençons donc par recenser, pour chacun d'entre vous, l'arme dont il est doté. Vous allez vous présenter, à l'appel de votre nom, devant notre commission. À toi de jouer, Tarass Boulba.

– J'appelle Pignouf ! annonce aussitôt le bras droit du Pacha.

Pignon, dernier de la promo mais premier malgré lui pour toutes les corvées, sort du rang et s'approche des anciens.

– Qu'en penses-tu, Mao ? demande Tarass Boulba en désignant de la main les attributs virils du bizut.

L'ancien à face d'Asiatique fait la moue, vient près de Pignon, se met à genoux afin d'examiner de plus près l'arsenal du bizut auquel il finit par demander :

– Chasseur Pignon, veux-tu redresser le canon de ton arme afin que je puisse en déterminer le calibre ?

Le pauvre bleu, rouge comme une tomate, prend son pénis entre ses doigts et le tend à l'horizontale.

– Carabine à air comprimé à un coup, portée très limitée, calibre quatre millimètres et demi, énonce Mao sur un ton impersonnel.

Puis, après avoir jeté un œil égrillard sur les testicules du bizut, il complète son rapport ainsi :

– Sacs à munitions réduits limitant considérablement l'efficience du chasseur.

– Bien, tout cela est consigné sur le permis de chasse que j'ai l'honneur de te remettre, conclut le Pacha en tendant à Pignon un fac-similé du document officiel barré d'un bandeau tricolore. Au suivant !

Pendant plus d'une demi-heure, les bizuts sont ainsi la cible des regards moqueurs et des remarques humiliantes des anciens qui passent en revue la totalité des zizis alignés devant eux, les assimilant tour à tour, suivant leur configuration, à la grosse Bertha, à la 22 long rifle avec chargeur de huit cartouches, au canon de soixante-quinze millimètres ou au pistolet-mitrailleur capable de tirer six cents coups à la minute, sans oublier le pistolet à eau, l'espingole, le tromblon et l'arquebuse.

Puis vient l'énumération du gibier protégé. Chaque ancien s'octroie le privilège exclusif de chasser une ou plusieurs élèves-maîtresses dont il précise le nom. Au terme de cette nouvelle affirmation de leur suzeraineté, les anciens concèdent généreusement aux bizuts l'autorisation d'exercer leurs talents de séduction auprès du Boudin, de la Grande et de quelques normaliennes aux appâts peu convaincants. Par contre, interdiction d'approcher Agnès dont le nom a résonné à plusieurs reprises sous le plafond du dortoir ! Cela n'a pas surpris Julien et ne l'a pas affecté non plus car, de toute évidence, toute cette simagrée n'est qu'une occasion de tourmenter les bizuts, sans plus. Le jeune homme est même flatté du succès que rencontre Agnès et conforté dans sa détermination à poursuivre l'idylle qu'il vient de nouer avec la jeune fille. D'autant plus qu'il sait que ses parents n'espèrent que ça !

VII

– Alors ? Comment s'est passée cette semaine ? demande Estérina.

– Très bien, assure son fils sans sourciller.

En réalité, Julien n'a guère apprécié ces derniers jours, plus exactement ces deux dernières nuits où, à deux reprises, des anciens ont mis son lit en cathédrale, en dépit de la protection tacite que lui accorde Tarass Boulba. À chaque fois, sans allumer, il a remis son lit à l'horizontale et s'est recouché sans rien dire. Il n'a pas été la seule cible de ses aînés et il a remarqué que tous les autres normaliens de seconde avaient subi le même traitement que lui. Tous sauf un : Pignon.

Mais ses parents connaissent suffisamment de difficultés sans qu'il leur confie ses petits soucis Quand Fernand et Estérina avaient accepté, cinq ans auparavant, qu'il quitte l'exploitation agricole pour aller tenter sa chance au collège Jasmin, à Agen, Julien, tout à sa joie, n'avait pas mesuré l'ampleur du sacrifice qu'il leur demandait. En ce milieu du XXe siècle, les travaux des champs se faisaient encore à la force des poignets, avec l'aide des animaux de trait, et la mécanisation de l'agriculture pointait son nez. Pour survivre à cette révolution agricole, déjà enclenchée depuis un siècle en Angleterre, il était impératif d'agrandir les petites propriétés agricoles et d'optimiser les rendements. C'est précisément à ce moment-là, où l'on avait le plus besoin de ses bras pour assurer l'avenir de la ferme, que Julien avait abandonné à leur triste sort son père, devenu accidentellement aveugle, et sa mère, modèle d'abnégation et de courage. Guidés uniquement par leur amour parental, infini mais toujours pudique, Fernand et Estérina avaient laissé partir Julien et leurs espoirs secrets de voir un jour leurs petits-enfants grandir dans cette maison familiale qui avait vu naître, vivre et mourir six générations de Delsol. Aidés par un domestique éprouvé par la rudesse des travaux des champs et usé par l'abus d'alcool, ils avaient redoublé d'efforts pour essayer de se maintenir sur leurs terres jusqu'au bout, jusqu'au bout de leur vie si possible.

– Et ton bitumage, c'est fini ? interroge Fernand.

– Ce n'est pas le bitumage, papa. C'est le bizutage !

– Appelle-le comme tu voudras. Alors, c'est fini ?

– Pas encore, mais ça va venir.

Emporté par sa fougue naturelle, Fernand en perd son français :

– *Macarel de Dieu ! À ton atge, me seriái pas daissar far*[1] *!*

– *Ieu tanpauc*[2] *!* ajoute le vieux domestique Pingeaud, vétéran de la guerre de 14.

– Ne les écoute pas ! intervient Estérina. Ils te feraient faire des bêtises. Tu es bien assez grand pour savoir ce que tu as à faire. Alors, tu n'as rien à me raconter ?

– Non, ou pas grand-chose si ce n'est qu'on a envoyé une pétition au préfet.

– Qui « on » ? s'inquiète soudain la mère.

– La plupart des normaliens. Pour dénoncer la torture en Algérie.

---

1. *Maquereau (non péjoratif en occitan) de Dieu ! À ton âge, je ne me serais pas laissé faire !*
2. *Moi non plus !*

– Votre directrice est au courant au moins ? demande Estérina, visiblement préoccupée.

– Je ne crois pas.

– Fais bien attention à ce que tu fais, Julien. Ne te laisse pas manipuler, ça pourrait compromettre ton avenir.

– Mais, maman, j'ai bien lu le texte de la pétition et je l'approuve. C'est pour cela que j'ai signé, et de manière bien lisible.

– Mon Dieu ! J'espère que tu n'as pas fait une bêtise et que ça ne te retombera pas dessus.

– Mais non, maman. Il ne m'arrivera rien, sois tranquille.

– J'espère que la suite te donnera raison.

Julien l'espère également car, à cet instant, il n'est plus très sûr de lui. Il ne renie pas ses convictions, cependant il se demande s'il est toujours bon de les affirmer haut et fort. Ne serait-il pas plus sage de tourner sept fois sa langue dans sa bouche avant de se taire ?

– Et alors ? Comment se passe la cohabitation des garçons et des filles ? poursuit Estérina.

– Pourquoi tu me demandes ça, maman ?

– Par simple curiosité, Julien. Seulement par simple curiosité. Dans tous les villages du coin, il y a des couples d'instituteurs. Ce n'est pas par hasard. Je suppose qu'ils se sont rencontrés à l'école normale.

Julien devine que sa mère veut l'influencer dans ce choix crucial qu'est celui de sa future épouse et cela l'agace.

– Papa et toi, vous vous êtes mariés parce que vous étiez tous les deux paysans ou parce que vous vous aimiez ?

– Tu sais bien, Julien, que c'est pour une tout autre raison.

En effet, Julien le sait et il regrette d'avoir posé cette question. Il sait que ses parents se sont officiellement unis en janvier alors que la plupart des mariages ont lieu durant la belle saison. Il sait aussi qu'il est né au mois de juin qui a suivi et que c'est donc lui qui a involontairement forcé Fernand et

Estérina à passer devant Truffasse, l'indéboulonnable maire de Sauvagnas, « pour réparer la faute qu'ils avaient commise », comme avait dit le grand-père paternel.

– Bon, maman, qu'est-ce que tu veux savoir au juste ? Si j'ai une copine ? Je te réponds oui ! Si c'est une normalienne ? Pour l'instant, c'est non !

– Pourquoi tu dis « pour l'instant » ? demande aussitôt Estérina.

– Parce que, pour l'instant, ma copine c'est Jeanne. On n'est jamais sûr de ce qui se passera demain et à plus forte raison dans six à sept ans.

– Six à sept ans ? Comment tu comptes ?

– Quatre ans à l'école normale pendant lesquels il est interdit de se marier, puis deux ans d'Algérie.

– Mais, dans quatre ans, l'Algérie ce sera terminé depuis longtemps ! intervient Fernand.

– Comment tu le sais, papa ?

– T'as vu comment ça a été vite réglé l'émeute du mois dernier à Philippeville ? Les fellouzes ont tué une centaine de Français, ça leur a coûté cher et ils doivent avoir compris !

– Et tu crois, papa, que c'est la bonne solution ? Que c'est parce qu'on a massacré plus de mille Arabes en représailles qu'on a réglé la situation ? Bien au contraire, on va tous les faire basculer vers le F.L.N. ! Et moi j'irai risquer ma peau là-bas. C'est pourquoi je ne veux pas me marier avant d'être sûr d'en revenir.

– Tu as raison, Julien, conclut Estérina. Ne te presse pas pour te marier. Tu n'as que dix-sept ans et tellement de choses peuvent se passer dans les cinq à six ans à venir.

Julien ne répond pas. Il n'est pas dupe. Il se doute bien que sa mère considère que le temps travaille en faveur des espoirs qu'elle nourrit pour son fils quand il émousse les passions les plus aiguës et brise les élans les plus fougueux. Mais songe-t-elle que parfois, à l'inverse, il exacerbe les haines quand la folie meurtrière des hommes annihile jusqu'à leur dernière once d'humanité ? Des documents terrifiants ont circulé sous le manteau, au sein de l'école normale. Ils présentent des photos de cadavres d'Arabes adultes, hommes et femmes confondus, d'enfants et de vieillards, atrocement mutilés, et attribuent ces exactions aux fellaghas. « Propagande anti-F.L.N. », avancent les uns. « Vérité accablante », prétendent les autres. Comment démêler le vrai du faux quand d'autres informations font état de l'usage de la torture par l'armée française ? Qui croire quand on sait que pendant cette période de « pacification », selon le terme officiel employé par les autorités françaises pour masquer la réalité d'une guerre obscure, les parties en conflit appliquent systématiquement la loi du talion, au mépris de l'éthique militaire ?

Tout cela cause bien du souci à Julien mais il n'en parle pas. De toute façon, il n'a pas encore le recul nécessaire pour prendre les décisions personnelles qui engagent son avenir, que ce soit sur l'attitude qu'il adoptera quand il sera appelé sous les drapeaux ou sur le choix de sa future épouse.

Si le conflit algérien perdure, quel soldat sera-t-il ? Restera-t-il fidèle à ses convictions qui l'ont amené à signer la pétition contre la torture ou cédera-t-il à l'instinct de vengeance, oubliant les sages paroles de Gandhi : « Œil pour œil, dent pour dent… et le monde finira aveugle et édenté » ?

Son cœur penche-t-il réellement pour Jeanne, sa tendre complice depuis des années, ou pour Agnès, sa troublante collègue depuis quinze jours ?

Le lendemain après-midi, assis sur sa moto, Julien adresse un dernier conseil à sa jeune sœur Solange :

– Travaille bien à l'école cette année si tu veux entrer en sixième l'an prochain.

« Faites ce que je dis, ne faites pas ce que je fais », pense-t-il en souriant, lui qui n'en fout pas une rame selon l'expression de son ami Jérôme.

Il donne un grand coup d'accélérateur. Les pétarades de la Terrot couvrent la réponse de Solange et font fuir Dick, le chien de la ferme, qui s'était approché pour flairer les pieds de son jeune maître.

Julien s'éloigne dans un nuage de poussière blanche que les roues de son engin arrachent au macadam de la petite route communale. Les coteaux de Sauvagnas baignent dans la douce chaleur de ce dernier soleil estival de l'année. Un air tiède caresse le visage de Julien qui ne se lasse pas, depuis qu'il est en âge d'apprécier la beauté de la nature, d'admirer tous ces vallons aux couleurs changeantes en fonction des saisons, des cultures qui les tapissent, des conditions météorologiques et des heures du jour et de la nuit.

Lorsqu'il débouche du dernier virage de son trajet, il aperçoit Jeanne qui l'attend au bout du chemin de terre qui conduit à sa ferme. Il se souvient de cette première fois où, le cœur battant la chamade, il était venu à sa rencontre à l'extrémité de cette allée. D'emblée, elle lui avait avoué les réticences avec lesquelles ses parents avaient accueilli leur liaison naissante.

– Tu sais, Julien, faut pas leur en vouloir. Ils veulent mon bonheur et ils pensent que tu n'es pas celui qui peut me rendre heureuse, avait-elle dit en se blottissant dans ses bras pour le rassurer et pour apaiser ses propres doutes.

Julien avait vivement réagi :

– Pourquoi je ne serais pas celui-là ? Si tu m'aimes autant que je t'aime, Jeanne, pourquoi ne serions-nous pas heureux tous les deux ?

– Je n'en doute pas, Julien, et c'est bien pour ça que je suis là, avait répondu la jeune paysanne.

– Mais pourquoi ne me veulent-ils pas ? avait insisté Julien.

– Parce que ça contrarie leur projet.

– Quel projet ?

– Ils voudraient me marier à Maurice.

– Ah ! C'est donc bien ça ! s'était indigné l'adolescent. Te marier à Maurice, ce crétin qui n'a qu'un talent, celui d'amuser la galerie avec ses pitreries pour faire oublier sa débilité ! Mais, bien sûr, il est fils unique ! De tes voisins. Qui possèdent une grande propriété attenante à celle de tes parents. Un beau projet, en effet. Un beau mariage d'amour. D'amour de la terre ? Même pas ! D'amour du pognon, d'envie de posséder beaucoup de terres, oui ! Ils ont raison. En réunissant les deux exploitations, vous deviendriez de gros propriétaires terriens, des *gentlemen-farmers*, les nouveaux seigneurs du village !

– Arrête, Julien ! s'était écriée Jeanne. Tu t'excites pour rien ! C'est toi que j'aime, pas Maurice. Tu n'as aucune raison d'être jaloux.

À bout de nerfs, le jeune homme avait enfoui sa tête au creux de l'épaule de Jeanne et, le nez niché dans la salière de la frêle clavicule de la jeune fille, la joue calée contre son cou gracile et douillet, il avait pleuré. Comme un enfant qui vient d'avoir peur.

Enfin apaisé, il avait relevé la tête. Jeanne avait posé ses lèvres si douces sur les dernières larmes qui roulaient encore sur les joues de son compagnon. Elle les avait bues. Avec ferveur. Comme si elle recevait une eucharistie profane. En parfaite communion avec Julien.

Aujourd'hui bien plus qu'hier, il n'est pas le bienvenu dans la maison de Jeanne où il n'a mis les pieds que deux ou trois fois, lorsque, enfant de chœur, il accompagnait dans toutes les fermes de la commune, durant les rogations, le brave curé hollandais du village flanqué de son inséparable bonne, « à tout faire » comme se plaisaient à le préciser avec une lourde insistance certains mauvais paroissiens. Les parents de l'adolescente ne lui pardonnent pas d'avoir, selon leur propre expression, « monté le bourrichon » à leur fille afin de lui faire quitter la ferme.

« Et s'ils avaient raison ? » se demande Julien en appuyant sa moto contre le tronc de l'un des marronniers qui jalonnent le chemin d'accès à la maison de Jeanne.

La jeune fille vient spontanément vers lui.

– Bonjour mon Julien chéri.

Jeanne n'a pas changé. Son amour pour Julien est inaltérable, il rayonne dans son regard, s'exprime dans son sourire, transparaît dans chacun de ses gestes, sublime chacune de ses paroles. Un amour féerique et tyrannique. Essence de vie ou principe de mort suivant l'écho que lui renvoie l'être aimé. Vivre dans la plénitude du bonheur ou mourir de désespoir, telle est la terrible alternative qu'engendre cette passion exacerbée.

Jusqu'à ces dernières semaines, Julien a satisfait cette exigence d'absolu de l'adolescente. Aujourd'hui, il flanche malgré lui. Ce n'est pas ce qu'il voulait mais il n'y peut rien. C'est la faute au hasard, à l'enchaînement des événements, à Agnès, à Jérôme, à Voltaire, à Rousseau... à tous les autres mais pas à lui qui n'est que le jouet du destin. Cette conclusion ne lui indique pas la solution au problème qu'elle pose : comment faire pour éviter un drame, car on ne badine pas avec l'amour. Il pourrait laisser croire à Jeanne que rien n'a changé, faire semblant de l'aimer comme avant. Oui, mais jusqu'à quand ? Il pourrait, au contraire, rompre immédiatement en espérant que la jeune fille réagisse positivement à l'électrochoc affectif qu'elle subirait. Trop risqué. N'y aurait-il pas une troisième démarche possible qui consisterait à instiller le vaccin du désamour à doses homéopathiques pendant plusieurs mois afin d'éviter toute réaction dangereuse ?

– À quoi penses-tu, mon amour ?

La question tire Julien de l'inextricable écheveau de pensées contradictoires qui l'assaillent.

– À rien, répond-il dans l'urgence.

– Même pas à moi ? susurre Jeanne en se serrant contre lui.

– Si, bien sûr, mon ange.

Il ne ment pas. Jeanne est effectivement devenue son obsession. Et c'est bien dans cette réponse succincte que se révèle toute l'ambiguïté du langage. Aujourd'hui, Julien ne détrompera pas la jeune fille. Il n'est pas suffisamment au clair sur la manière dont il doit lui avouer la fin de leur relation. Il n'a même pas une perception précise de ses sentiments. Aime-t-il vraiment Agnès bien plus que Jeanne ? Est-il certain que la belle normalienne est sincère ? N'est-il pas sur le point de faire l'erreur du *Chien qui lâche sa proie pour l'ombre* comme l'a si bien illustrée le plus célèbre de nos fabulistes ?

Jeanne se fait pressante :

– Tu me fais faire un tour à moto ?

Julien ne juge pas opportun de contrarier Jeanne dès à présent. Il échange un long baiser avec la jeune fille qui se dégage brusquement de son étreinte.

– Partons maintenant, Julien. Mes parents pourraient croire qu'on les nargue.

Le jeune homme enfourche sa moto, enfonce la pédale du kick. Le moteur démarre. C'est un quatre-temps qui, au ralenti, tourne avec un bruit feutré mais se déchaîne dès qu'on le provoque, une machine aux réactions explosives comme peuvent l'être celles de son propriétaire. Ce n'est certainement pas le fruit du hasard si Julien possède un tel tempérament impétueux. Quand on connaît bien son père, on ne peut s'empêcher de penser qu'il doit y avoir du génétique dans cette affaire.

– Accroche-toi bien, mon trésor, recommande-t-il à Jeanne qui vient de s'asseoir sur le tan-sad.

La jeune fille ne se fait pas prier et enlace aussitôt le torse du jeune homme. Elle colle son corps contre celui de Julien et ne bouge plus. Ils ne font plus qu'un, jouissant de cet instant fusionnel qui les transporte hors du temps, vers leur univers singulier où la passion occupe tout l'espace. Le trajet ne dure guère plus de cinq minutes, juste le temps, pour les deux amoureux, de s'abstraire des tracas contingents de la vie de tous les jours et de se réfugier dans leur coin de paradis.

C'est un petit écrin de verdure qui déroule son charme bucolique à flanc de coteau. Un éden miniature déserté par les hommes au profit de quelques martres, fouines et autres belettes en mal de tranquillité. Un petit filet d'eau murmure dans les herbes. Discrètement. Simple petite symphonie pastorale pour mettre en musique les grands serments d'amour qu'échangent Julien et Jeanne. Ici, ils sont seuls au monde. Aucun regard d'autrui n'épie leurs gestes tendres, aucune oreille étrangère n'écoute leurs ébats amoureux. Malgré la certitude d'être à l'abri de toute indiscrétion, ni l'un ni l'autre ne se risqueraient à céder à la tentation satanique qui perdit Adam et Ève. Non pas parce qu'encore enfants ils avaient entendu, à chaque messe dominicale, le bon curé du village stigmatiser théâtralement, du haut de sa chaire dominante, le péché originel commis par les deux premières créatures humaines que Dieu s'était donné la peine de façonner, mais parce qu'ils sont conscients des risques qu'ils encourent s'ils ignorent superbement le calendrier grégorien au point de « faire Pâques avant les Rameaux », comme dit le commun des mortels.

Quand, deux heures plus tard, Julien dépose Jeanne au bout de son allée, celle-ci l'embrasse puis lui demande :

– Tu viendras me chercher pour aller au ciné jeudi ?

– Bien sûr, ma douceur. Je viendrai jeudi après-midi parce que, le soir, nous organisons un petit gueuleton entre bizuts.

Jamais encore il ne l'avait appelée « ma douceur ». La parole a spontanément jailli de son cœur, révélant son instabilité affective. À moins que cette valse-hésitation au cours de laquelle, tour à tour, il s'étourdit dans les bras de Jeanne et se laisse griser par le charme d'Agnès ne traduise qu'un besoin insatiable d'amour, une quête égoïste de bonheur susceptible d'engendrer bien des malheurs ?

Et dire qu'il avait dégagé son univers sentimental de tout nuage préoccupant avant qu'Agnès ne fasse irruption dans son paysage avec son joli petit minois paré de magnifiques yeux verts dont la limpidité s'accorde si bien avec la blondeur diaphane de sa longue crinière !

Quand il entre dans le dortoir du lycée, il est surpris par la gravité inhabituelle qui règne parmi ses pairs.

– Qu'est-ce qu'il se passe, Jérôme ? Vous avez tous une de ces gueules d'enterrement !

– Chut ! Tu ne crois pas si bien dire.

– Mais, dis-moi ce qu'il se passe enfin !

– C'est au sujet de Patxi.

– Qui c'est celui-là ?

– C'est un ancien *normalo* originaire d'Ustaritz. On ne l'a pas connu. Il est sorti de l'E.N. il y a deux ans d'après ce que disent les anciens. On l'enterre demain.

– Qu'est-ce qu'il lui est arrivé ?

– On vient de rapatrier son corps d'Algérie. Il est tombé dans une embuscade. Putain de guerre ! Tu vois ce qui nous attend, Julien, si ces connards du gouvernement continuent à croire qu'il n'y a qu'une seule France de Dunkerque à Tamanrasset ! s'enflamme Jérôme.

– Espérons que cette saleté de guerre soit terminée avant que nous soyons mobilisés. Et puis il y a quand même une majorité d'appelés qui reviennent sains et saufs.

– Oui, mais il y a déjà eu entre trois et quatre mille morts parmi les soldats du contingent. Qui te dit qu'on ne les rejoindra pas à notre tour ?

– Faut pas trop y penser, Jérôme. Sinon tu ne vis plus. Et comment ça va se passer pour les obsèques ? On va envoyer une délégation de normaliens ?

– Oui, un petit groupe de normalos choisis parmi ceux qui l'ont bien connu.

Julien éprouve un réel soulagement. Il supporte difficilement les enterrements. Il est trop sensible. Il était sorti très éprouvé des seules funérailles auxquelles il a assisté, celles de sa grand-mère maternelle, Grand-maman Ginévra, qu'il avait tant aimée et dont le souvenir lui est toujours aussi précieux. Il avait trouvé la cérémonie languissante. Et tous ces gens qui l'entouraient l'avaient dérangé. Pas les membres de la famille ou les vrais amis qui compatissaient réellement à son chagrin mais tous ceux qui s'étaient cru obligés de faire semblant de partager sa douleur. Y compris le curé qui avait psalmodié mécaniquement ses litanies et débité ses homélies avec une componction de circonstance sans oublier toutefois, après s'être fait payer d'avance sa prestation sacerdotale, d'envoyer deux vieilles bigotes mendier quelques deniers supplémentaires parmi l'assistance.

Et que dire de la procession qui, après une dernière aspersion du cercueil, s'était formée pour accompagner la défunte jusqu'au cimetière ? Julien, qui suivait le corbillard à un mètre de distance, s'était retourné à deux reprises, le visage crispé, le regard réprobateur, lorsque des éclats de voix lui étaient parvenus de l'arrière du cortège funèbre. Sans résultat. Le groupe de bavards impénitents avait continué à cancaner comme il l'aurait fait en suivant de nouveaux mariés.

Puis était venu le moment de la mise en caveau avec tout ce cérémonial immuable qui accorde plus d'importance au respect de l'étiquette qu'à celui du défunt. Et, dernière épreuve dont Julien se serait bien dispensé : les longues minutes passées à écouter les condoléances, près du portail du cimetière. Des propos stéréotypés des uns, récités avec un air faussement contrit, aux paroles émouvantes des autres, prononcées avec un réel accent de sincérité, il avait entendu de tout avant de pouvoir, enfin seul, revenir se recueillir auprès du tombeau encore ouvert et adresser, à celle qui lui avait donné tant d'amour, un dernier adieu déchirant.

Un bruit de dispute tire Julien de ses réflexions. Au fond du dortoir, Mao et Chady gesticulent en s'adressant des compliments :

– Ravachol, arrête de jouer au con !

– Et toi, face de citron pressé, arrête de me faire chier !

Un petit attroupement se forme autour des deux belliqueux. Tarass Boulba est là, en soutien de Mao. Julien, Zamberou et Gimenez font également partie du rassemblement, prêts à défendre le bizut.

– Que se passe-t-il, là ? demande le Pacha en s'approchant de Tarass Boulba.

– Ravachol enfreint le premier et le troisième commandements : il désobéit à l'un des nôtres et il ne veut pas prêter sa veste à Mao, précise l'ancien.

Le Pacha tente de raisonner le bizut :

– Écoute, Ravachol, Mao te demande un service. C'est pour la bonne cause.

– C'est ça. Cause à mon cul, ma tête est malade, réplique Chady qui ne mesure certainement pas l'inconvenance de ses propos.

– Tu vois, Paul, comme il nous provoque, ce petit merdeux ? Y a pas moyen de discuter avec lui ! lance Mao en agrippant Chady par le col du pyjama.

– Lâche-le ! ordonne Zamberou en se jetant sur l'Asiatique.

Stupéfaction générale.

L'ancien, étranglé par l'implacable clé au cou que lui porte son assaillant, lâche prise. Chady, qui a retrouvé une entière liberté de mouvement, en profite pour lui décocher un violent direct du droit en pleine face. C'était l'erreur à éviter.

– Ça, Ravachol, tu vas le payer ! menace Tarass Boulba en se précipitant vers le bizut.

– Qu'est-ce que ce souk ? tonne le surveillant général du lycée, planté à l'entrée du dortoir.

L'effet de surprise est total.

– Où sont les pions ? poursuit le surgé en s'approchant des normaliens médusés.

– Nous sommes là, annonce le Puant en sortant de son box, accompagné de Filochard.

– Vous allez me reprendre en main tous ces fauteurs de trouble ! Immédiatement, sinon je vous colle sur le dos un rapport pas piqué des vers ! Allez, exécution !

Piteusement, les deux pions s'exécutent avec la complicité salutaire des normaliens qui tiennent à conserver leurs deux surveillants fantoches.

Chady n'est pas tiré d'affaire pour autant. Dans le calme rétabli, les anciens entament une négociation serrée avec les bizuts.

En aparté, Zamberou confie à Julien :

– C'est bien la première fois que les anciens entrent en pourparlers avec nous.

– Faut pas être dupes. C'est pour nous anesthésier qu'ils font ça, surtout qu'ils sont en position de force.

L'analyse de Julien se révèle juste. D'entrée de jeu, le Pacha pointe le geste gratuit de Chady :

– Vous en conviendrez, Ravachol n'avait plus aucune raison de frapper Mao puisqu'il n'était plus agressé physiquement.

– Oui, mais il venait de l'être et, dans ce contexte, on peut comprendre sa réaction, plaide Jérôme.

– On le comprend mais on ne peut l'excuser. Il faut que chacun de nous parvienne à se maîtriser sinon cela va devenir invivable.

– Cessez toute forme de bizutage et cela redeviendra vivable, suggère Zamberou.

– Tu nous demandes l'impossible, intervient Tarass Boulba. Nous sommes les garants d'une tradition qui nous est indispensable pour forger notre esprit de corps et affirmer notre identité de normaliens.

Bien qu'inlassablement martelés par les anciens, ces arguments éculés n'ont jamais convaincu Julien. Ni les plus rétifs de ses pairs. Ils prennent, dans la bouche de ceux qui les assènent, des allures de dogmes incompatibles avec l'humanisme laïc que devraient défendre les héritiers des hussards noirs de Charles Péguy. Cependant, Julien estime que contrer frontalement les anciens dès aujourd'hui compromet les chances de victoire, il tente une manœuvre de diversion :

– Mao, moi je te prête ma veste et on n'en parle plus.

– Je te remercie, mais occupe-toi de tes oignons ! J'ai demandé celle de Ravachol et pas la tienne.

Julien se contient. Finalement, Chady a bien fait d'écraser un peu plus ce nez camus qui émerge à peine de cette face aplatie de bâtard de Chinois !

Zamberou saute sur l'occasion inespérée de défendre ses positions que lui offre le métis :

– Merci, Mao ! Voilà bien la preuve que tu ne cherches qu'à enquiquiner Chady ! Julien te prête sa veste. Que veux-tu de plus ?

Le Pacha prend la parole :

– Bon ! Nous n'allons pas passer la nuit à discutailler au sujet d'une veste.

Puis, s'adressant aux bizuts, il poursuit :

– Je vous propose de couper la poire en deux. De notre côté, nous demandons à Mao d'accepter la veste de Julien. De votre côté, vous devez accepter que Ravachol soit sanctionné pour son comportement indiscipliné et violent.

Après une rapide concertation avec ses collègues, Zamberou revient vers l'ancien :

– Puisque vous reconnaissez les torts de Mao, nous vous concédons que Chady aurait pu éviter de balancer le dernier coup de poing, mais nous n'admettrons qu'une sanction de principe.

Les anciens se concertent à leur tour, puis le Pacha annonce le verdict :

– Plus qu'une sanction, c'est un défi que nous demandons à Ravachol de relever : trois tours de la petite cour du lycée en tenue d'Adam. Ça vous convient ?

– Trois tours, c'est trop ! réplique Zamberou.

– Si le surgé ou Hay que ver le voient passer sous leurs fenêtres, il risque l'exclusion, ajoute Julien.

– Disons deux tours et on ne marchande plus, tranche le Pacha.

– Et moi ? Je n'ai rien à dire ? Je suis quand même le premier concerné ! s'insurge Chady.

– On joue collectif, mon vieux. Tu es solidaire ou solitaire. Si tu veux faire bande à part, tu te débrouilles tout seul face aux anciens. À toi de voir, lui explique Zamberou.

Sous des apparences d'indécrottable trublion, Chady conserve un sens minimal des réalités et n'ignore pas que l'union fait la force. Après avoir protesté une dernière fois pour la forme, il se décide enfin à obtempérer. Il se dénude totalement et se dirige vers la sortie.

Arrivé à hauteur des boxes des pions, il est interpellé par le puant :

– Où vas-tu, dans cette tenue ?

– Demande au Pacha, je ne fais qu'obéir à ses ordres.

– Ici, c'est nous, les pions, qui donnons désormais les ordres !

Le Pacha s'avance, encadré de tous les anciens.

Le Puant croit bon de prendre les devants :

– Vous avez entendu ce qu'a dit le surgé ?

– Nous ne sommes pas sourds, lui rétorque le Pacha.

– Vous avez entendu ce qu'il a dit. Que Filochard et moi devions restaurer l'ordre dans ce dortoir.

– C'est exact mais, s'il te reste un peu de jugeote, tu te rends bien compte que c'est mission impossible pour vous. Faut pas t'illusionner plus longtemps. Ici, le pouvoir, c'est nous, les anciens, qui le détenons. Mets-toi bien ça dans le crâne une fois pour toutes, je serais navré d'avoir à te le rappeler une nouvelle fois. Allez, Ravachol, en route !

Tandis que le Puant se replie dans son box, Chady dévale l'escalier.

– Éteignez les couilles ! beugle Tarass Boulba.

Dans l'obscurité, tout le monde vient coller le nez aux vitres des fenêtres afin de ne rien perdre du spectacle que va leur offrir Chady. Tout le monde excepté les deux pions qui, dépités, ruminent leur amertume derrière leur rideau.

Deux réverbères diffusent une clarté parcimonieuse qui soustrait la petite cour carrée du lycée à l'emprise de la nuit. Et voici qu'un mouvement à peine perceptible ébranle l'immobilité des lieux. Dans un angle, un corps fantomatique émerge prudemment de l'obscurité et rase les murs. Un corps pâle avec deux taches sombres : la chevelure et le pubis. Chady a de la chance : le surgé a tiré les volets de son appartement. Lorsque le bizut regagne le dortoir sous un tonnerre d'applaudissements, il serait presque fier de son exploit s'il n'avait gardé en mémoire le souvenir rancunier d'avoir agi sous la contrainte.

Dans la nuit, deux nouvelles brimades lui confirment qu'il n'est qu'un bizut soumis aux caprices des anciens. Vers minuit, il est éjecté de son lit et atterrit sur le plancher, sous les draps et le matelas qui l'ont accompagné dans sa chute, et, deux heures plus tard, il se retrouve coincé entre le mur et son lit dressé en cathédrale. Autant dire qu'au petit matin Chady est devenu le plus déterminé des militants antibizutage.

– Ça ne peut plus durer. Il faut faire quelque chose, confie-t-il à Julien.

– Tu as raison. On en reparlera tous ensemble pendant la récré tout à l'heure.

Julien ne pouvait prévoir les aléas qui allaient contrarier ce projet de conciliabule.

À la sortie du deuxième cours de la matinée, à 10 h 45, alors qu'il vient de pénétrer dans le péristyle, Julien est accosté par Filochard qui l'invite, d'un geste de la main, à consulter le petit tableau d'affichage fixé au mur. *Convoqué à 10 h 45, dans le bureau de Mme la directrice : Delsol Julien.*

Dès lors, il comprend mieux les regards amusés dont il est la cible depuis son entrée dans cette pièce.

– Fais gaffe à ton pucelage ! lui lance ironiquement Jérôme.

La saillie atteint de plein fouet l'amour-propre de l'adolescent. Julien, à l'instar de nombre de ses copains de promo, n'a jamais croqué le fruit défendu. Pas même goûté. C'est à peine s'il a effleuré de ses doigts fébriles le fin tissu soyeux qui épouse ses formes charnues. Caresse fugitive. Éclair de désir. Jeanne n'avait pas réagi. Julien n'avait pas insisté. Par respect pour la jeune fille, par crainte qu'elle ne tombe enceinte ou par peur du ridicule. Toujours est-il qu'ayant décidé de s'émanciper de son ignorance dans ce domaine il s'était procuré les deux best-sellers sulfureux d'Alfred Kinsey, *Le Comportement sexuel de l'homme* et son indissociable pendant, *Le Comportement sexuel de la femme.* Les mille cinq cents pages de ces documents l'avaient, certes, bien informé mais tout cela restait livresque. Or, ce qu'il souhaitait, c'étaient des travaux pratiques sous l'égide d'un expert en la matière. Pas facile pour lui de concrétiser un tel vœu sans avouer sa totale inexpérience sur le plan des pratiques sexuelles. Sans en avoir l'air, il avait bien essayé d'obtenir des informations édifiantes de la part de Gimenez. Ce dernier n'était pas avare de détails lorsqu'il racontait, avec un naturel désarmant, comment il avait été dépucelé par la Marie-couche-toi-là de son village. Il avait préalablement acquis un minimum de savoir-faire avec la complicité de son cousin, son aîné de cinq ans. Le jeune homme, âgé de dix-neuf ans à l'époque des faits, avait convié le cadet à venir dans sa ferme où il avait prémédité un corps à corps torride avec une jeune fille délurée du canton. Immobile dans le grenier qui surplombait le tas de foin sur lequel s'ébattaient fougueusement les deux amants d'un jour, Gimenez n'avait pas perdu une seule miette de la scène croustillante qu'il avait observée de A à Z par les fentes du plancher. Après un dernier soupir de jouissance, l'héroïne de cette séquence érotique s'était rajustée et avait disparu dans la nature.

– Tu peux descendre maintenant, Pierre. Odette a mis les voiles.

Gimenez avait quitté son observatoire et était venu féliciter son aîné.

– Bravo pour ta prestation. Tu m'as offert un spectacle que je n'oublierai jamais.

Drapé dans son orgueil de mâle dominant, le cousin avait alors prodigué à son cadet de nombreux conseils en complément de la démonstration dont il l'avait gratifié.

Une semaine plus tard, Gimenez avait mis en application, avec succès, tout ce qu'il avait appris ce jour-là et, à ses dires, il ne s'en était pas tenu à cette expérience initiatique. Réalité ou bluff ? Peu importe.

Julien, sans en avoir l'air, avait relevé, dans les propos de son copain de promo, tout ce qui lui paraissait susceptible de l'aider à franchir le mur au pied duquel il se trouvait. Un mur d'inhibitions et de névroses dont n'importe quel psychiatre aurait décelé l'origine dans les traumatismes affectifs de son enfance. Quand bien même surmonterait-il cet obstacle psychologique, restent des questions sans réponses. Existe-t-il une seule manière d'exercer les talents d'étalon ? Toutes les partenaires réagissent-elles de la même façon ? Comment éviter les maladresses dues à l'inexpérience ? Julien se souvient alors de Léon, son ami du collège, qui avait voulu l'entraîner aux *Arènes*, un café louche sur le Gravier d'Agen où des prostituées vous invitaient à monter l'escalier en direction du septième ciel. L'entreprise avait échoué faute, d'une part, de ressources financières suffisantes des deux compères, d'autre part, de motivation de Julien qui consacrait alors son énergie à la préparation du concours d'entrée à l'E.N. et menait une vie ascétique. Aujourd'hui qu'il a décidé de profiter pleinement de la vie, il reconsidère la suggestion de Léon sous un angle nouveau.

– Magne-toi le train ! s'impatiente le pion. Ce n'est pas le moment de lambiner. Y a du beau monde qui t'attend.

– J'en suis flatté, mon cher Filochard, crâne le bizut en s'inquiétant de cette dernière précision. Allez, escorte-moi donc jusqu'à ces représentants de la haute.

– Tu feras moins le mariole quand tu verras le comité d'accueil.

De plus en plus anxieux, Julien emboîte le pas au surveillant et ce qu'il découvre en entrant dans le bureau directorial n'est pas de nature à le rassurer. La directrice, ses fesses callipyges bien calées dans son fauteuil de direction, ne prononce pas un mot mais l'expression réprobatrice de son visage en dit long sur le ressentiment qu'elle nourrit à l'encontre du normalien convoqué. Face à elle sont assis deux gendarmes qui se lèvent pour accueillir le nouveau venu. Cette marque affectée de politesse ne dit rien de bon à Julien dont l'intuition s'avère aussitôt très juste.

Le plus gradé des deux militaires, si l'on en juge par le nombre de galons placardés sur sa veste bleu marine, présente une feuille à Julien.

– Monsieur Delsol, auriez-vous l'amabilité de nous dire si vous reconnaissez ce document ?

Encore et toujours cette déférence malséante qui met Julien mal à l'aise, lui donnant l'impression de n'être qu'une petite souris déjà condamnée avec laquelle joue perversement un gros matou ne doutant pas de l'issue de ce duel inégal.

– Oui, monsieur, je le reconnais.

– Monsieur Delsol, vous serez bientôt appelé sous les drapeaux pour servir notre pays.

Vous auriez tout intérêt à connaître les grades de notre valeureuse armée plutôt que de la dénigrer avec des pétitions infondées. Je vous précise que je suis commandant et que mon partenaire de mission est sergent-chef. Donc vous reconnaissez ce document subversif. Reconnaissez-vous également avoir apposé votre signature sur ce document en guise d'approbation ?

– Oui, commandant, je le reconnais.

– Oui, mon commandant, précise l'officier.

– Oui, monsieur, reprend effrontément Julien.

Le gendarme préfère ignorer la provocation et poursuit son interrogatoire :

– Aviez-vous lu attentivement le texte de la pétition avant de signer ?

« Tiens, remarque Julien, le ton change. On ne m'envoie plus du monsieur Delsol à tout bout de champ ! »

– Oui, monsieur, je l'ai lu très attentivement.

– Ce qui veut dire que vous l'approuvez entièrement ?

– Ce qui veut dire, monsieur, que je l'approuve entièrement. Qui n'approuverait pas une condamnation de la torture, mon commandant ?

– Ici, monsieur Delsol, c'est moi qui pose les questions, martèle l'officier. Donc vous assumez votre geste ?

– Je l'assume, monsieur.

– Vous mesurez bien les conséquences qui découleront de votre engagement contre l'armée ? Ce fait subversif sera noté sur votre livret militaire ; il sera marqué à l'encre rouge et sera pris en compte lors de votre incorporation dans une unité combattante en Algérie.

Julien ne cède pas au chantage du gendarme.

– Mon commandant, cette pétition n'est pas un engagement contre l'armée mais seulement une protestation contre l'utilisation de la torture par certains éléments de cette armée. Quant au livret militaire, à l'encre rouge et à tout le reste, nous verrons bien.

– Comme vous voudrez, monsieur Delsol. Maintenant, dites-moi quels sont vos camarades qui ont signé ce document avec vous ?

– Je ne le sais pas, monsieur.

– Vous ne voulez pas nous le dire ?

– Même sous la torture, je ne pourrais pas vous le dire, mon commandant, ironise Julien.

– Qui vous a présenté la pétition ?

– Je n'en sais rien, mon commandant. Quelqu'un l'a posée sur la table de ping-pong pendant que je jouais. Je l'ai ramassée, je l'ai lue, je l'ai signée et je l'ai reposée sur le piano.

– Et vous ne savez pas non plus qui est l'instigateur de cette pétition ? demande le gendarme en s'efforçant de maîtriser une irritation qui dilate ses carotides et empourpre ses joues.

Julien est surpris par la question. Il se souvient très bien d'avoir vu Paul Guesy mentionner son nom sur la dernière ligne de la pétition et signer lisiblement. Il jette un regard furtif sur la feuille. Surprise ! Aucune trace du paraphe du Pacha, le bas de la page a été découpé !

– Le salaud ! ne peut s'empêcher de marmotter Julien.

– Vous dites ? demande aussitôt l'officier.

– Je ne sais pas qui est à l'origine de cette pétition.

– Vous signez donc un texte sans savoir qui est à son origine ?

– Oui, mon commandant.

– Vous rendez-vous compte, monsieur Delsol, de l'inconscience dont vous faites preuve ? Vous êtes en train de vous faire manipuler par les traîtres trotskistes et libertaires qui soutiennent les terroristes algériens et vous ne vous en rendez même pas compte !

– Je n'appartiens à aucun groupe politique, mon commandant. Je défends seulement mes idées.

– Quel âge avez-vous, monsieur Delsol ?

– Dix-sept ans, monsieur.

– Dix-sept ans ! Vous n'êtes pas majeur et vos actes engagent la responsabilité de vos parents. Le savez-vous ?

Julien est à bout de patience.

– Je n'ai plus rien à dire, déclare-t-il abruptement au gendarme en le fixant droit dans les yeux.

– Très bien, monsieur Delsol. Pour votre gouverne, sachez que M. le préfet sera informé *verbatim* des propos que vous avez tenus au cours de cet entretien. Nous vous remettons à la disposition de votre chef d'établissement. Au revoir monsieur, conclut l'officier en quittant la pièce avec le sergent-chef après avoir également salué Mme Weisseldinger.

La directrice jette un regard noir à Julien.

– Vous pouvez être fier de vous, monsieur Delsol ! Les gendarmes dans notre maison ! Une pétition ! Qui plus est, dans mon dos ! Vous serez privé de sortie jeudi après-midi, samedi et dimanche. À la prochaine bêtise, vous passerez en conseil de discipline. Tenez-vous-le pour dit. Maintenant, rejoignez vos camarades.

Julien s'exécute. À peine a-t-il franchi la porte du péristyle que Jérôme l'accoste :

– Alors ? Que te voulaient les pandores ?

– M'interroger sur la pétition contre la torture et me faire dire les noms des signataires.

– Mais pourquoi n'ont-ils pas interrogé le Pacha ? C'est lui qui a lancé la pétition.

– Ouais, mais ce faux-cul a découpé le bas de la page, là où il avait signé.

– C'est pas vrai ?

– Si, et il ne se doutait pas que j'allais le découvrir. Tu vois, Jérôme ? Ça, c'est une aubaine pour nous. Avec ça, on le tient à notre merci. D'une seconde à l'autre, on peut ruiner son autorité mais n'en parle à personne. Il ne faut pas qu'il se doute qu'on connaît le coup tordu qu'il nous a fait.

– Et tu ne l'as pas dénoncé ?

– Non ! Et d'une, je n'avais aucune preuve à fournir aux cognes, et de deux, je ne suis pas une balance.

– Et l'Alsacienne ? Qu'est-ce qu'elle dit de tout ça ?

– Elle m'a collé jeudi et pendant tout le week-end.

– Oh, merde ! T'as pas de pot !

– Ça commence à faire pas mal. Les flics la semaine dernière, les pandores aujourd'hui, Hay que ver qui me colle le premier dimanche, la Grande qui me prive de sortie ce week-end : le bilan commence à s'alourdir sérieusement.

Julien jette un coup d'œil à la ronde. Il aperçoit Agnès, près du piano, en conversation avec Gastounet. Déjà passablement énervé par l'interrogatoire qu'il vient de subir, il éprouve une soudaine envie d'expliquer à cet ancien que son statut factice de père pédagogique ne lui donne aucune priorité légitime dans la quête des faveurs d'Agnès mais il se domine. Après tout, pourquoi ne se contenterait-il pas d'observer le comportement de la jeune normalienne ? Agnès n'est la propriété de personne. Si, malgré les indices qui laissent à penser qu'elle a un penchant amoureux pour lui, il constate qu'elle n'est pas indifférente aux avances d'autres prétendants, il devra réagir en conséquence.

– C'est pas ton jour de chance, insiste Jérôme qui a suivi le regard de son ami. Voilà que Gastounet fait du gringue à ta femme. C'est le risque quand on fréquente une fille si bien roulée.

Julien ne répond pas. Feignant l'indifférence, il ne peut cependant pas s'empêcher de surveiller Agnès à la dérobée. « Bah ! Les sourires de convenance qu'elle fait à Gastounet sont bien moins chaleureux que ceux qu'elle me réserve, se répète-t-il pour se rassurer. Et puis elle n'a pas l'air d'être captivée par les sornettes que doit lui débiter l'ancien. » Mais la méthode Coué a ses limites. Lorsque Gastounet, sous prétexte de plaisanter, fait mine de pincer le bras d'Agnès, Julien reprend brutalement pied dans la réalité. Non, Agnès n'appartient à personne. Enfin, encore moins à Gastounet qu'à lui. Il ne sait trop si c'est l'aiguillon de la jalousie qui le titille ou son amour-propre qui est blessé, mais il ne peut rester là plus longtemps, les bras ballants, à attendre qu'on lui ravisse Agnès. Il fait un pas vers le piano avec l'intention de contrecarrer les manœuvres de séduction de son aîné. La sonnerie de fin de pause brise son élan.

– Tous en survêt ! ordonne le prof de gym.

Gégé, c'est le seul enseignant de l'E.N. avec lequel Julien a de réelles affinités. Un bel homme, ce professeur. Avec un corps d'Apollon, aux muscles harmonieusement sculptés, une tête de jeune premier et un port distingué. La classe, quoi !

Avec son épouse, Gaby, également prof de gym dans cet établissement où elle s'occupe des filles, ils forment un couple harmonieux. Du moins en apparence, car des rumeurs insistantes insinuent qu'ils seraient adeptes d'échangisme et de libertinage.

Julien avait interrogé Tarass Boulba :

– Au fait, Pierre ? Toi qui connais bien Gégé, c'est vrai ce qu'on raconte sur lui ?

– Je n'en sais pas plus que toi. Ce sont nos anciens qui nous ont transmis l'info. Ça se serait passé il y a cinq à six ans. La Grande aurait surpris Gégé en train de peloter une normalo dans son vestiaire. Il paraît que ça a bardé !

– Et sa femme est au courant ?

– Bien sûr ! Mais elle s'en fout. Et elle non plus ne se prive pas de draguer. Même à l'E.N. Mais c'est une futée. Tout le reste se passe à l'extérieur. Pour Gégé, c'est pareil. Depuis son affaire, il chasse parfois son gibier ici, mais il consomme toujours hors des murs.

Julien avait aussitôt tiré les conséquences de ces révélations. Il avait épié l'attitude de Gégé vis-à-vis d'Agnès, mais il n'avait rien détecté qui soit de nature à l'inquiéter. Il avait aussi guetté les réactions de Gaby, cette croqueuse d'adolescents, lorsqu'il l'avait poliment saluée en la croisant dans l'établissement, se disant que, s'il avait le profil des proies qu'affectionnait cette femme libertine, elle pourrait peut-être procéder à son initiation sexuelle avec plus de tact que ne le ferait une catin. La prof de gym n'avait marqué aucun intérêt particulier à son égard.

– Aujourd'hui, nous allons consacrer l'heure à l'apprentissage des gestes de base que doit connaître tout joueur de rugby, car vous allez rencontrer l'équipe du lycée dans huit jours, annonce Gégé.

Aucun des bizuts n'a encore pratiqué ce sport mais tous ont la volonté de sortir vainqueurs de cette première rencontre, ce qui explique l'implication avec laquelle ils suivent les instructions du professeur.

D'autant plus que Tarass Boulba s'est déjà chargé, dès le matin, de motiver les normaliens pressentis pour jouer ce match capital :

– Mes petits, c'est le moment de rabaisser le caquet à ces fils de bourgeois. Nous devons leur filer une dérouillée mémorable et pour cela nous devons y aller gonflés à bloc. Il faudra surtout neutraliser leur ailier, Rémicq, qui joue en première au S.U.A. Pour vous rassurer, nous avons nous aussi un joueur du S.U.A., Liquem, qui joue au poste de pilier. On a donc toutes nos chances.

Zamberou avait sauté sur l'occasion pour négocier une trêve :

– Comment veux-tu que l'on soit en forme si vous continuez à nous empêcher de dormir pendant la nuit et si vous nous accablez de brimades pendant la journée ?

Tarass Boulba s'était gratté pensivement la peau rasée de son occiput puis s'était rendu aux arguments du bizut.

– D'accord, mais en retour vous promettez de mettre le paquet.

– Promis ! Juré ! avait répondu Zamberou au nom de tous les bizuts réquisitionnés pour cet affrontement qui, dépassant le cadre strictement sportif, prenait des allures de lutte des classes.

Après plus de deux semaines de harcèlement continu, cette pause inespérée est particulièrement appréciée des bizuts et, lorsqu'ils se retrouvent dans la cordonnerie, le jeudi soir suivant, ils commencent par porter un toast en l'honneur de Zamberou en prenant bien soin de ne pas renverser les verres généreusement remplis de ce délicieux floc de Gascogne apporté par le petit Pyson. Il n'en faut pas plus pour instaurer une atmosphère d'allégresse communicative dans le groupe. Même Julien n'y résiste pas. Il n'avait pas le cœur à la fête en venant ici après avoir effectué ses heures de colle. À cause de cette satanée pétition, il n'a pas pu rejoindre Jeanne et l'emmener au cinéma comme il le lui avait promis. Mais, après avoir ingurgité son apéritif et deux ou trois verres de vin, il se dit que ce doit être un signe du destin. Ses camarades n'ont pas résisté non plus aux effets désinhibiteurs de l'alcool et, entre deux tranches de jambon du pays, ils dégoisent à gogo, potinent comme des commères, jaspinent bruyamment et rient comme des bossus. Ils se séparent vers minuit après avoir unanimement fixé la date et le lieu de leur repas de promotion. Ce sera jeudi prochain, à 20 h 30, à la gargote dénommée *Chez Maurice*, près du passage à niveau sur la route de Cahors.

VIII

– MONSIEUR DELSOL, samedi et dimanche, vous effectuerez vos heures de retenue en salle d'études, à l'école normale, avait décrété la Grande.

Cette décision démontrait à quel point la directrice avait confiance en ses surveillants ! Elle ne devait pas être sans savoir que le Puant et Filochard n'étaient que des pions fantoches sous la coupe des anciens. Aussi préférait-elle s'assurer personnellement que Julien accomplirait bien sa punition. Ce qu'il ne fit pas de gaieté de cœur, regrettant amèrement de ne pas pouvoir rejoindre ses parents et Jeanne. Il croyait en avoir fini avec les contrariétés, mais il n'était pas au bout de ses peines.

Le jeudi suivant, à l'heure de ce fameux match de rugby contre les lycéens qu'il fallait impérativement écraser pour sauver l'honneur des couches modestes de la société d'où étaient issus la majorité des normaliens, Gégé interpelle Julien :

– Vite, Delsol, allez changer de maillot. Vous n'êtes plus numéro 12, vous êtes numéro 3.

– Mais, monsieur, je joue trois-quarts centre !

– Plus maintenant. Vous remplacez le pilier Cazenave qui est malade. On trouvera toujours quelqu'un pour jouer trois-quarts centre.

Pendant quatre-vingts minutes, Julien, qui se voyait déjà caracolant parmi les lignes ennemies et sprintant pour aller déposer le ballon ovale entre les poteaux, sous les hourras des normaliennes et surtout d'Agnès, en est réduit à produire l'effort obscur dévolu aux avants, au sein des mêlées où les corps survoltés et suants s'épuisent dans un affrontement brutal et sans panache.

Heureusement, l'équipe des normaliens triomphe de celle des lycéens et ce succès, s'il est injustement attribué aux trois élèves qui ont marqué des essais et à celui qui les a transformés, rejaillit néanmoins un petit peu sur les autres joueurs qui, chacun à sa place, ont incontestablement contribué à la victoire.

Dans la soirée, les bizuts s'apprêtent à quitter le lycée pour aller ripailler *Chez Maurice.*

Zamberou s'adresse aux deux pions :

– Gontran et Serge, vous êtes nos invités ce soir. Allez ! Grouillez-vous ! Faut qu'on se tire avant la ronde du surgé.

La décision de convier les deux surveillants au repas de promo a été adoptée à la majorité absolue après d'âpres discussions, les pour avançant que la présence de Filochard et du Puant à ce banquet clandestin était de nature à compromettre définitivement ces deux pions, les contre craignant que ces derniers ne répètent aux anciens tout ce qui se dirait au cours de la soirée.

D'emblée, le Puant décline l'invitation, mais Filochard l'accepte avec plaisir.

– Merci, les gars. Laissez-moi cinq minutes et je suis à vous, lance-t-il en commençant à changer de vêtements.

Le Pacha ne l'entend pas de cette oreille :

– Filochard, tu restes avec nous, ordonne-t-il d'une voix tranquille.

Le pion ne dit rien et disparaît piteusement derrière le rideau de son box.

– Pourquoi le Pacha ne le laisse-t-il pas venir avec nous ? demande candidement Gafet.

– Parce qu'il a envie de coucher avec lui ce soir, tiens ! lui répond Chady.

– Ah bon ! C'est un homo ?

– Tu ne le savais pas ? enchaîne son interlocuteur.

– Non.

– Tu n'as pas remarqué comme il reluquait tes bijoux de famille quand les anciens nous ont distribué les permis de chasse ?

– Non.

– Bon ! Ça suffit comme ça, Ravachol ! Fous donc la paix à ce pauvre Balluche au lieu de lui raconter des conneries, sinon moi je vais informer le Pacha que tu le fais passer pour un pédé et tu verras qu'il te prouvera le contraire, intervient Zamberou. Maintenant, en route !

– Vous ne m'avez toujours pas dit pourquoi le Pacha ne veut pas que Filochard vienne avec nous, insiste Gafet.

– Sans doute pour éviter qu'il se laisse aller à trop parler des anciens et à nous dire des choses qu'on ne doit pas savoir, présume Jérôme. Bon ! Allons-y à présent.

En file indienne, les bizuts descendent l'escalier, longent la galerie transversale et s'enferment par groupes de trois dans les cinq W.-C. dont les petites fenêtres situées au-dessus des chasses d'eau donnent sur l'avenue Maurice-Luxembourg. Pratiquement tous les bizuts, un jour ou l'autre, ont joué les filles de l'air en empruntant cet itinéraire insolite et, ce soir, aucun incident ne vient entraver l'évasion des seize normaliens qui atterrissent les uns après les autres sur le trottoir en contrebas des waters.

Un vieux couple en promenade s'est arrêté et observe, avec un sourire indulgent, ces jeunes inconscients qui dégringolent des petites baies du mur du lycée et s'éloignent en plaisantant vers le boulevard de la Liberté. La sagesse eût conseillé qu'ils se fissent discrets en cheminant le long de petites rues peu fréquentées. Au lieu de cela, ils suivent le cours du 14-Juillet puis descendent l'avenue Henri-Barbusse jusque *Chez Maurice*, trente mètres avant le passage à niveau de la route de Cahors. La chance leur a souri : malgré leur imprudence, leur évasion s'est déroulée sans encombre et c'est plein d'entrain qu'ils pénètrent dans la salle du restaurant où le patron les accueille à la bonne franquette :

– Installez-vous à vos aises ! La salle vous appartient ce soir.

Les bizuts sont, en effet, les seuls clients du restaurant en cette soirée de jeudi. Il y a bien cinq hommes plantés devant le zinc du bistrot mais ils s'apprêtent à quitter les lieux après avoir pris deux ou trois verres de vin blanc en guise d'apéritif.

Le repas débute sereinement. La conversation roule sur ces premières semaines de classe, en grande partie gâchées par le bizutage quasi permanent perpétré par un groupe d'anciens livrés à eux-mêmes.

– Dès que l'occasion se présentera, il faudra mettre un terme à ces pratiques inadmissibles, déclare Zamberou.

– Pour cela, il faut que nous ne fassions qu'un et que nous leur rentrions dans le lard le plus tôt possible, affirme Chady avec véhémence.

– Tu as raison, Robert, nous devons rester unis mais ne pas nous précipiter, conseille Jérôme. Qu'en penses-tu, Julien ?

– Je crois que nous devons faire preuve de patience, si possible jusqu'à Noël. Ça nous donne le temps de nous organiser pour passer à l'action dès la rentrée de janvier.

Tout le monde semble d'accord et Gimenez profite de l'occasion pour porter un toast en l'honneur de cette promo de bizuts bien décidés à bousculer le *statu quo* défendu par leurs aînés et à imposer l'abolition du bizutage qui les fera entrer dans l'histoire de l'école normale d'Agen.

– Remplissons tous nos verres et faisons cul sec pour fêter la disparition prochaine des privilèges que les anciens se sont illégitimement attribués.

Avec une synchronisation parfaite, les jeunes élèves-maîtres lèvent leur verre vers le plafond en interprétant la célèbre chanson à boire intitulée *Les matelots de la Belle Eugénie* : « Si la piquette est bonne, Amis buvons un coup… » et, la dernière parole expédiée, avalent leur canon d'un trait puis reposent le verre vide sur la table en reprenant leur souffle.

Plus le niveau des bouteilles de vin baisse, plus le ton de la conversation monte.

L'alcool produisant son effet euphorisant, l'on en vient inévitablement à parler des normaliennes en termes parfois très crus.

– Pour ma part, je trouve Paulette particulièrement bandante, ose avouer le petit Pyson.

– T'es pas le seul, renchérit Pignon, mais, vu ta taille, faudra que tu prennes un escabeau si tu veux la sauter !

Tous éclatent de rire, tous sauf Michel Bouzik qui se lève d'un bond et se précipite sur ses deux camarades de classe irrespectueux.

– Je vais vous faire avaler vos insanités, petits connards ! s'étrangle-t-il sans que l'on sache si l'empourprement de ses joues et l'éclat meurtrier de son regard relèvent de la fureur ou de l'ivresse.

– Allons, Michel, calme-toi ! intervient Christian Zamberou en le retenant par le bras. Ils ne savent plus ce qu'ils disent. Fais pas attention.

– Alors, qu'ils se taisent ! Personne ne touche à Paulette ! Celui qui s'aventure à la draguer aura affaire à moi !

– D'accord. On a tous compris. Tu as pris une option sur Paulette. Personne n'y touchera, promet Jérôme en prenant l'irascible Michel par le cou et en le raccompagnant vers sa chaise.

– Pour éviter tout nouveau dérapage de nature à gâcher notre fête, il serait bon que l'on sache qui a des vues sur qui, avance Gafet avec une logique à toute épreuve.

– Exactement, confirme Robert Chady. Par exemple, on sait que tu en pinces pour la Grande, donc nous te laissons le champ libre, Balluche.

– Et moi je peux vous dire que Julien a un penchant pour Annie, lance Jérôme. Gare à celui qui s'approchera d'elle de trop près !

– Ah ! Ça t'arrangerait bien ! réplique Julien qui se doute que son ami a beaucoup d'inclination pour Agnès. Eh bien, non ! Annie, je te la laisse.

– Et ton élue, c'est qui ? interroge Pignon.

– Tu ne portes pas le bonnet d'âne pour rien, lui assure Narric, le major de la promo. Tu n'as pas vu comme il fait les yeux doux à Agnès ?

– Normal, c'est ma femme, se contente de préciser Julien.

– Tu ferais bien de la surveiller, avertit Borot. On a tous remarqué que quelques anciens commencent à lui tourner autour.

Julien ne relève pas l'allusion au comportement de Gastounet et de quelques autres qui se livrent à des manœuvres d'approche d'Agnès. De prime abord, c'est lui qui est en position favorable pour conquérir définitivement la belle normalienne et, pense-t-il, il lui suffira de gérer son avantage pour sortir vainqueur de cette rivalité amoureuse.

– Et toi, Christian, tu te verrais bien avec qui ? demande inopinément Cervoumaut.

– Ne m'en parle pas ! J'ai beau faire tout ce que je peux pour attirer l'attention de Micheline, rien à faire. On dirait que les garçons ne l'intéressent pas.

– Ça, c'est bien vrai ! confirme Pignon.

– C'est peut-être une gouine, suppose Narric.

– Avec la paire de fesses qu'elle a, ce serait vraiment frustrant pour les garçons, poursuit Christian Zamberou. En cours de français, je suis assis juste derrière elle et je peux te dire que c'est pire que le supplice de Tantale. Je passe des heures à contempler ce popotin de rêve à portée de mains et pas moyen d'y toucher.

– Si tu dis vrai, tu ne vas pas faire beaucoup de progrès en français ! s'exclame Coslo.

– Mais tu vas devenir un expert en anatomie féminine ! ajoute Chady.

– Et toi, Coslo ? N'y a-t-il pas une normalienne qui te tente ? interroge Gimenez.

– Moi, je suis venu à l'E.N. pour bosser, pas pour draguer.

– Je ne te parle pas seulement de draguer. Il s'agit surtout de se trouver une future épouse avant de quitter l'E.N. Ce n'est pas une fois que tu seras dans ton école de campagne que tu te dégoteras une femme instit.

– Que sais-tu de mon avenir, mon brave Pierre ? Où serai-je dans quatre ou cinq ans ? Si je suis toujours en vie ?

– Oh, dis donc ! Tu as le vin triste pour un descendant d'Italiens ! lance Jérôme.

– Non, je suis seulement réaliste. Regardez ce qui est arrivé à Patxi ? Lequel d'entre nous sera la prochaine victime de ce conflit absurde ? Qui peut me le dire ?

En vingt secondes, l'allégresse ambiante a cédé place à une morosité épaisse. Les questions posées par Coslo ont ravivé cette lancinante inquiétude qui tourmente l'esprit de tous ces jeunes hommes que le gouvernement français enverra bientôt exposer leur vie si « les événements d'Algérie » ont toujours cours dans quatre ou cinq ans. Mais, à dix-sept ans, peut-on vivre en permanence avec cette appréhension de l'avenir ?

L'atmosphère de gaieté, un moment mise à mal par l'évocation du drame franco-algérien, reprend le dessus à la faveur d'un armagnac bien tassé offert par le patron à « cette bande de joyeux drilles », selon ses propres termes. « Joyeux, mais fauchés », a-t-il ajouté en référence à l'âpre négociation sur le prix du banquet menée par ce radin de Zamberou.

– Moi, j'ai envie de chier ! braille soudainement Cervoumaut, passablement éméché.

– Les W.-C. sont par là, indique calmement le restaurateur en pointant son index vers une porte située près du comptoir.

– Non, pas là, je veux aller chier dehors, au grand air ! glapit le normalien.

C'est le signal du départ. Narric et Julien se saisissent de leur camarade ivre et l'entraînent à l'extérieur où ils sont rejoints par le reste de la troupe dont certains éléments n'ont rien à envier à Cervoumaut, si l'on en juge par leur démarche titubante ou leurs incohérences verbales.

Zamberou lui-même, bien que solidement charpenté, n'a pas résisté à ce petit digestif perfide qui a mis en péril son équilibre et le voilà qu'il se découvre, lui aussi, une envie subite d'aller déféquer au clair de lune.

Quant à Gafet, Chady et deux ou trois autres, si l'on s'en réfère à leurs bruyantes éructations aux relents acides qui montent des profondeurs de leurs panses irritées, c'est par une autre voie qu'ils éprouvent le besoin de libérer leur estomac du mélange indigeste des vins qu'ils viennent d'écluser abusivement.

– Je veux aller chier sur les rails du chemin de fer ! clame Cervoumaut en résistant à ses deux camarades qui cherchent à l'entraîner, aussi discrètement que possible, dans un recoin obscur d'une rue adjacente.

– Moi aussi ! Pour emmerder la micheline ! claironne Zamberou avec dépit.

– Et pourquoi veux-tu l'emmerder, la micheline ? demande Chady.

– Parce qu'elle ne veut pas de moi !

– Mais ça n'a rien à voir !

– Je m'en fous ! Puisque Micheline ne veut pas de moi, eh bien, moi, Christian Zamberou, j'emmerde toutes les michelines du monde, grommelle Zamberou, au bord des larmes.

Pour en finir une fois pour toutes avec les caprices de ces deux hurluberlus, tous les bizuts se rendent sur la voie ferrée et assistent au dérisoire acte de sabotage perpétré contre la S.N.C.F. par deux futurs instituteurs en ribote. Quelques normaliens profitent de cette séance scatologique pour souiller un peu plus la voie ferrée de leurs dégueulis rouge-brun et ensuite tout ce beau monde reprend le chemin du lycée Palissy.

Dernière épreuve de la journée : le franchissement de la grille.

Narric et Julien escaladent, de part et d'autre, le poteau électrique puis, un pied bien calé dans une des alvéoles du pylône, l'autre posé entre deux pointes des barres de fer forgé de la clôture, ils attendent que les éléments les plus valides du groupe hissent jusqu'à eux ceux qui n'ont pas encore dessoûlé. Ils empoignent ensuite ces derniers sous les bras et les font basculer de l'autre côté de la barrière où deux autres bizuts les réceptionnent.

L'opération se déroule sans incident et le groupe se dirige vers l'escalier du dortoir.

– Je veux aller pisser sur la porte du proviseur ! lance à la cantonade cet incorrigible de Cervoumaut.

– Et moi, sur celle du surgé ! enchaîne Zamberou.

– D'accord, intervient Julien. Viens avec moi, Michel, je t'emmène à l'appart du proviseur et Jérôme emmènera Christian à celui du surgé.

Nos deux énergumènes suivent docilement leurs guides sans se rendre compte que ceux-ci les conduisent vers deux portes de salles de classe désertées à cette heure de la nuit. Leur vessie allégée, les deux irréductibles provocateurs acceptent enfin de rejoindre le gros de la troupe.

Surprise ! Massés dans la cordonnerie, les bizuts font grise mine.

– Qu'est-ce que vous attendez pour entrer ? questionne Jérôme.

– La porte est fermée à clé, répond Michel Bouzik.

– Ces fumiers d'anciens nous ont eus ! peste Chady.

– Et on ne peut pas compter sur ces lopettes de pions. Ils ne répondent pas, constate Gimenez.

– C'est pour ça que le Pacha ne voulait pas qu'ils viennent avec nous, explique Borot. Si on fait du chambard et que le surgé se pointe, nous, les bizuts, on est faits comme des rats.

– Il ne nous reste plus qu'à dormir devant la porte du dortoir, conclut Pyson.

– J'ai une idée, annonce Julien. Michel, Jérôme, Pierre et Robert, vous venez avec moi. Les autres, vous attendez là, vous verrez que la porte va bientôt s'ouvrir.

Les cinq bizuts dévalent l'escalier et se rendent dans la cour gravillonnée, sous les fenêtres du dortoir.

– Ah ! Ils veulent nous empêcher de dormir tranquillement dans nos lits ? Eh bien, nous allons leur pourrir leur nuit. Faites comme moi et visez juste ! grommelle Julien en saisissant une poignée de gravillons qu'il projette vers l'une des baies vitrées du premier étage.

Les projectiles crépitent sur les carreaux et retombent sur le sol. Les apprentis artilleurs renouvellent l'opération à quatre ou cinq reprises : aucune réaction des anciens.

– Ils font les sourds, certifie Robert Chady. Il faut changer de méthode. Choisissons des cailloux plus gros et jetons-les un par un contre les vitres.

– Mais on va casser les carreaux, s'inquiète Michel Bouzik.

– C'est justement ce qu'il faut faire, assure Ravachol. Tiens, regarde !

Joignant le geste à la parole, l'anarchiste en herbe ajuste si bien son tir que l'une des vitres vole en éclats avec un bruit cristallin.

La fenêtre du box des pions s'ouvre *illico* et la tête furibonde du Puant apparaît dans l'encadrement.

– Vous êtes malades ou quoi ? Vous voulez que je vous colle un rapport sur le dos ? nasillarde le surveillant fantoche.

– Si tu n'ouvres pas la porte du dortoir tout de suite, on pète un autre carreau ! lui rétorque Robert. Et, en plus, c'est nous qui ferons un rapport à la Grande en lui expliquant comment tu nous as laissés sortir en toute connaissance de cause.

– Ce sera parole contre parole et vous ne serez pas crus !

– Tu l'auras cherché ! poursuit Ravachol en visant avec succès une autre vitre.

– Ma parole ! Vous êtes devenus fous ! aboie Tarass Boulba dont le crâne chauve, pâli par la lumière blafarde qui tombe de la lune, surgit d'une autre fenêtre précipitamment ouverte.

Indifférent aux paroles de son aîné, Chady ramasse un petit galet bien rond et arme son tir.

– Attends, Robert, laisse-moi faire, conseille Julien qui interpelle aussitôt l'ancien : Pierre, écoute-moi ! Arrêtons ce cirque. Si vous ne nous laissez pas entrer, demain je ne pourrai pas te suivre à la salle d'haltéro, je serai trop *canné* !

L'argument fait mouche. Tarass Boulba se gratte un instant l'occiput puis s'adresse à son voisin de fenêtre, le Puant.

– Allez ! Va leur ouvrir au lieu de bayer aux corneilles !

Trois minutes plus tard, presque tous les bizuts sont douillettement blottis dans leur lit.

Pyson et Gimenez, qui avaient jusqu'à cette heure stoïquement résisté aux nombreux haut-le-cœur qui les secouaient à intervalles de plus en plus courts, ont fini par abdiquer et, venant de la salle des lavabos, l'écho de leurs interminables régurgitations ébranle le silence du dortoir mais n'empêche pas leurs camarades de sombrer très rapidement dans un profond sommeil.

Le lendemain, après un café bien corsé, censé devoir atténuer la gueule de bois qui les accable, et le trajet jusqu'à l'école normale effectué dans un brouillard complet, aux deux sens de l'expression, les élèves de seconde découvrent une paire de nouvelles têtes qui intègre le personnel enseignant de l'établissement : la *señorita* Magdalena, jeune et jolie étudiante espagnole qui vient prêter main-forte à Hay que ver pour rendre plus attrayant l'apprentissage de la langue de Cervantès, et Mlle Grelich, qui remplace le professeur d'anglais Cromwell, contraint à un départ anticipé à la retraite pour raisons médicales.

À 10 heures, la classe de seconde est dédoublée : les filles sont prises en charge par le professeur d'espagnol tandis que les garçons rejoignent l'assistante dans une autre salle. Les agapes de la veille ont sérieusement amorti les capacités d'écoute et de réaction des bizuts et, malgré sa bonne volonté et son charme, la *señorita* ne parvient pas à sortir son groupe d'élèves de la léthargie qui l'engourdit. Il y a même quatre élèves qui, la tête plaquée sur le bras posé à plat sur la table, dorment consciencieusement pendant qu'elle s'évertue à faire traduire un paragraphe d'un roman espagnol.

– Delsol, *traduzca la primera frase.*

Julien émerge laborieusement de la somnolence qui l'oppresse, jette un œil éteint vers le texte transcrit sur le tableau et, au prix d'un intense effort de concentration, enregistre mentalement les premiers termes de la phrase : « *Las aguas las más turbias son…* »

S'il avait étudié Courteline, il aurait su que « faire le malin est le propre de tout imbécile ». Mais voilà, Julien ne s'est jamais intéressé à ce Moineau et aujourd'hui il n'est pas suffisamment lucide pour faire preuve de prudence. Afin d'amuser ses camarades, il se lance dans une traduction qui, si elle a bien débuté, va mal finir.

– Les eaux… commence-t-il avec gravité.

– *Muy bien !* déclare la *señorita* d'un ton encourageant.

Julien semble hésiter, inspire un grand bol d'air et, sans rire, laisse échapper d'un coup :

– La masturbation !

La vague d'hilarité qui secoue les élèves éveillés est très vite submergée par le raz de marée d'imprécations lâchées par l'assistante furibonde. Le flot d'anathèmes que la *señorita* déverse bruyamment sur Julien tire de leur sommeil les quatre roupilleurs qui écarquillent leurs yeux en s'interrogeant sur les raisons du courroux de la jeune étudiante. Quant à Julien, dans le florilège de propos inamicaux qui le visent, il a saisi deux termes qui ne souffrent aucune équivoque : « *fuera inmediatamente* ». Il s'exécute en prenant une tête de chien battu de nature à attendrir le plus sévère des procureurs, escomptant bien que l'affaire sera classée sans suite. Peine perdue ! À midi, tout le monde peut lire, tracé à la craie blanche sur le petit tableau noir du péristyle, le message lapidaire de Mme Weisseldinger : *Julien Delsol est convoqué dans le bureau de la directrice à 15 h 30.*

L'après-midi, afin de ne pas aggraver son cas, Julien se présente devant la directrice avec une ponctualité irréprochable.

– Alors, monsieur Delsol, que s'est-il passé avec la *señorita* Magdalena ? lui demande celle-ci sur un ton faussement naïf.

Julien n'y va pas par quatre chemins ; il relate fidèlement les faits, puis attend avec résignation la réaction de son interlocutrice.

– Jeune homme, considérez-vous comme giflé et notez que vous serez privé de sortie durant le prochain week-end. Maintenant, disparaissez de ma vue !

Julien se retire sans laisser paraître la moindre émotion. Pourtant, jugeant la sanction disproportionnée par rapport à la faute commise, il éprouve un profond sentiment d'injustice très vite relayé par une bouffée d'indignation qui le rend irascible.

– Alors, Julien, ça n'a pas trop chauffé ? interroge Jérôme.

– Qu'est-ce que cela peut te faire ? Occupe-toi de tes oignons et laisse-moi tranquille !

– Oh ! là, là ! Monsieur est de mauvais poil !

– Je ne sais pas si tu serais content, toi, de te faire coller tout un week-end !

– Encore ! Mais tu collectionnes les retenues, mon pauvre ami.

– Bon, ça va ! Je n'en mourrai pas mais je commence à en avoir marre des convocations de la Grande.

– Peut-être que tu lui as tapé dans l'œil et qu'elle veut passer les week-ends avec toi ? De toute façon, Agnès n'a plus besoin de toi, elle a un nouveau chevalier servant.

– Ah bon ! Et ce nouveau chevalier servant, c'est toi ?

– Pourquoi ce serait moi ? J'ai jamais eu le béguin pour elle.

– Tu parles ! Tu crois que je n'ai pas vu que tu crèves de jalousie ? Mais voilà ! Tu n'es pas le genre de garçon qui la botte.

– En tout cas, il y en a un qui a l'air de la botter, c'est Gastounet.

Julien ne répond pas. Aujourd'hui, il a eu sa dose de contrariété et il préférerait en rester là mais, lorsqu'il pénètre dans le péristyle, la première chose qu'il voit c'est Agnès en train de converser avec Gastounet. Et si Jérôme disait vrai ? Feignant l'indifférence, il s'approche de Cervoumaut :

– Dis, Michel, ça te dit de faire une partie de ping-pong ?

– O.K., allons-y.

Plus attentif aux comportements d'Agnès et de Gastounet qu'aux balles que lui renvoie son adversaire, Julien essuie une défaite sans appel. Magnanime, Cervoumaut ne tire pas gloire de sa victoire.

– Tu n'as pas la grande forme aujourd'hui, Julien. D'habitude tu es plus performant. Faudra faire une revanche.

– D'accord, Michel. On fera une revanche quand j'aurai retrouvé la pêche.

De retour au lycée, Julien, déprimé par le bilan peu reluisant de sa journée, est tiré de ses sombres pensées par l'intervention tonique de Tarass Boulba :

– Alors, Julien ? T'as eu une journée de merde ? Eh bien, dis-toi que demain ça ira mieux ! Et même ce soir. Une bonne séance d'haltéro, rien de mieux pour te faire oublier tes soucis.

– Je ne sais pas si je vais te suivre ce soir, Pierre. J'ai le moral dans les chaussettes et je me sens fatigué.

– Eh bien ! Justement ! On va oublier ses emmerdes et on va retrouver ses forces. Tiens, prends ça et va à la chevaline chercher deux steaks hachés de cheval.

Sans grande conviction, Julien saisit le billet que lui tend son aîné et s'évade du lycée. Quand il réapparaît, vingt minutes plus tard, ses camarades sont déjà dans le réfectoire.

– Allez, grouille-toi ! J'ai la fringale ! lui crie Tarass Boulba, attablé devant son assiette vide. Et amène ta gamelle.

Julien s'exécute sans faire de commentaires.

– Je vais te montrer comment préparer ton *beef* de cheval.

L'ancien place délicatement une portion de viande crue dans l'assiette de son cadet, l'écrase avec la fourchette, ajoute un jaune d'œuf, deux gousses d'ail et une branche de persil finement hachés, du sel, du poivre, une cuillerée d'huile d'olive et malaxe consciencieusement le tout.

– Et maintenant, mon pote, bon appétit !

– Merci, à toi aussi, répond Julien avant de regagner sa table avec sa mixture.

– Qu'es aquò ? demande Jérôme en apercevant cette bouillie d'un brun rougeâtre dans l'assiette de son ami.

– C'est du steak haché de cheval à la Tarass Boulba.

– Beurk ! C'est infect ! Et tu vas bouffer cette tambouille de préhistorique ? Ça me ferait presque dégueuler !

– Alors, c'est bon ? questionne Tarass Boulba qui guette les réactions de Julien.

– C'est fameux ! lui assure Julien sans avoir goûté sa pâtée.

– Si tu ne le manges pas, prévient Gastounet, j'en connais un qui sera déçu.

– Mais je vais le manger, réagit Julien qui est bien conscient de l'importance de se préserver la protection de Tarass Boulba.

– Alors, c'est vraiment bon ? interroge ironiquement Jérôme avec une moue de dégoût.

– Juge par toi-même, lui réplique Julien en lui tendant son assiette.

– Tu veux vraiment me faire dégobiller ?

Julien repose son assiette et entreprend l'ingestion de cette mixture à l'aspect peu engageant mais à la saveur agréablement exhaussée par les aromates.

– Alors, Julien, ça va mieux ? demande Tarass Boulba, une heure plus tard, pendant le trajet vers le *Café Gascon.*

– Ça pourrait aller mieux, mais tout me tombe dessus comme la misère sur le monde !

– Qu'est-ce que tu veux dire par là ? À part tes colles, tu as d'autres soucis ?

– Ouais, Pierre. Mais je ne veux pas t'ennuyer avec ça.

Intrigué, Tarass Boulba pose son bras sur les épaules de son cadet.

– Tu ne m'ennuies pas, Julien. Dis-moi ce qui te tracasse et, si je peux, je t'aiderai.

– Eh bien, voilà ! Tout le monde sait qu'Agnès et moi avons entamé une relation sérieuse. J'ai confiance en elle, mais ça m'agace de la voir se faire draguer par quelqu'un d'autre.

– Un autre bizut ?

– Non, malheureusement, parce que si c'était le cas je lui aurais déjà cassé la gueule. Non, Pierre, par un ancien, un mec de première, très sympa par ailleurs, ce qui n'empêche que, si je vais m'expliquer avec lui, ça risque fort de dégénérer. Il ne me fait pas peur mais c'est un ancien et, si je lui démolis le portrait, je vais vous avoir tous sur le dos. Les autres bizuts vont me soutenir et je te dis pas le grabuge que ça va faire ! Il n'y a que toi, Pierre, qui puisse intervenir pour éviter une bagarre générale.

– Intervenir comment ?

– En allant parler à Gastounet.

– Là, Julien, tu me demandes l'impossible. Tu te rends compte, Gastounet est un ancien !

– Et alors ? Qu'est-ce qu'il a de plus que moi ?

– L'ancienneté, tout simplement. C'est-à-dire une expérience que les bizuts n'ont pas encore acquise en matière de transmission de nos traditions. N'oublie pas que les anciens sont vos guides en la matière.

– Tu veux rire ? Gastounet ne m'a jamais guidé. J'avoue aussi qu'il ne m'a jamais emmerdé, ce en quoi je lui suis reconnaissant. Par contre, Pierre, j'aime bien ton idée : j'apprécierais d'avoir un tuteur qui me facilite une réelle intégration dans cet établissement. Ce serait bien plus gratifiant pour les anciens d'exercer une telle responsabilité que de passer le temps à organiser des brimades à la con.

– Et l'esprit de corps ? Comment tu le crées si tu ne fais pas subir des épreuves initiatiques à tous les membres du clan pour les agréger et leur transmettre nos valeurs ?

– Tu parles ! Des épreuves initiatiques ! L'E.N. n'est tout de même pas un repaire maçonnique ou kabbalistique ! Il y a d'autres moyens que votre bizutage primaire pour faire partager les mêmes valeurs et souder les rangs des normaliens : les ateliers de théâtre, le ciné-club, le bal de l'école normale, les compétitions sportives…

– Ah, tiens ! Excuse-moi, je te coupe. En parlant de compétitions sportives, on va rencontrer la fac de médecine de Bordeaux en quart de finale du championnat académique de rugby, annonce Tarass Boulba visiblement allergique aux propos de Julien.

– D'accord. Mais revenons à notre Gastounet. Alors, tu lui parleras ou non ?

– Je regrette de te décevoir, Julien, mais ce n'est pas possible. C'est le Pacha qui gère les querelles intestines et pas moi.

– Alors j'irai le voir.

– Ce n'est pas la peine. Il ne lèvera pas le petit doigt. Si ça concernait la discipline, oui, mais pour des histoires de marivaudage, non, il ne s'en occupe pas. C'est trop personnel et trop lourd de conséquences. C'est à toi de régler ton problème de cœur. Mais pourquoi tu te fais du souci puisque tu as confiance en Agnès ?

– Oui, j'ai confiance en elle mais on ne sait jamais jusqu'où on peut se fier à quelqu'un.

– Et pourquoi tu ne vas pas lui parler franchement ?

– Je sais que c'est con, mais je n'ose pas. J'ai peur de passer au mieux pour un jaloux maladif, au pire pour un indécrottable gougnafier indigne d'elle, un primitif comme vous m'avez si bien baptisé. Tu comprends, Pierre, j'ai peur de la perdre.

– Écoute, Julien, tu vas pas te mettre à pleurnicher sur ton sort. Secoue-toi un peu ! Passe à l'offensive au lieu d'attendre que quelqu'un te la pique.

Après avoir regagné le lycée, blotti dans ses draps, Julien ressasse des réflexions amères sur les amours déferlantes qui désagrègent vos certitudes, détruisent vos passions assoupies et noient votre conscience sous un flot effervescent d'émotions extrêmes. Incapable d'exercer le moindre esprit critique, il ne sait plus comment faire pour évincer ce rival importun qui lui dispute les faveurs d'Agnès. Tarass Boulba aurait-il raison de l'inciter à être plus entreprenant ? Julien est un grand sentimental au tempérament plus idéaliste que réaliste, plus contemplatif qu'actif. Il n'aime pas brusquer le temps, surtout celui qui prélude à la plénitude de l'amour. Ces longues journées qui l'entraînent insensiblement vers un avenir dont il perçoit déjà les prémices enchanteresses lui sont précieuses car elles lui laissent le loisir de se préparer au bonheur, de s'habiller le cœur, comme dit le renard au Petit Prince.

Tout se passait bien entre lui et Agnès, mais voilà que ce maudit Gastounet vient s'incruster auprès de la jeune normalienne avec la déloyale intention de le doubler. Julien comprendrait que l'ancien réponde à des avances d'Agnès, mais que Gastounet, connaissant l'amorce de liaison entre les deux bizuts, n'ait aucun scrupule à la draguer, cela lui paraît particulièrement inélégant. Et si c'était Agnès qui avait aguiché l'ancien ?

Julien ne sait plus quoi en penser. Ce qui est sûr, c'est qu'il doit impérativement reprendre l'avantage parce qu'il tient à Agnès. Il a déjà imaginé un futur avec elle. Peut-être prématurément, mais qui ne l'aurait pas fait à sa place ? Un présent sans avenir ne peut pas exister. Depuis que Julien a repéré le manège de Gastounet, l'intensité de son amour pour Agnès est décuplée et il est prêt à tout pour évincer son rival.

La fin de semaine qu'il passe en retenue à l'école normale lui permet, loin de Jeanne et d'Agnès, de faire objectivement le point sur sa situation sentimentale et de prendre enfin une décision ferme et définitive concernant le choix de celle qui deviendra son épouse.

IX

– ALORS, JULIEN, tu ne t'es pas trop embêté pendant ce week-end ? demande Jérôme.

– Non, au contraire. C'était formidable. Pas de Jérôme pour m'enquiquiner, pas d'anciens pour me faire chier, pas de profs pour m'empêcher de buller, c'était génial !

– Autrement dit, tu es prêt à remettre ça cette semaine ?

– Non, faut pas prendre des habitudes. La routine, c'est mauvais. Faut savoir se dégager de son emprise pour aller de l'avant, connaître de nouvelles expériences, dévorer la vie à pleines dents.

– Dis donc, Julien ! Tu y mets de la conviction dans tes propos philosophiques ! plaisante Jérôme.

En fait, Julien ne cherche à convaincre personne mais il a besoin de se persuader qu'il est sur la bonne voie, qu'il est excusable d'abandonner Jeanne et qu'il a raison de vouloir vivre un nouvel amour avec Agnès. D'ailleurs, c'est décidé : dès cette semaine, il parlera aux deux jeunes filles. À la normalienne d'abord, afin de s'assurer qu'elle est réellement disposée à partager sa vie à la sortie de l'E.N., puis à Jeanne pour ne pas la laisser plus longtemps croire en un avenir désormais condamné.

À l'heure de la pause du lendemain matin, Julien refuse la raquette de ping-pong que lui tend Cervoumaut.

– Nous ferons la revanche plus tard, Michel. J'ai quelque chose d'urgent à régler mais Jérôme va jouer à ma place. T'es d'accord, Jérôme ?

Sans attendre la réponse, Julien rejoint Agnès près du piano. C'est là que la jeune fille a pris l'habitude de se réunir avec ses trois inséparables copines pour former un quatuor de bizutes très dissemblables. À la grâce féline d'Agnès, Paulette oppose des appâts plantureux tandis que Jeannine affiche une gracilité juvénile ; quant à Annie, cruellement défavorisée par la nature, elle ne semble avoir été admise dans ce groupe qu'à titre de repoussoir.

– Bonjour les filles. Vous avez passé un bon week-end ? demande Julien.

– Oui, oui, répondent en chœur les quatre normaliennes.

– Et toi ? enchaîne Annie.

– Formidable ! plaisante Julien. Je me plais tellement ici que j'y passe même les samedis et les dimanches.

– Tu as quand même dû t'ennuyer pendant ces deux jours, présume Jeannine.

– C'est vrai, mais laquelle d'entre vous aurait accepté de me tenir compagnie si je le lui avais demandé ?

– Moi ! s'exclame spontanément Annie au grand dam de Julien qui réoriente aussitôt la conversation.

– En fait, c'est moi qui devrais éviter les colles pour profiter des week-ends avec ma femme. Ce serait somme toute normal. Qu'en penses-tu, Agnès ?

– Je pense que tu brûles les étapes. Avant d'être ta femme, ta vraie femme, il faut que nous soyons fiancés et, avant d'être fiancés, il faut se fréquenter et cela ne se fait pas du jour au lendemain.

– Nous avons quatre ans devant nous pour nous apprivoiser mutuellement, Agnès.

– C'est bon ! intervient Paulette en saisissant le bras de Jeannine et celui d'Annie. Nous sommes toutes les trois de trop. Allons voir ce qui se passe ailleurs.

Julien profite de l'occasion pour revenir à la charge :

– Tu sais, Agnès, je suis sincère. Nous nous entendons bien, je ressens une vive inclination pour toi et je ne crois pas te laisser tout à fait indifférente. Alors pourquoi ne pas pousser notre relation plus loin ?

– Pourquoi pas ? Mais comment vois-tu les choses dans l'immédiat ?

– Eh bien, nous pourrions sortir ensemble le dimanche. Tu me présenterais à tes parents et je te ferais connaître les miens. Tout cela progressivement, bien sûr. Nous pourrions nous voir en semaine, le soir, seule à seul.

– Mais tu es au lycée et moi à l'E.N., objecte Agnès.

– Et alors ? Je ferais le mur et te rejoindrais ici.

– Je trouve que tu vas un peu vite en besogne, Julien. Ça fait à peine quatre semaines qu'on se connaît. Nous sommes une soixantaine de filles et autant de garçons. Laissons la situation se décanter un peu avant de nous engager plus en avant.

– C'est à cause de Gastounet que tu me dis ça ?

Julien voulait tenir sa langue mais son impulsivité a trahi sa volonté. La phrase a surgi du fond de ses tripes et a échappé à son contrôle. En réaction immédiate à cette allusion inattendue, les joues d'Agnès se sont légèrement empourprées, témoignant d'un brusque accès de colère ou d'une confusion incoercible. La réplique de la jeune fille clarifie instantanément la situation :

– C'est toi, Julien, qui viens me reprocher de bavarder avec Gastounet alors que tu t'affiches en ville avec Jeanne ?

La sortie cinglante de la jeune fille atteint Julien de plein fouet. Il était à cent mille lieues de se douter qu'Agnès connaissait l'existence de Jeanne et cette révélation le met au tapis. Quand il émerge de son K.-O. psychologique, son premier souci est d'identifier l'ignoble délateur qui a mis Agnès au parfum.

– Mais qui t'a raconté cette histoire, Agnès ?

– Ce n'est pas une histoire, Julien. C'est une réalité que tu ne peux nier. Tu m'as menti sans vergogne, devant témoins ! s'emporte la jolie normalienne dont le dépit n'altère pas le charme.

– Même furieuse, tu restes très belle, glisse mielleusement Julien dans une quête désespérée d'absolution.

– Pourquoi tu m'as menti ? demande Agnès, apparemment insensible au compliment.

– Parce que je t'aime, si tu veux savoir. Et que j'avais peur de te perdre. C'est par amour que je t'ai caché l'existence de Jeanne. Je t'aurais dit la vérité, mais un peu plus tard afin de ne pas compromettre notre idylle naissante. Tu sais bien, Agnès, que nous traînons tous un passé personnel inaliénable sur lequel nous ne pouvons pas agir.

– D'accord, Jeanne c'est du passé mais un passé qui n'en finit pas d'être présent puisque tu sors toujours avec elle.

– Tu as raison, mais il te faut comprendre, Agnès. Les conséquences d'un engagement, pris à un moment aujourd'hui révolu, peuvent se prolonger quelque temps dans l'avenir. Laisse-moi quelques jours encore, jusqu'à ce que je revoie Jeanne, pour mettre un terme à notre liaison. Juste quelques jours pour la préparer à la rupture et éviter un éventuel drame passionnel. Encore faut-il que tu acceptes de me laisser une chance de gagner tes bonnes grâces.

– Sinon tu resterais fidèle à Jeanne ! Autrement dit, pour toi, être fidèle, c'est se contenter de la partenaire que l'on a jusqu'à ce que l'on trouve mieux !

– Tant que l'on n'est pas mariés, oui. Après le mariage, c'est différent. On a alors fait un choix définitif qu'il faut ensuite assumer en toutes circonstances. Mais pour l'instant, oui, on peut suivre ses inclinations amoureuses, et moi je suis tombé amoureux de toi.

– Jusqu'à ce que tu trouves une fille plus séduisante que je ne le suis. Tu nous proposes donc, à Jeanne comme à moi, un statut d'élues de ton cœur révocable à tout moment !

– Écoute-moi, Agnès. Jeanne, je la connais depuis dix ans et personne ne l'a remplacée dans mon cœur jusqu'à ce que je te voie. Dix ans ! C'est quand même une preuve de stabilité. Tu peux donc m'accorder ta confiance, car dans dix ans nous serons mariés, en poste double dans une école du Lot-et-Garonne, et nous aurons certainement nos enfants dans nos classes. Ce sont des perspectives rassurantes, non ?

– Et Jeanne, tu l'oublieras ?

– Non, le passé est figé et ne s'efface pas mais il s'alimente continuellement d'un avenir sur lequel nous pouvons influer et dans lequel Jeanne n'a plus de place. Désormais, mon futur, c'est toi. Tu veux bien me laisser une chance ? implore Julien.

Sûre de son ascendant sur son soupirant, Agnès fait preuve de magnanimité :

– Bien sûr, Julien, je te laisse une chance, mais c'est à toi de la saisir. Et, pour cela, tu dois d'abord rompre avec Jeanne et ne plus me mentir.

Julien est aux anges. Sous l'effet de la bouffée de bonheur qui l'envahit, balayant sur son passage doutes et scrupules, il se sent défaillir et ce n'est qu'au prix d'un gros effort de volonté qu'il parvient à se ressaisir. Son trouble n'a pas échappé à Agnès.

– Tu ne te sens pas bien, Julien ?

– Si, si ! Ça va très bien.

– Tu es certain que tu ne continues pas à me mentir ? insiste la jeune fille.

– Non, Agnès, je ne te mens pas. Je me sens même plus que bien, je suis ivre de bonheur.

– Tu ne m'as toujours pas répondu.

– Je te promets que, dès dimanche, j'annoncerai à Jeanne que je la quitte et je te fais le serment de ne jamais plus te mentir.

– On verra si tu tiens parole.

– Tu verras que oui. Mais tu ne m'as toujours pas dit qui t'a mise au courant de l'existence de Jeanne.

– Quelle idée tu te ferais de moi si je te le disais ? Ça te plairait que je sois une dénonciatrice ?

Julien reconnaît qu'Agnès a raison de ne pas livrer le nom de son indicateur. Il est tellement content d'avoir repris la main, face aux nombreux rivaux plus ou moins avoués qui la convoitent !

Et puis il croit bien savoir qui a vendu la mèche : ce doit être Jérôme qui avait fait le mur peu après lui, il y a quinze jours. Quand Julien avait rejoint le lycée, après sa malencontreuse rencontre avec les policiers, seul le lit de son ami de collège était vide. Jérôme avait dû aller au cinéma lui aussi, au Pucier sans aucun doute, mais Julien, accaparé par Jeanne, ne l'avait pas aperçu. Et comme Jérôme en pince manifestement pour Agnès, il avait dû tout raconter à celle-ci, dans l'espoir de la voir refuser les avances de Julien.

– Allez ! En cours ! nasille le Puant avant de déclencher la sonnerie.

– Il fait moins le mariole au lycée qu'ici, ce lèche-cul ! lance Chady en passant près du piano. Il ne se prend pas pour une merde depuis qu'il a un ticket avec la Greluche.

– Avec Mlle Grelich, la nouvelle prof d'anglais ? s'étonne Julien.

– Ouais, mon vieux ! Avec la Greluche.

– Mais elle n'est là que depuis la semaine dernière !

– Ouais, mais ils se sont connus à la fac de Bordeaux, il y a un ou deux ans, paraît-il. Et là, c'est lui qui l'a aidée à trouver un appart ici et à s'installer. Et maintenant ils sont comme cul et chemise. Du coup, cette grosse brêle est dans les petits papiers de la Grande qui a pris la jeune prof sous son aile.

– C'est donc pour ça qu'il roule des mécaniques depuis deux ou trois jours ?

– Ouais, d'autant plus que depuis ce matin, en plus du statut de pion, il a celui de secrétaire particulier de la Grande, ce qui veut dire qu'il va falloir se méfier de lui comme de la peste !

Chady avait raison. Dès le lendemain, en étude, les normaliens constatent le changement d'attitude du pion. Le Puant vouvoie les élèves-maîtres et exige que ces derniers ne le tutoient plus. Cette initiative unilatérale provoque une vive réaction du Pacha :

– Puant tu étais, encore plus puant tu es aujourd'hui. Tu étais bien content que les anciens gèrent le groupe jusqu'à ce jour et, tout à coup, tu décides qu'il en sera désormais autrement. Tu devrais savoir qu'on ne change pas les règles en cours de jeu. Avec les bizuts, tu fais ce que tu veux, mais nous, les anciens, nous continuerons à te tutoyer, que cela te plaise ou non. Par contre, si tu veux nous vouvoyer, libre à toi, ironise le patron des anciens.

– D'accord pour les anciens, mais dorénavant les bizuts devront me vouvoyer. Et pour ce qui est de faire le mur, c'est fini pour tous, martèle le surveillant.

Le Pacha sourit avec condescendance et délègue à son bras armé le soin de continuer la négociation :

– Vas-y, Pierre. Essaie de lui déboucher le comprenoir.

Tarass Boulba vient planter sa carrure de déménageur face au Puant dont les épaules en bouteille de Saint-Galmier s'affaissent encore d'un cran.

– Écoute bien, Puant ! Nous te répétons que tu fais ce que tu veux avec les nouveaux et que tu ne t'occupes pas des anciens. Compris ?

– Si vous faites le mur, je porterai le pet ! assure le pion.

– Et moi je te referai le portrait afin que ta Greluche te trouve plus séduisant, lâche l'ancien en avançant d'un pas.

– Laisse tomber, Pierre, il a très bien compris ! intervient le Pacha.

La suite des événements confirme l'exactitude de cette assertion. Pour les anciens, rien de changé. *A contrario*, pour les bizuts, un second front vient de s'ouvrir. Désormais, ils devront continuer à organiser la résistance aux anciens et se défier du Puant, décidé à affirmer son pouvoir sur les bizuts pour épater sa Greluche.

– Monsieur Delsol, vous êtes convoqué chez Mme la directrice à 10 h 30.

– O.K., c'est noté. Merci pour le message, répond Julien avec une pointe d'agacement.

– Monsieur le surveillant général.

– Comment ?

De nouveau, le Puant détache chaque terme du grade qu'il compte bien assumer désormais :

– Monsieur le surveillant général.

– Monsieur le surveillant général, répète ostensiblement Julien tout en refrénant une subite envie d'envoyer ce parvenu, gluant de suffisance, se faire voir chez les Grecs.

Que lui veut-on encore, ce jeudi où, précisément, il a d'autres soucis ?

Agnès l'a placé au pied du mur. Il ne peut plus retarder cette échéance qu'il redoute et qu'il différait sans cesse, par lâcheté plus que par laxisme. Cet après-midi, il doit rencontrer Jeanne qui ne se doute de rien. Impossible d'imaginer comment se déroulera la scène de rupture. Ne commet-il pas la plus grave erreur de son existence ? Est-il possible de tourner une page de sa vie si rapidement sans froissement et surtout sans déchirure ?

À 10 h 30, Julien se présente devant le bureau directorial. Il est seul dans le long couloir, seul avec son angoisse et ses tourments, face à cette porte de bois massif qui le préserve encore pendant quelques secondes d'inévitables remontrances car, de mémoire d'élève-maître, on n'a jamais vu l'Alsacienne convoquer un normalien pour le féliciter.

Crânement, il enfonce le bouton de cuivre de la sonnette.

– Entrez ! ordonne la voix sèche de la directrice.

Julien pousse la porte et la scène qu'il aperçoit ne lui dit rien qui vaille. Le regard froid de la Grande, dont les deux protubérantes mamelles s'avachissent sur ses bras croisés sur le sous-main de cuir, et celui non moins glacial de l'homme malingre assis en face d'elle en disent long sur l'humeur des deux personnages qui l'accueillent sans aménité malgré l'extrême déférence avec laquelle il leur envoie un sonore « Bonjour m'sieur dame ! ».

– Monsieur Delsol, voici monsieur l'inspecteur d'académie qui souhaite vous poser quelques questions, annonce la directrice.

– En effet, poursuit le banal individu qui incarne l'autorité départementale de l'État dans le domaine de l'Éducation nationale, je voudrais vous interroger au sujet d'une pétition contre notre valeureuse armée qui mène une remarquable action de maintien de l'ordre en Algérie. Vous avez bien reconnu avoir signé ce document ?

Julien avait déjà rencontré ce sinistre sire lors de la proclamation des résultats du concours d'entrée à l'école normale d'instituteurs et d'institutrices du Lot-et-Garonne, en juillet dernier. Il ne connaît toujours pas son nom, mais il a appris par les anciens son surnom : Jaune d'œuf. Non à cause de son teint bilieux, mais simplement parce qu'il ne résiste jamais ni à la tentation narcissique de rappeler qu'il est agrégé de sciences naturelles ni au besoin irrépressible d'afficher sa compétence dans cette discipline en posant invariablement la question suivante aux élèves des classes qu'il visite :

– Pouvez-vous me citer un aliment complet ?

D'après les dires des anciens, la première fois que notre scientifique lança cette interrogation, les réponses fusèrent :

– Le lait, dirent les uns.

– Le riz, avancèrent les autres.

– Mais encore ? insista l'agrégé.

– Purina, m'sieur ! proposa le trublion de la classe.

– Pouvez-vous préciser, jeune homme ?

– Oui, m'sieur ! L'aliment complet Purina, tous les clébards en sont fanas !

Les élèves pouffèrent de rire, sauf l'agitateur de service qui joua parfaitement bien l'ingénu mais fut tout de même pris à partie par l'inspecteur qui le traita d'ignare, lui infligea une sévère punition et lui spécifia que le plus complet des aliments n'était autre que le jaune d'œuf.

Ce scénario, à quelques détails près, se reproduisit plusieurs fois par an si bien que la seule apparition de la silhouette de l'inspecteur d'académie à l'entrée d'un lycée en vint à susciter inévitablement – chez les élèves comme chez les professeurs – un irrespectueux « Tiens ! Voilà Jaune d'œuf ! ». Aujourd'hui, ce surnom colle à la peau de ce haut fonctionnaire comme la bernique à son rocher.

– Oui, monsieur l'inspecteur d'académie, j'ai signé cette pétition.

– Quel âge avez-vous ?

– Dix-sept ans, monsieur l'inspecteur d'académie.

– Vous connaissez l'âge de la majorité légale en France, monsieur Delsol ?

– Oui, monsieur l'inspecteur d'académie ? Vingt et un ans.

– Vous êtes donc mineur et vous vous permettez de signer une pétition au sein de cet établissement. Vous êtes un inconscient, monsieur Delsol. Un inconscient, un irresponsable qui porte atteinte à la bonne réputation de l'école normale d'Agen contrainte d'ouvrir ses portes aux gendarmes mandatés par M. le préfet.

Julien ne dit rien. Il essuie, sans broncher, une sévère admonestation qui ne l'émeut guère mais le laisse pensif. Il éprouve une désagréable impression de solitude face à une administration publique soucieuse de continuer à naviguer en eaux calmes et prompte à rendre inoffensif le premier impudent qui s'autorise à provoquer des remous en jetant un pavé dans la mare. Julien imagine la tête du préfet recevant sur son bureau cette pétition contre l'utilisation de la torture en Algérie par l'armée française. Cette pratique barbare, qui déshumanise l'homme et que le gouvernement d'Edgar Faure couvre en cette année 1955, doit impérativement rester taboue. Dans *L'Express* du 15 janvier, François Mauriac a bien tenté d'alerter la population française métropolitaine sur les exactions commises par les militaires mais celle-là ne se sent guère concernée par ce conflit larvé d'outre-Méditerranée. À l'horizon algérien obscurci par de lourds nuages, elle préfère le ciel bleu toulousain dans lequel s'élance, pour la toute première fois, l'élégante Caravelle tout juste sortie des ateliers Sud-Aviation et elle accorde plus son attention aux innombrables faits divers locaux – tel ce tragique accident de juin survenu aux Vingt-Quatre Heures du Mans et qui se solda par quatre-vingt-deux victimes – qu'aux actes de barbarie dont l'Algérie est le théâtre.

– Vous pouvez disposer, monsieur Delsol, finit par annoncer Jaune d'œuf au terme d'un monologue de dix bonnes minutes.

– Et tâchez, à l'avenir, de rentrer dans le rang ! renchérit la Grande.

Julien ne s'attarde pas plus longtemps dans ce bureau qui ne lui est devenu que trop familier. Dans le couloir, il respire un bon coup puis rejoint ses camarades dans la salle de travail manuel, au sous-sol du bâtiment.

– D'où tu viens, petit galapiat ? vocifère Rase-mottes.

– De chez Mme la directrice ! crie Julien pour se faire entendre dans le vacarme assourdissant de l'atelier.

– Macarel ! Elle te plaît tant que ça ? ironise le petit professeur. Allez ! Au travail !

Julien obtempère sans enthousiasme. Plus que le sermon de Jaune d'œuf, c'est la perspective de sa prochaine rencontre avec Jeanne qui le turlupine. Pressé d'en finir, il souhaiterait abréger le temps qui le sépare de ce dernier rendez-vous mais, paradoxalement, chaque minute qui précède cet instant qu'il redoute est un moment de répit de gagné, un sursis à l'exécution d'une décision difficile.

Lorsqu'il quitte l'école normale, à midi, il fait un petit signe de la main à Agnès, noyée dans le flot de normaliennes qui progresse vers le réfectoire. Elle lui adresse un sourire qui le réconforte. Près des yeux, près du cœur. Toute passion amoureuse naît dans une unité de lieu, de temps et d'émotion ; c'est un seul et même tourbillon d'amour qui enflamme les cœurs des amants réunis et, lorsque la vie les sépare, la tempête faiblit, l'incandescence s'atténue, l'ivresse se dissipe. Ne subsistent plus que des braises assoupies qui rougeoient au gré d'un souffle incertain chargé d'effluves nostalgiques.

À cet instant, c'est Agnès qui se trouve près de lui et c'est elle qui fait battre la chamade à son cœur que l'amour de Jeanne a cessé d'enfiévrer.

Après le déjeuner, Julien se rend rue Félix-Aunac pour rencontrer Jeanne. Tout au long du trajet, il s'interroge sur le comportement qu'il devra adopter dans quelques minutes, face à la jeune fille. Il échafaude plusieurs hypothèses en fonction des réactions possibles de Jeanne. Plus il approche de sa destination, plus il ralentit le pas. Afin de se donner plus de temps pour réfléchir à la stratégie qu'il doit privilégier, ou pour différer encore un peu ces minutes pénibles qu'il pressent.

Il toque discrètement à la porte. Personne ne répond. Et si la maison était vide ? Cela lui donnerait un délai supplémentaire et Agnès ne pourrait rien lui reprocher. Par acquit de conscience, il frappe à nouveau, avec plus de force et d'insistance. Espoir déçu : des pas légers résonnent sur le sol et il les reconnaîtrait entre mille ; jusqu'à aujourd'hui, il était si impatient de les entendre se rapprocher ! Ils annonçaient l'apparition de l'être aimé, cet instant mystique d'où la raison est exclue. Là, ils avancent, en toute innocence, vers la révélation d'une mauvaise nouvelle dont Julien est à la fois le responsable et le messager.

– Eh bien, Julien, te voilà enfin ! Ça fait plus de quinze jours que je ne t'ai pas vu et que tu ne m'as pas donné signe de vie ! reproche d'emblée Jeanne, vindicativement dressée sur ses ergots dans l'embrasure de la porte.

L'opportunité est inespérée.

– Tu crois que je fais ce que je veux ? réplique Julien. Mais puisque tu ne veux pas comprendre, eh bien, n'en parlons plus. Je ne reviendrai plus, ainsi tu n'auras plus à m'attendre ! Adieu Jeanne, je te quitte.

Surpris par la brutalité des propos qu'il vient de lancer, le jeune homme fait demi-tour et s'éloigne précipitamment. Plus vite il sera hors de portée de vue et d'oreille de la jeune fille, mieux ce sera pour son équilibre affectif. Aurait-il supporté stoïquement le spectacle d'une Jeanne éplorée se jetant à ses pieds et le suppliant, entre deux sanglots, de lui accorder un amour charitable à défaut d'un amour passionnel ?

Au moment de tourner au coin de la rue, il jette un dernier coup d'œil derrière lui. C'était l'erreur à ne pas faire. S'accrochant à ce regard avec l'espoir retrouvé d'un naufragé entrevoyant une bouée, Jeanne, jusque-là pétrifiée de détresse sur le pas de sa porte, accourt à toutes jambes en appelant :

– Julien ! Julien ! Julien !

Le jeune homme sent sa détermination fondre comme neige au soleil. Il sait que dans deux minutes il n'aura pas la force de repousser la jeune fille. La seule issue dont il dispose, c'est la fuite immédiate. Pour dissuader Jeanne de continuer à le suivre, il lui crie :

– Barre-toi, Jeanne ! Je ne t'aime plus ! Je ne veux plus te voir !

Puis il se met à courir, droit devant lui, hagard, les yeux noyés de larmes. C'est difficile de faire du mal à quelqu'un lorsque l'on n'est aucunement prédisposé à la méchanceté. Pour autant, peut-on sacrifier son droit au bonheur, fût-il égoïste, sur l'autel du devoir de compassion ?

Après avoir erré de rue en rue jusqu'à ce qu'il retrouve un semblant de sérénité, Julien rentre au lycée et, le dîner avalé, décide d'aller au cinéma pour se changer les idées.

– Tu m'accompagnes, Jérôme ? demande-t-il à son ami.

– T'accompagner où ?

– Au Pucier, voir le dernier film de Clouzot, *Les Diaboliques*.

– Certainement pas !

– Pourquoi donc ?

– Parce que ton idée est vraiment diabolique pour le coup. Tu sais bien que le Puant ne veut plus qu'on fasse le mur.

– Tu parles ! Lui-même l'a fait il y a quinze jours à peine. Il ne va pas avoir le culot de nous interdire de le faire aujourd'hui.

– Tu le vois, Julien, mais moi je ne m'y risquerais pas.

– Tant pis pour toi.

– Fais pas cette connerie, Julien. Tu le regretteras.

– *Ciao bambino !* Je te raconterai le film demain, lance Julien en s'éloignant.

Dix minutes plus tard, affaissé nonchalamment dans l'un des fauteuils de velours rouge du cinéma *Le Royal*, il regarde défiler sur l'écran les actualités du moment, bruyamment introduites par le chant du coq de Gaumont-Pathé : la chute de Perón en Argentine, la multiplication des attentats en Algérie, l'octroi de la troisième semaine de congés payés chez Renault. Puis, après l'entracte, il n'échappe pas à l'emprise oppressante du complot machiavélique ourdi par deux femmes infortunées, l'épouse et la maîtresse – superbement incarnées par Simone Signoret et Véra Clouzot – du tyrannique Michel Delasalle, *alias* Paul Meurisse.

Vers minuit et demi, Julien réintègre le dortoir du lycée ; dix minutes plus tard, il dort sur ses deux oreilles.

– Debout, Delsol ! Ce n'est pas le tout de passer la nuit dehors, ensuite il faut assumer !

Julien s'étire, ouvre laborieusement un œil, puis l'autre, et s'efforce d'accommoder son regard sur cette silhouette dégingandée dont il croit bien avoir reconnu la voix. C'est bien le Puant qui se tient là, au pied du lit, raide comme la justice, froid comme le marbre.

– D'accord ! D'accord ! Je me lève ! Y a pas le feu au lac ! grogne Julien.

– Vous vous méprenez sur le sens de mes paroles, Delsol. Quand je dis « il faut assumer », cela signifie que vous devrez rendre des comptes devant le conseil de discipline au sujet de votre escapade nocturne, précise le pion.

Julien reste sans voix. « Ai-je bien entendu ? s'interroge-t-il avec incrédulité. Non, ce n'est pas possible, ce doit être une blague ! Le Puant doit bluffer ou alors je suis en train de faire un cauchemar. Ce bâtard ne va pas porter le pet ! »

À 10 h 30, l'évidence s'impose : Julien est convoqué une nouvelle fois dans le bureau directorial.

– Bonjour monsieur Delsol. Asseyez-vous. Faites comme chez vous, vous connaissez bien les lieux à présent, ironise la directrice. Ainsi, si j'en crois le rapport de notre surveillant général, cette nuit, vous vous êtes absenté illégalement du lycée de 21 h 30 à minuit trente. Exact ?

– Oui, madame.

– Oui, madame la directrice.

– Oui, madame la directrice.

– En conséquence, le conseil de discipline se réunira ce soir, à 17 heures, afin de statuer sur votre cas. Vous pouvez, si vous ne souhaitez pas y assister, vous faire représenter par un élève de votre classe. Maintenant, disparaissez s'il vous plaît.

Julien ne se fait pas prier. Fou de rage, il regagne le péristyle.

– C'était pour quoi ? s'enquiert benoîtement Jérôme.

– Tu me prends pour un con ! s'énerve Julien. Tu sais bien pourquoi.

– Le Puant t'a mouchardé ?

– Ouais ! Et je te jure que cette salope de pion me le paiera !

– Tu ne peux rien faire, mon pauvre ami. Si tu t'en prends à lui, il te fera virer de l'école normale. C'est ce que tu veux ?

Julien demeure songeur. Il pense aux sacrifices consentis par ses parents afin qu'il puisse continuer ses études, aux espoirs placés en lui par ses maîtres d'école, aux efforts scolaires fournis pour entrer à l'école normale et à Agnès qu'il lui faudrait abandonner à la convoitise de ses rivaux après avoir rompu avec Jeanne.

– Tu as raison, Jérôme, mais ce cafard ne perd rien pour attendre ! Quand j'aurai quitté cette boîte, je te promets qu'il me paiera cher ce tour de salaud.

– Et que t'a dit la Grande ?

– Que je passe en conseil de discipline ce soir. Tiens, justement, tu ne voudrais pas m'y représenter ?

– Pourquoi ? Tu ne veux pas y assister ?

– Non, la Grande, je l'ai assez vue et en plus il y aura certainement le Puant, et là c'en est trop pour moi, je ne peux plus voir cette ordure !

– Alors je sais qui est ton homme. Suis-moi.

Jérôme, flanqué de Julien, se dirige vers les tables de ping-pong et interpelle l'un des joueurs :

– Désolé d'interrompre ta partie, Churros, mais on a quelque chose d'important à te demander.

– Je t'écoute Barjot, répond Gimenez tout en continuant à jouer.

– Toi seul es capable d'assurer la défense de Julien au conseil de discipline de ce soir.

– Au conseil de discipline ? Le Puant a mouchardé ?

– Oui, oui, ce fils de pute a balancé Julien ! Alors, tu acceptes ?

– Pourquoi moi ? Pourquoi pas Narric, notre major de promo ? Ou Ravachol avec son franc-parler ?

– Narric est trop discipliné pour défendre avec conviction quiconque enfreint le règlement. Quant à notre anarchiste

Ravachol, c'est lui qu'il faut choisir si tu veux indisposer les membres du conseil de discipline. Non, crois-moi Churros, c'est toi qui as les qualités requises pour défendre Julien devant les profs. Tu es bien apprécié des enseignants, tu n'as jamais été convoqué chez la Grande, tu as des talents oratoires indiscutables, tu es le mieux placé pour représenter Julien. Tu ne peux pas le laisser tomber. Je me trompe ?

– Bon ! Je veux bien monter au créneau pour Julien mais va falloir me donner des munitions.

– Comment ça, des munitions ?

– Des idées, tiens ! Je ne vais pas me pointer là les mains dans les poches et improviser une plaidoirie *ex nihilo* !

– Putain ! Tu connais même le latin, plaisante Jérôme. Tu vois bien que tu es le mieux placé pour leur en mettre plein la vue avec un *speech* assorti de quelques locutions latines qui en jettent !

– Continue de me chambrer et tu pourras te chercher quelqu'un d'autre pour cette corvée ! s'emporte Gimenez

– Te fâche pas, Churros ! On dit ça pour rigoler. Alors, plus sérieusement, comment tu vois la chose ?

– C'est simple. Après le déjeuner, on se réunit dans le dortoir et vous me soumettez des arguments susceptibles d'influencer favorablement l'opinion des profs.

Ainsi fut fait et, à 17 heures précises, Gimenez pénètre dans le bureau de la directrice avec une liste hétéroclite d'objections à opposer aux propos accusateurs que ne manqueront pas de tenir les membres du conseil de discipline. Dix minutes plus tard, la cause est entendue et Gimenez, escorté par le Puant, regagne le lycée.

– Alors, Pierre ? demande Julien avec une étincelle d'espoir dans les yeux.

Le surveillant général ne laisse pas à Gimenez le temps de répondre et, avec un rictus sarcastique, assène à Julien les conclusions du conseil de discipline :

– Monsieur Delsol, vous êtes exclu de l'école normale pour une période de quinze jours. Demain, à 14 heures, je vous ramènerai chez vos parents.

Julien est anéanti. Jamais il n'aurait imaginé encourir une telle punition qu'il considère disproportionnée par rapport à la faute commise.

De retour en salle d'études au lycée, il ressasse son amertume avec un air de chien battu. Gimenez s'approche :

– Tu sais, Julien, j'ai fait ce que j'ai pu mais dès que j'intervenais on me clouait le bec. Tout le monde réfutait mes arguments avant que j'aie fini de les exposer.

– Je te crois, Pierre. Je ne te reproche rien, tu as fait ce que tu devais faire.

– De toute façon, intervient Chady, qu'est-ce que tu veux faire contre la Grande et les profs ? La présence d'un bizut au conseil de discipline, ça ne sert à rien, les dés sont pipés et ce n'est qu'un simulacre de conseil de discipline : tout est déjà décidé avant qu'il se réunisse. Mais ne t'en fais pas, Julien, chaque jour on te passera les cours, les devoirs, les corrigés pour que tu ne prennes pas de retard.

– Et s'il y a quelque chose que tu ne comprends pas, ajoute Jérôme, ne t'inquiète pas, je monterai te voir pendant le week-end et on en parlera.

Julien remercie ses camarades. Cette solidarité qu'ils lui témoignent lui apporte un grand réconfort. Au-delà de l'aide scolaire précieuse qui lui est proposée par ses pairs, il apprécie la solidité des liens noués an sein de la petite communauté de bizuts qui pourrait s'honorer de la célèbre devise des *Trois Mousquetaires* gascons : « Tous pour un, un pour tous. »

Samedi, 14 heures. Julien enfourche sa moto et prend la route de Laguillemie. Depuis trois semaines, il n'a pas revu ses parents, sa famille, son chien, sa ferme. Pour cause de punition. Et aujourd'hui, en raison d'une sanction disciplinaire, le voilà obligé de rejoindre les siens. Allez comprendre la logique de l'administration !

Très serein, il roule vers Sauvagnas. Il n'est pas seul. Cinquante mètres derrière lui, la Traction noire de la directrice de l'E.N., confiée en cette occasion au Puant, lui file le train.

Dans la longue côte sinueuse qui grimpe vers son village et qu'il connaît comme sa poche, Julien met pleins gaz. Le surveillant général tente de ne pas perdre de vue la moto qui le précède mais la route étroite et la visibilité très réduite l'obligent à rouler lentement.

Lorsque Julien appuie son deux-roues contre le mur du poulailler de Laguillemie, Dick, le chien de la ferme, se précipite vers lui, se dresse sur ses pattes arrière, s'étire de toute sa longueur pour essayer de lui lécher le visage et il faut toute l'autorité d'Estérina, qui vient d'apparaître sur le seuil de la porte de la cuisine, pour calmer les démonstrations affectueuses de l'animal.

Julien embrasse sa mère puis scrute, aussi loin qu'il le peut, la route qu'il vient de parcourir.

– Qu'est-ce que tu regardes ? demande Estérina.

– Figure-toi, maman, que j'étais suivi par la Gestapo.

– Qu'est-ce que tu racontes là ?

– Si, si, une Traction noire conduite par un type louche avec manteau de cuir noir et chapeau à l'avenant.

– Et si tu m'expliquais enfin de quoi il retourne ?

Julien raconte alors à sa mère les circonstances qui ont entraîné son exclusion temporaire de l'E.N. et lui annonce l'arrivée imminente du Puant qui a dû s'égarer dans la campagne sauvagnacaise.

– Mais ne t'inquiète pas, maman. Pendant ces quinze jours, les copains me passeront les cours et les devoirs pour que je ne prenne pas de retard.

Estérina ne dit rien. Pour elle, cette mise en quarantaine prononcée par le conseil de discipline n'est qu'une parenthèse dans le parcours scolaire de son fils qui finira bien par devenir instituteur.

– Alors comme ça, fiston, tu te fais prendre comme un couillon en faisant le mur !

Julien se retourne vers l'endroit d'où provient la voix. Son père se tient là, appuyé sur son bâton d'aveugle, un sourire moqueur éclairant sa face rougeaude. Comme à son habitude, lorsqu'il a entendu parler à l'extérieur du bâtiment dans lequel il se trouvait, il est venu coller une oreille indiscrète à la porte. Reconnaissant la voix de son fils, il est sorti de sa clandestinité et le voilà qui provoque Julien.

– Tu n'es pas bien dégourdi pour un futur instituteur !

– Mais, papa, je vais t'expliquer ce qui s'est passé.

– Pas la peine, j'ai entendu ce que tu disais à ta mère. Tu ne pouvais pas mettre une couverture roulée entre les draps comme je faisais au régiment quand je passais la nuit en dehors de la caserne ? Ton corniaud de pion n'y aurait vu que du bleu !

– Écoute-moi, papa. Jusque-là, même le surveillant faisait le mur avec nous et, tout d'un coup, il nous interdit de le faire. Comme ça, du jour au lendemain. J'ai pensé qu'il bluffait. Je n'aurais jamais cru qu'il me dénonce !

– *Aquel conàs, val res*[1] *!* T'aurais dû lui casser la gueule !

– Et après, je me serais fait virer définitivement de l'E.N. ! Je préfère ne pas moufter maintenant mais, t'en fais pas, il ne l'emportera pas au paradis. Tiens, je vois sa voiture, il descend la côte de la Tuque.

Deux minutes plus tard, les pneus de la Traction crissent sur le gravillon qui tapisse le devant de porte de la ferme et la voiture s'immobilise. Le chien se jette sur la bavette de la roue avant droite de cette automobile qu'il ne reconnaît pas puis, les babines retroussées, essaie de l'arracher avec des grognements rageurs. Lorsque le Puant entrouvre prudemment

1. *Ce connard ne vaut rien !*

la portière gauche, l'animal, délaissant subitement la plaque de caoutchouc sur laquelle il s'excitait, contourne l'avant du véhicule et, l'œil assassin, la gueule menaçante, se met à aboyer à un mètre du conducteur abrité dans l'habitacle de la Traction.

Julien jubile. Son père, habituellement si prompt en pareil cas à éloigner le chien à grands coups de canne, ne bouge pas. Estérina, de son côté, ne fait guère de zèle. Ce type, avec sa dégaine de milicien, lui rappelle trop ce voisin qui s'était laissé circonvenir par les recruteurs de Joseph Darnand et qui, quelques années après la Libération, était revenu au pays, affublé aussitôt par Fernand du pseudonyme « *Descolhat*[1] ». Pendant de longues secondes, la scène est figée et Julien apprécie cette solidarité familiale indéfectible qu'aucune adversité ne peut fissurer.

Fernand se décide enfin à agir :

– *Aquò sufi, Dick ! Ara, vai t'en o vas prendre un caucic al cuol*[2] *!*

La queue basse, le chien quitte lentement les lieux contre son gré et le pion, méfiant, ouvre complètement la portière de la voiture sans perdre l'animal de vue. Il pose son pied gauche sur le sol, écrasant malencontreusement une superbe fiente verdâtre de canard.

– Putain de merde ! s'exclame-t-il, perdant toute retenue.

– Bonjour monsieur ! Que se passe-t-il ? demande naïvement Estérina.

– Bonjour monsieur ! lance à son tour Fernand.

Julien ne dit rien ; il savoure le spectacle de ce citadin guindé, penché avec un air de dégoût et d'irritation sur sa belle chaussure vernie engluée dans une déjection de palmipède.

---

1. *Terme patois dérivé du mot occitan* escolhat, *synonyme trivial de* desmasclat *qui signifie « émasculé ».*

2. *« Ça suffit, Dick ! Maintenant, va-t'en ou tu vas prendre un coup de pied au cul ! »*

– Bonjour m'sieur dame ! finit par répondre le visiteur. Excusez-moi, comment pourrais-je nettoyer ma chaussure ?

– Ce n'est pas grave, monsieur. Essuyez-vous les pieds dans l'herbe, propose Estérina en découvrant la mésaventure dont est victime l'infortuné pion.

Tout en surveillant du coin de l'œil le chien qui, couché à cinq mètres de là, ne le lâche pas du regard, le Puant se dirige vers les abords herbus de la ferme et, après avoir sommairement nettoyé sa semelle, revient vers le groupe.

– Je vous ai ramené votre fils qui est exclu de l'E.N. pour quinze jours, annonce-t-il.

– Fallait pas vous donner la peine, monsieur, il connaît le chemin de Laguillemie, fait remarquer Estérina.

– C'est le règlement, madame. Je dois aussi vous expliquer les raisons de cette sanction et vous faire signer l'accusé de réception certifiant que votre fils vous a bien été remis.

– Oh ! là, là ! Quel cinéma ! Vous ne trouvez pas, monsieur ? Mon fils n'a quand même pas commis un meurtre ! Un accusé de réception ? Comme s'il s'agissait d'un vulgaire paquet des P.T.T. !

– C'est comme ça, madame. Donc je vous remets Julien qui ne pourra réintégrer l'E.N. que dans quinze jours.

– Ça tombe bien, intervient le père. Mon domestique vient d'attraper la crève au moment où trois *brètes*[1] de plus viennent de mettre bas.

– Des quoi, monsieur Delsol ? demande le surveillant.

– Des brètes, pardi ! Vous ne savez pas ce que c'est, des brètes ?

– J'avoue que non.

– Ah ! Vous êtes bien de la ville, vous ! Vous buvez du lait et vous ne savez pas ce que c'est qu'une brète !

À cet instant, c'est Julien qui boit du petit-lait en entendant son père se moquer du pion.

---

1. Terme occitan désignant une vache laitière de la race pie noir.

– Alors, comme ça, vous ne savez pas ce qu'est une brète ?

– Monsieur, je vous ai déjà dit que non.

– *Quin piròl me fasetz, mossur*[1] !

– Je ne comprends pas le patois, monsieur.

– C'est dommage ! poursuit Fernand, pince-sans-rire. Je disais que les brètes ce sont les vaches laitières, monsieur. J'en ai donc trois de plus qui viennent de vêler, ce qui me fait dix vaches à traire soir et matin. Vous voyez que le retour de Julien tombe à pic !

Le Puant n'en revient pas. En dénonçant ce bizut, le pion comptait bien faire un exemple et restaurer son autorité sérieusement entamée par l'ascendant que les anciens avaient pris sur lui. Tout avait bien commencé. Le conseil de discipline avait pris au sérieux son rapport délateur et avait lourdement sanctionné l'accusé. Désormais, les bizuts n'avaient pas intérêt à prendre le Puant pour un petit rigolo ! Et, pour terminer ses basses œuvres avec panache, il venait d'escorter le coupable jusque chez ses parents, escomptant effectuer un retour triomphal à l'E.N. où il rendrait compte de sa mission en soulignant le bon déroulement du trajet de la ville jusqu'à la ferme, l'accueil respectueux des parents ainsi que leur témoignage de gratitude à son égard pour avoir montré à Julien qu'on ne badine pas avec la loi.

Au lieu de cela, il devra se contenter de présenter un rapport laconique qui fera abstraction des déboires qu'il vient d'essuyer, d'abord pendant le trajet lorsque le bizut, qu'il ne devait pas lâcher d'une semelle, lui a faussé compagnie, ensuite à la ferme où le retour de Julien, loin d'engendrer de sévères remontrances des parents vis-à-vis de leur fils, a été, du moins en apparence, un motif de satisfaction et enfin, toujours chez la famille du bizut, lorsque ces satanés paysans se sont gaussés de son ignorance des choses de la campagne.

1. *« Quel idiot vous me faites, monsieur ! »*

Et lui qui voulait frapper un grand coup de nature à mater définitivement les bizuts et à impressionner les anciens qui ne cessent de le ridiculiser, de l'amoindrir, de l'humilier chaque jour en le traitant comme un moins-que-rien !

X

– ALLEZ, FISTON, VA TE CHANGER et, si tu veux m'aider, il y a les litières à faire.

Julien pénètre dans la cuisine de Laguillemie. C'est une vaste pièce aux murs blancs, au sol de carreaux de terre cuite et au plafond de planches bouvetées soutenues par des poutres de chêne noircies par la fumée. Un *cantou*, encadré par un évier et une réserve à bûches, occupe tout un mur ; contre la paroi opposée est adossée une cuisinière à bois dont le tuyau d'évacuation de la fumée monte verticalement jusqu'au plafond puis longe horizontalement l'une des poutres pour venir déboucher dans l'avaloir de la cheminée, au-dessus du râtelier à fusils sur lequel reposent, en souvenir du grand-père paternel, un calibre 16 à chiens extérieurs et l'hammerless Saint-Étienne qu'utilisait Fernand avant de perdre la vue. Une grande table ovale, recouverte d'une nappe cirée à carreaux rouges et bleus, huit chaises paillées et un buffet crédence à deux corps meublent l'espace.

Julien ouvre la porte située près de la cuisinière et monte l'escalier de ciment qui conduit à cette chambre rustique dans laquelle il a passé les nuits de son d'enfance auxquelles ont succédé celles de son adolescence pendant les vacances scolaires. La disposition du lit et de l'armoire n'a pas changé ; le vieux pupitre incliné avec abattant est toujours là, près de la fenêtre, et le moine en bois, dont l'armature incurvée rappelle les patins d'une luge, est appuyé à une cloison, prêt à être glissé entre les draps, avec sa chaufferette emplie de braises, dès que surviendront les premières froidures hivernales. Une latte pourrie du plancher, affaissée depuis des années entre deux lambourdes, n'a toujours pas été remplacée ; à sa verticale, une tôle découpée dans un bidon d'huile d'olive est clouée au plafond pour cacher les dégâts qu'une fuite de toiture, longtemps négligée, avait occasionnés à la jointure de deux planches.

Cinq minutes plus tard, Julien est fin prêt pour aider ses parents.

– Où est papa ? demande-t-il à sa mère, occupée à verser un seau de pommes de terre dans un chaudron.

– Dans la grange.

– Et Solange ?

– Ta sœur est allée chercher des œufs chez sa marraine. Elle ne devrait pas tarder.

– Bon ! Je vais changer les litières.

En entrant dans l'une des deux étables qu'abrite le bâtiment, Julien respire un grand coup. Il retrouve avec délectation ce mélange d'odeurs caractéristiques des granges, ces parfums d'herbes séchées qu'exhalent le foin et la paille, ces effluves tièdes que dégagent les bovins et ces émanations âcres du lisier. Lorsqu'il longe les crèches, les animaux tendent leurs mufles luisants vers lui comme s'ils manifestaient une profonde curiosité à l'égard de cet intrus ; en réalité, ils expriment ainsi leur impatience de recevoir une fourchée de fourrage et, ne voyant rien venir, ils manifestent leur dépit en secouant leur tête et parfois même en poussant quelques beuglements sonores aussitôt repris en chœur par leurs congénères.

– Tu es là, papa ?

– Oui ! Qu'est-ce que tu veux ? lui demande la voix provenant de la deuxième étable située perpendiculairement à la première.

– Rien, c'est simplement pour savoir. Qu'est-ce que tu fais ?

– Je donne à manger aux brètes.

Julien aperçoit maintenant son père qui distribue méthodiquement de grosses brassées de foin aux vaches laitières. Il l'observe en silence, ému et admiratif. Fernand va et vient en ces lieux comme s'il y voyait ; il connaît tous les recoins, tous les dédales, tous les obstacles que recèle cette propriété où il est né et où il a grandi. Seul le bâton noueux, qu'il tend devant lui pour s'assurer que le chemin est dégagé, révèle sa cécité survenue accidentellement huit ans auparavant.

– Dis, papa, tu sais pourquoi on appelle ces vaches laitières des brètes ?

– Non, et toi, tu le sais ?

– Oui, ce n'est pas du français, c'est du patois et ça veut dire bretonne. Ce sont des vaches laitières de race bretonne.

– Et comment tu sais ça ?

– C'est Topinambour, notre prof d'agriculture, qui nous l'a dit.

– Tu peux m'expliquer, Julien, pourquoi on apprend l'agriculture à des jeunes gens qui ne veulent justement plus travailler à la ferme ?

Sacré bon sens des paysans qui colle à leurs propos comme la boue adhère à leurs sabots !

– Allez, Julien ! Après la théorie faut passer aux travaux pratiques : tu me nettoies les étables pendant que je finis de donner le fourrage, puis on s'attellera à la traite.

– D'accord, papa !

Julien saisit une fourche, rassemble les bouses derrière les animaux, près de la rigole à purin, avant de les charger sur une brouette et d'aller les jeter par les fenestrons qui donnent directement sur la fumière. Puis il remplace la litière imprégnée d'urine par de la paille bien sèche sous le regard curieux des animaux qui n'ont pas l'habitude de le voir.

Encore une fourchée de paille pour assainir le recoin de l'étable où sont attachés les trois veaux nouvellement venus au monde et Julien en a terminé avec le nettoyage des étables.

– Papa, j'ai fini. Qu'est-ce que je fais maintenant ?

– Tu peux commencer à traire les cinq premières brètes. Je vais mettre les *repopets*[1] sous leurs mères puis je te rejoins.

Le jeune homme saisit un banc, un seau en tôle galvanisé et s'assied près du pis de Rosette.

Tous les animaux de la ferme portent des noms, pas n'importe lesquels mais ceux de citoyens des environs que son père apprécie, moque ou déteste cordialement.

Ainsi, le bœuf Aristide doit son nom à l'un des voisins auquel son épouse infidèle fait porter de belles cornes ; Théophile, l'autre bœuf, au pelage roux, a emprunté le prénom du seul rouquin de la commune, un camarade de classe de Fernand dans les années 20 ; Rosette, c'est en référence à la femme du charcutier du canton ; il y a également Marguerite, en souvenir de la si gentille maîtresse d'école de Julien, Marissou, par rapport à une cousine prompte à ruer dans les brancards, Suzette, aussi querelleuse que l'une des belles-sœurs de Fernand ainsi baptisée…

Julien enserre les trayons élastiques dans ses mains et tire vers le bas. Une première giclée de lait cogne contre le fond du seau avec un bruit sourd, puis une deuxième, une troisième et, au fur et à mesure que le niveau du liquide s'élève, les crépitements produits par les jets de lait s'atténuent jusqu'à devenir de simples chuintements rythmant le mouvement alternatif des mains du trayeur.

La vache ne bouge pas. Tout en ruminant paisiblement le foin qu'elle a ingurgité un quart d'heure auparavant, elle apprécie

1. *Terme occitan désignant un veau à engraisser.*

ce moment où l'on soulage son pis d'une bonne dizaine de litres de lait avant qu'elle n'aborde sa nuit de repos.

Julien a appuyé son front contre le flanc tiède de l'animal. En toute confiance. Ses mains montent et descendent automatiquement, avec une régularité de métronome, jusqu'à ce que la dernière goutte de lait tombe des tettes ; sans brusquerie, il se relève et s'éloigne de la vache qui continue à régurgiter son fourrage. Lorsqu'il s'approche du bidon de lait en aluminium, les deux chats de la ferme le rejoignent en miaulant d'impatience.

Julien comprend le langage de tous les animaux de la ferme jusque dans ses nuances les plus subtiles. Ce n'est pas Topinambour qui l'a initié à ce décodage ; les cours théoriques du professeur d'agriculture, si brillants soient-ils, n'accordent aucun intérêt – donc aucune place – aux relations affectives que les êtres humains établissent avec le monde animal. C'est par son immersion, dès son plus jeune âge, dans le monde des animaux domestiques que Julien a progressivement découvert que ceux-là pouvaient souffrir, céder à la peur, se montrer agressifs ou affectueux, témoigner de la rancœur ou de la gratitude, chercher à communiquer avec l'homme ou se défier de lui…

Julien verse un peu de lait dans le couvercle creux du bidon posé sur le sol. Les deux matous de la ferme ne perdent pas de temps ; leur petite langue rose entre aussitôt en action avec une étonnante vélocité. Eux aussi ont été baptisés par Fernand : le chat au pelage isabelle qui court après toutes les femelles de la région, c'est Marius, prénom emprunté à un vieux paysan putassier, client assidu des hétaïres agenaises ; quant au chat tigré qui préfère somnoler près de l'âtre de la cheminée plutôt que de chasser les souris de la maison, il a hérité du petit nom d'un voisin, Ernest, dont la réputation de fainéant n'est pas usurpée.

Dans ces étables, qui ont vu passer quatre générations de Delsol, deux innovations ont été récemment introduites par Fernand : les abreuvoirs individuels pour les animaux et l'éclairage électrique. L'adduction d'eau, qui permet aux bovins, pendant les périodes de froid, de se désaltérer tout au long de la journée sans avoir à se rendre à la mare, et l'électricité, qui fournit une clarté bien plus intense que celle des lampes tempête, accroissent le confort des animaux et facilitent le travail des hommes. On parle, de-ci de-là, de l'arrivée de trayeuses électriques Alfa Laval qui devraient soulager les producteurs de lait de la traite manuelle, mais les paysans sont gens prudents qui se méfient de ces nouvelles machines qui font économiser du temps et des efforts mais conduisent à dépenser de l'argent. Pour l'instant, Fernand, secondé par son domestique, le vieux Pingeaud, parvient tant bien que mal à assurer les deux traites journalières qui s'effectuent à la force des poignets.

– Tu peux venir m'aider à attacher les repopets, Julien ?

– J'arrive, papa.

Les trois veaux, qui se sont goulûment rassasiés de lait sous leurs mères, souhaitent profiter de leur liberté momentanée en s'égaillant aux quatre coins de l'étable et il faut une bonne dose de patience pour les rassembler dans un angle, leur passer une corde autour du cou et les ramener, contre leur gré, aux places qui leur sont dévolues.

Puis la traite reprend dans la quiétude de cette vacherie où les seuls bruits perceptibles se réduisent aux fouettements des jets de lait dans les seaux, et les seuls mouvements visibles aux va-et-vient réguliers des avant-bras des trayeurs sous le regard curieux des hirondelles des granges dont les petites têtes bleu-noir et brique apparaissent brièvement au-dessus de leurs nids de boue adossés aux solives du plafond.

Une heure plus tard, une porte du bâtiment claque et Solange fait irruption dans l'étable.

– Vous avez bientôt fini ? demande-t-elle après avoir embrassé son frère. Maman vous fait dire que la soupe est prête.

– On arrive, répond Fernand. On met le lait au frais et on a terminé.

Julien aide son père à transporter les bidons jusqu'au puits et à les descendre jusqu'au niveau de l'eau où la température, relativement fraîche, permettra de conserver le lait jusqu'au passage du laitier, le lendemain matin.

Tous deux rejoignent ensuite la cuisine. Une odeur appétissante de soupe de fèves et de pois cassés flotte dans la pièce faiblement éclairée par une ampoule maculée de chiures de mouches. Le chien, allongé sur les carreaux de terre cuite, à proximité de l'âtre, s'imprègne voluptueusement de la chaleur produite par les flammes qui lèchent le contrecœur de la cheminée et font danser des lueurs fauves dans les yeux de l'animal.

Pingeaud, le vieux domestique égrotant, s'est déjà attablé devant son assiette vide et son verre rempli de ce vin de ferme âcre auquel il attribue, avec plus ou moins de bonne foi, des vertus curatives dans les cas d'asthénie ou d'affections grippales.

– Bonsoir Élie ! Alors, comme ça, on se fait porter pâle et on m'oblige à venir assurer la relève ! plaisante Julien.

– *Mon paure, es atal*[1], répond le vieil homme avec fatalisme. Mais ça ne te fera pas de mal, petiot, de reprendre un peu le manche de la fourche. Faut jamais oublier d'où l'on vient et faire comme ces parvenus qui finissent par se croire sortis de la cuisse de Jupiter.

– Tu as bien parlé, Élie, et maintenant mange ta soupe, ordonne Fernand qui ne supporte guère les réflexions pseudo-philosophiques de son journalier.

Estérina a placé, au centre de la table, la marmite ventrue, noire de suie, qui reposait sur le trépied, au-dessus des bûches incandescentes ; elle a enlevé le couvercle rouge et des volutes

1. Occitan : « Mon pauvre, c'est comme ça. »

parfumées de vapeur montent à la rencontre de l'ampoule, puis s'écartent pour aller se perdre dans la pénombre au-dessus de l'abat-jour émaillé blanc.

– Tirez, tant que c'est chaud, conseille-t-elle après avoir servi Fernand et Solange.

Pingeaud s'exécute, aussitôt imité par Julien et Estérina.

Débute alors une séquence de bruyantes succions dont les incurables auteurs, Fernand et Élie, placés face à face, tirent une vanité toute rabelaisienne : c'est leur façon d'affirmer leur identité paysanne et la réprobation explicite d'Estérina est toujours restée sans effets sur ce comportement prosaïque. Puis Pingeaud sacrifie au rituel du chabrot : dans le fond de soupe qu'il a réservé à cette intention, il verse une rasade de vin rouge, touille consciencieusement le mélange vineux avec sa cuillère, porte l'assiette à ses lèvres et avale à grandes goulées cette mixture que d'aucuns trouvent peu ragoûtante mais que d'autres apprécient pour sa saveur et la convivialité rurale qu'elle exprime.

Dès la fin du repas, Fernand a tiré sa révérence.

– N'oublie pas, Julien, demain on se retrouve à 5 heures dans la grange, a-t-il averti avant d'aller dormir.

Estérina ne tarde pas à s'éclipser à son tour après un dernier conseil adressé à Julien :

– Ne veille pas trop, tu ne pourras pas te lever demain matin.

Solange s'est assise devant le poste de télé qui diffuse l'émission culte « 36 chandelles », animée par Jean Nohain qui reçoit, ce soir, Luis Mariano.

Quant à Julien, les deux coudes posés sur la nappe cirée et la tête calée entre ses deux mains écartées au-dessus de ses poignets joints, il écoute pour la énième fois la chronique apocalyptique de la guerre de 14-18 que lui débite le vieux domestique, acteur involontaire de ce conflit qui avait meurtri son corps et brisé son âme. Ce sont toujours le même récit terrifiant, les mêmes détails effroyables et les mêmes réflexions désabusées que Pingeaud énonce d'une voix altérée par l'excès de vin. Ce fut la Grande Guerre, ce devait être la der des ders mais la folie des bellicistes a eu raison de la sagesse des humanistes.

Et, dans l'esprit de Julien, aux terribles images suggérées par le témoignage poignant du vieux poilu se juxtaposent d'autres clichés, tout aussi cauchemardesques, illustrant les scènes d'horreur engendrées par cette sale guerre d'Algérie qui refuse toujours de dire son nom tout en sacrifiant des milliers de vies dans les deux camps qui s'opposent.

Ayant épuisé le sujet, Pingeaud quitte la table et gagne sa chambre, aussitôt imité par Solange et son frère.

Le lendemain, dès 5 heures, Julien retrouve son père dans les étables puis, la traite terminée, tous deux rejoignent Estérina pour prendre le petit déjeuner.

– Aujourd'hui, c'est dimanche, Julien. Tu as quartier libre, mais je compte sur toi pour traire les brètes de 7 à 9.

– D'accord, papa. Ce matin, je vais faire un tour au village. Je reviendrai à midi. Cet après-midi, j'irai peut-être chercher des cèpes, il paraît qu'ils poussent en ce moment.

– Ce n'est pas une mauvaise idée, juge son père qui est très friand de bolets. Il paraît qu'ils poussent au bois de Courties, du côté du *Riou Tort*[1].

Après s'être livré à de rapides ablutions et avoir changé ses vêtements, Julien fait route vers le village qu'il atteint à l'instant même où Léopold, le carillonneur attitré de la commune, sonne le premier coup de cloche, un quart d'heure avant le début de la messe. Sous le porche de l'église, quelques femmes et trois ou quatre hommes devisent gaiement en attendant le second coup qui annoncera le début de l'office.

Julien n'est pas venu pour écouter le curé. Il ne nourrit aucune animosité à son égard mais la liturgie romaine ne le

---

1. Occitan : rivière sinueuse.

passionne pas. Enfant, influencé par une tante très pratiquante et encouragé par une grand-mère italienne très croyante, il avait revêtu la soutane rouge et le surplis blanc des enfants de chœur et s'était appliqué à assister le prêtre hollandais de la paroisse. Il avait même accompagné celui-là dans les fermes pendant les deux jours annuels que duraient les rogations. Vers l'âge de douze ou treize ans, il était devenu moins assidu et, depuis, il n'entrait dans l'église que pour Pâques et Noël. Le vieux curé hollandais a quitté la paroisse cette année. Le diocèse d'Agen a nommé un remplaçant irlandais dont le comportement tranche radicalement avec l'attitude orthodoxe de son prédécesseur, au point de choquer parfois les âmes pieuses de la commune.

Qu'après avoir prononcé l'*Ite missa est* il joue au foot sur la place du village avec les jeunes, passe encore ! Qu'il aille ensuite écluser plusieurs whiskys au troquet du coin, chez l'oncle et la tante de Julien qui trustent le café, l'épicerie, le billard et la cabine téléphonique publique du village, cela fait jaser dans les chaumières ! Qu'il réponde à une fidèle paroissienne venue demander qu'il intervienne auprès du Seigneur tout-puissant pour sauver son mari malade : « Ma pauvre dame, vous surestimez mes pouvoirs. Sollicitez plutôt un bon médecin ! », cela ne paraît pas du tout catholique !

Julien gare sa moto près du petit calvaire élevé au milieu de la place et, après avoir embrassé sa tante dans l'épicerie et son oncle dans la cuisine attenante, il entre dans la grande salle où est concentrée toute l'animation païenne du village. Un bourdonnement continu, alimenté par les joueurs de belote qui commentent les nouvelles de la semaine écoulée, règne dans la vaste pièce monopolisée par les hommes. De temps en temps, une voix s'élève pour commander un guignolet kirsch ou un paquet de gris à rouler.

– Tiens, voilà un revenant ! laisse échapper Christian en graissant méticuleusement le procédé de sa queue de billard.

– Salut cousin ! Alors, tu te fais un peu d'argent de poche en jouant au bouchon[1] ?

– Tu parles ! On joue seulement l'apéro entre copains, avec Émile et Jules. Tu veux jouer avec nous ?

– Avec plaisir.

– Dis, Julien, tu as rompu avec Jeanne ? se hasarde à demander Émile.

– Eh bien, les nouvelles vont vite ici ! Qui t'a dit ça ?

– C'est la mère de Jeanne qui l'a dit à la mère de Maurice qui l'a répété à ma mère. Même que la mère de Maurice était aux anges !

– Ce n'est pas une punaise de sacristie pour rien, celle-là ! peste Julien. Au lieu de prier pour le bien de son prochain, elle se réjouit du malheur des autres.

– C'est parce que tu ne l'aimes pas que tu dis ça, intervient Jules. Tu peux pas la piffer parce qu'elle a toujours souhaité que son Maurice se marie avec Jeanne qu'il n'a jamais cessé de regarder avec des yeux de merlan frit. Et si tu savais comme il a souffert de voir qu'elle t'avait préféré à lui ! Mais maintenant que tu as laissé tomber Jeanne, tu n'en as plus rien à faire et la mère de Maurice te bénirait de la laisser à son fils.

– Alors ? On joue, oui ou non ? demande Julien.

Cette conversation l'indispose. Que savent-ils, ces gens de la commune, de son dilemme amoureux ? Croient-ils qu'il a agi avec gaieté de cœur ? S'imaginent-ils qu'il n'a pas souffert d'avoir à faire souffrir ? Serait-il un cas unique ? Pensent-ils qu'il se réjouit de voir tomber dans les bras de ce taré de Maurice celle qui fut sa Jeanne, douce, complice, aimante ?

Pour chasser ces pensées moroses, Julien se concentre sur le jeu mais la réalité a la peau dure, elle s'efface parfois devant le rêve, l'illusion ou l'utopie, cependant elle ne perd jamais

1. Forme de jeu de billard que les puristes nomment « poule au bouchon » et qui se pratique avec deux billes (rouge et blanche), deux quilles et un bouchon.

pied et surgit à nouveau quand le rêve se brise, l'illusion se dissout ou l'utopie s'écroule.

Que va-t-il se passer, à présent qu'il a quitté Jeanne ? Lui a décidé de rompre parce qu'il a choisi Agnès. Jeanne, elle, n'a rien décidé, n'a jeté son dévolu sur personne et semble être devenue une marionnette dont les parents tirent les ficelles. Est-ce sa faute à lui ? A-t-il été courageux ou lâche ? Bien malin serait celui qui pourrait le dire.

– Tiens, c'est la fin de la messe, constate Christian en sirotant le Dubonnet qu'il vient de s'offrir après avoir vaincu ses amis au billard. J'entends les cloches sonner.

– Bon, je me tire, annonce abruptement Julien.

Au moment de franchir la porte du café, il tombe nez à nez avec quatre ou cinq paroissiennes qui viennent récupérer leurs mécréants de maris. Il s'efface pour laisser entrer ces pieuses épouses, puis pointe à nouveau son nez vers l'extérieur de la salle. Instinctivement, il recule d'un pas.

À dix mètres de la porte, près du calvaire, un petit groupe de femmes discutent activement. Il y a là les mères de Jeanne, d'Émile et de Maurice ; un peu à l'écart se tiennent Jeanne et Maurice ; ils ne se parlent pas, ils ne se regardent même pas. « Cet imbécile de Maurice est toujours égal à lui-même ! constate Julien. Mais comment Jeanne a-t-elle pu tant changer en trois jours ? » La jeune fille, habituellement si enjouée, semble être amorphe, affaissée sur elle-même, étrangère à l'ambiance détendue qui prévaut autour d'elle.

De temps en temps, elle jette un regard éteint vers la moto de Julien, puis vers le café. Comme si elle espérait que soient exaucés les vœux qu'elle vient, sans doute, de formuler dans une longue et poignante prière adressée à son Dieu, pétri de bonté, qui lui avait accordé, jusqu'à cette dernière semaine, de longues années de bonheur auprès de celui qu'elle aimait. Ce Dieu qui, brutalement, lui a tout repris.

– Qu'est-ce qui t'arrive, petiot ? Tu es tout pâle. Ça va pas ?

Julien se retourne d'un bloc. C'est le vieux Rémi, le grand-père d'Émile, qui l'interpelle. De quoi se mêle-t-il, celui-là ? Il ferait mieux de se préoccuper des siens qu'il traite comme des esclaves dans sa ferme archaïque !

– Oui, ça va, monsieur Bartalin. Vous inquiétez pas pour moi !

– Ah, bon ! J'ai cru que tu te sentais pas bien.

– Je me sens très bien, au contraire. Vous pouvez boire votre Ricard sans souci.

Julien traverse la pièce en direction du billard.

– Je te croyais parti ! lui lance Christian en le voyant passer.

– Oui, je pars mais je vais d'abord faire la bise à mon oncle et à ma tante, lâche Julien.

Lorsqu'il ressort de l'épicerie, Jeanne et sa mère ont disparu.

Pendant le déjeuner, au détour d'une conversation anodine, Estérina demande insidieusement à son fils :

– Dis, Julien, c'est vrai ce qu'on raconte au sujet de toi et de Jeanne ?

– Et qu'est-ce qu'on raconte ?

– Que tu n'es plus avec elle et qu'elle est revenue à la propriété. J'ai rencontré la mère de Jeanne à l'épicerie. C'est elle qui me l'a dit.

– Je croyais qu'elle vous faisait la tête depuis des années ?

– C'est vrai. Mais maintenant elle me fait des sourires. Elle m'a dit : « Vous êtes d'accord avec moi, Estérina, ça n'aurait pas fait un bon mariage. L'avenir de Jeanne c'est ici, à la campagne, avec un bon paysan du coin. »

– Et toi, maman, qu'est-ce que tu lui as répondu ?

– Que c'était à Jeanne et à toi d'en décider.

– Et qu'est-ce que tu penses de notre rupture ?

– Rien. Alors c'est bien vrai ? Vous vous êtes séparés ?

L'intonation, le débit, l'insistance, tout, dans la voix d'Estérina, traduit un ineffable soulagement.

– Oui, nous nous sommes séparés.

– Une de perdue, dix de retrouvées ! lance trivialement le vieux Pingeaud.

– Une seule fera l'affaire, précise Fernand. Julien ne va pas nous ramener un harem !

Julien s'interroge. Que se passe-t-il dans la tête de ces adultes ? Chacun d'eux a vécu un ou plusieurs romans d'amour bien particuliers qui n'ont rien à voir avec ce qu'il vit, lui, avec son affectivité unique, avec ses repères personnels, avec sa conscience, sa personnalité, sa perception du monde à nulle autre pareille. Que ne le laissent-ils gouverner seul le vaisseau de ses amours pris dans une tempête imprévisible il y a seulement un mois ? Comprendront-ils un jour que personne n'est en mesure d'apporter des solutions aux problèmes affectifs d'autrui ?

– Bon, je pars chercher des champignons, décide Julien.

– Va du côté du Riou Tort, lui conseille son père. Le Basile en a trouvé là un plein panier, ce matin.

– S'il a écumé le coin, il vaut mieux que j'aille ailleurs !

– T'en fais pas, il ne les a pas tous ramassés. Il ne connaît pas tous les coins !

Ah ! Ces fameux coins à cèpes ! Des endroits aussi secrets que ceux des trésors de l'abbé Saunière ou des Templiers. Quelques centiares de mousse, à un endroit précis, à proximité d'un chêne ou d'un groupe d'arbres dont on a repéré l'emplacement au milieu de cette végétation sauvage à l'ordonnancement indistinct pour un œil non averti, voilà les prés carrés que se gardent bien de dévoiler ceux qui en connaissent la localisation et qui sont de vrais cueilleurs de bolets. Car il y a les autres, les soi-disant champions dans cette activité agreste : on les entend beaucoup fanfaronner sans jamais pouvoir vérifier leurs dires. Il y a aussi les loufoques qui vous feraient prendre des vessies pour des lanternes : c'est le cas de Mouchard, le facteur moustachu du canton, qui prétend entendre pousser les cèpes en collant son oreille sur le sol de la forêt.

Julien, depuis qu'il est en âge de marcher pendant des heures et des heures, a arpenté ces bois en toutes saisons, et en particulier en septembre et octobre lorsque les derniers orages de l'été ont hydraté le sol des sous-bois et stimulé la croissance mycélienne. Il accompagnait ses tantes, de vraies expertes de la cueillette de champignons, connaissant d'innombrables coins à cèpes qu'elles exploraient avec des yeux d'argus. Au début, il suivait et ne découvrait pas grand-chose mais, souvent, de leur bâton dont elles se servaient pour écarter les fougères, ses cicérones lui indiquaient une direction vers laquelle il laissait glisser son regard qui butait sur une petite coupole noisette posée sur un pied trapu légèrement ocreux. Il s'approchait et apercevait avec émerveillement d'autres bolets tapis sous les buissons : des gros dont le chapeau parsemé de petits orifices indiquait qu'ils étaient déjà en partie dégustés par une colonie de petits vers blancs qui sortiraient de leur galerie dès que le cèpe serait posé à l'envers dans le panier ; des petits aussi, dont la tête brune, semi-sphérique, émergeait à peine de la mousse d'un vert sinople qui tapissait le sol. En grandissant, il a mémorisé ces fameux coins à cèpes qui lui permettent d'être sûr de ne pas revenir bredouille en période de cueillette.

Après s'être enfoncé de quelques centaines de mètres dans la forêt, Julien prend la direction opposée à celle du Riou Tort. À plusieurs reprises, il s'écarte légèrement du chemin forestier pour aller inspecter quelques arpents de sous-bois que les bolets ont coutume de peupler régulièrement en début d'automne. C'est toujours avec le même tressaillement de plaisir qu'il découvre ces regroupements de têtes auburn. Cela ressemble à une famille avec des vieux, des adultes dans la force de l'âge, des jeunes et des nouveau-nés. Julien arrache délicatement les bolets qu'il dépose dans son panier puis il reprend son chemin et débouche rapidement à la lisière du bois. Il s'assied dans les hautes herbes et lève son regard vers le sud. À trois cents mètres de lui se dresse la maison de Jeanne.

Julien se relève et pénètre à nouveau dans la forêt. Qu'en a-t-il à faire de Jeanne maintenant qu'il l'a quittée ? Il s'en veut de s'être laissé aller à cette curiosité morbide qui l'empêche de faire le deuil de ses amours défuntes. Après avoir rompu avec Jeanne, il lui faut impérativement la reléguer loin de ses yeux afin d'apaiser les répliques inévitables du séisme subi par son cœur. Avec une détermination qui confine à la rage, il fonce vers le Riou Tort. Pour une fois, la rumeur n'est pas fausse : les cèpes sont bien là, au rendez-vous saisonnier, dissimulés aux yeux des profanes mais offerts aux regards des initiés.

– Tu en as trouvé ? demande Fernand qui a reconnu le bruit des pas de son fils sur le chemin caillouteux qui longe la grange de Laguillemie.

Julien est toujours ébahi par l'aptitude de son père à identifier tous les sons qui lui parviennent. Depuis huit ans qu'il est devenu accidentellement aveugle, Fernand a remarquablement développé son acuité auditive. Il est maintenant capable d'associer au moindre bruit une personne, un animal, un objet ou un phénomène particulier. À la simple perception des nuances du bruit de ses propres pas, il sait si la voie est libre ou si un obstacle lui barre le chemin.

– Oui, papa. Un plein panier.

– Des vieux ?

– De tout. Des vieux et des jeunes.

– Alors on va se régaler.

Fernand est très friand de cèpes. Ceux qu'il préfère, ce sont les vieux comme il dit, ceux qui sont mous, avec un chapeau bien étalé et parfois craquelé qu'Estérina posera tout à l'heure sur un gril. À la chaleur provenant des braises, tous les petits vers blancs remonteront à la surface du foin[1] sur lequel il suffira de faire glisser la lame d'un couteau pour les enlever.

1. Nom couramment attribué à l'hyménium du cèpe.

Le soir, après le souper, Julien ne s'attarde pas au coin du feu comme il a coutume de le faire habituellement lorsqu'il peut s'offrir une grasse matinée le lendemain. Son père l'a prévenu :

– Demain, Julien, debout à 5 heures pour traire les vaches. Moi, je vais me coucher tout de suite parce qu'il va falloir que je me lève, dans la nuit, pour surveiller Marissou qui ne va pas tarder à vêler.

– D'accord, papa. Moi aussi, je vais me coucher.

Dix minutes plus tard, Julien dort à poings fermés.

– Julien ! Julien ! Julien !

Julien sursaute dans son lit. La nuit lui a paru extrêmement courte.

– Oui, papa, j'arrive, répond-il en se redressant.

Lorsqu'il traverse la cuisine, la pendule à balancier sonne trois coups. Son père se serait-il trompé d'heure ? Il entre dans l'étable plongée dans l'obscurité totale. Seul le gémissement discret de Marissou trouble le silence. Julien appuie sur l'interrupteur et la clarté jaillit, dérangeant un couple d'hirondelles qui émettent un léger trissement avant de se rendormir.

Fernand est là, derrière la vache gravide qui tourne la tête vers lui avec un regard exprimant à la fois de la souffrance et de la résignation. Il a retroussé la manche droite de sa chemise et enfoncé son bras, enduit de graisse jusqu'au coude, dans le vagin de l'animal.

– Ah, te voilà, Julien ! Tu vas m'aider à faire vêler Marissou. Son veau se présente mal et je suis obligé de le faire changer de position pour qu'il arrive la tête la première.

Ce disant, Fernand enfonce un peu plus son avant-bras dans les entrailles de la vache parturiente tout en donnant ses instructions à son fils :

– Attrape la corde qui est pendue au joug. Il va falloir aider le veau à sortir.

Marissou s'est couchée sur le flanc. Fernand s'est agenouillé sur l'épaisse litière et, courbé en avant, retire délicatement son bras du vagin de l'animal jusqu'à ce qu'apparaissent enfin ses doigts enserrant les petites pattes antérieures du veau.

– Passe-moi la corde, fiston, et tiens bien les pieds du veau, je vais les attacher.

Julien s'exécute et observe attentivement les gestes de son père. Fernand a quitté l'école après avoir obtenu son certificat d'études. Il n'a fréquenté aucun établissement d'enseignement agricole. Il a tout appris sur le tas et, dans le domaine de la pratique, il en remontrerait, sans aucun doute, à Topinambour, le prof d'agriculture de l'école normale.

– Bon ! Maintenant nous allons tirer doucement au rythme des contractions de la vache.

Centimètre par centimètre, les pattes du fœtus émergent de la vulve de la mère. Puis c'est au tour de la tête de voir le jour. Quelques secondes de répit et la poitrine franchit l'ouverture vulvaire. Dès lors, tout va très vite : l'expulsion de l'arrière-train, la chute du corps sur la paille et la rupture du cordon ombilical dès que la vache se remet debout.

– Julien, jette-lui un demi-seau d'eau froide sur la tronche.

L'effet est immédiat ; le nouveau-né tressaille, sa tête s'agite et ses yeux s'entrouvrent sur le nouvel univers dans lequel il vient d'échouer brutalement.

Fernand le saisit par les pattes arrière et le traîne jusqu'à proximité du mufle de sa mère qui s'affaire aussitôt à débarrasser son rejeton du reliquat de liquide amniotique qui lui colle au poil. Deux minutes plus tard, le petit veau se tient sur ses quatre pattes vacillantes, à la recherche d'un équilibre compromis par les coups de langue vigoureux de sa génitrice.

– Parfait ! La mise bas s'est bien passée. On peut maintenant se recoucher tranquillement, conclut Fernand.

Julien ne se le fait pas répéter. Il regagne sa chambre mais l'émotion qu'il a ressentie, en assistant à l'éclosion d'une nouvelle vie sur notre planète, l'empêche de se rendormir avant que son père ne donne le signal de la traite du matin.

Les journées passent, rythmées par les travaux répétitifs qu'exige la gestion d'une ferme abritant des animaux : la préparation et la distribution de la nourriture pour les porcs, les lapins, les volatiles, les bovins, le renouvellement des litières, les deux traites des vaches laitières. D'autres occupations, moins astreignantes, introduisent un peu de fantaisie dans le quotidien de la famille Delsol : l'abattage d'arbres et le conditionnement du bois de chauffage en rondins et fagots, l'entretien des outils agricoles, la cueillette des noix, des châtaignes, des pommes et des poires, la récolte des haricots, des choux, des artichauts.

Chaque jour, vers 17 heures, Julien se rend à la conciergerie du lycée Palissy, à Agen, pour rencontrer Jérôme ou Chady qui lui transmettent copies des cours dispensés à l'E.N. et énoncés des devoirs à effectuer. Ses deux copains lui dévoilent, par la même occasion, les petits potins qui circulent dans les rangs des normaliens.

Tout en affectant un certain détachement, Julien a essayé d'obtenir des nouvelles d'Agnès. Sans grand succès. Chady ne s'intéresse guère aux intrigues amoureuses, trop occupé qu'il est à tout contester : l'administration scolaire, les décisions de la hiérarchie, l'autorité des profs, les notes qui lui sont attribuées… Jérôme, lui aussi, se montre peu disert sur ce sujet.

– Rien de particulier à signaler, a-t-il confié à Julien.

– D'accord, mais enfin tu la vois chaque jour, tu lui parles. Elle ne te demande pas de mes nouvelles ?

– Non. D'ailleurs, je ne lui parle pas beaucoup. Elle reste avec ses copines dans son coin.

– Tu pourrais me rendre un service ? Simplement lui dire que j'aimerais bien la voir, samedi après-midi, quand elle quittera l'E.N. pour rentrer chez elle.

– Entendu, je le lui dirai.

– Et, au lycée, ça se passe comment avec les anciens ?

– Ça n'a pas changé. Ils ne nous lâchent pas la grappe. Richard n'arrête pas de harceler Coslo qui va finir par péter les plombs. Ravachol a ramené sa fraise en étude ; il ne voulait plus recopier les T.P. de physique et chimie. Résultat des courses : ils l'ont obligé à sortir en pyjama et à mesurer la largeur de la cour du lycée avec une allumette, à minuit pile.

– Je réintègre dans une dizaine de jours. Dis aux copains les plus déterminés qu'il va falloir accélérer le mouvement pour faire cesser ces brimades.

– O.K. Ce sera fait. Beaucoup sont impatients d'en découdre avec les anciens, en particulier avec les trois ou quatre sadiques qui nous pourrissent la vie.

Pour rien au monde Julien n'aurait manqué le rendez-vous avec Agnès. Le samedi, avec une demi-heure d'avance, il attend que la jeune fille franchisse la petite porte de la cour d'honneur de l'école normale. Assis sur sa moto, un pied posé sur le trottoir de la rue de Romas, il savoure le bonheur que l'on éprouve dans les moments qui précèdent un événement heureux. Agnès va paraître dans quelques minutes et cette émotion voluptueuse qu'il peine à juguler va subitement se déchaîner. Elle sera là et il ne verra plus qu'elle. Le temps lui paraît long. Déjà, une vingtaine de normaliennes ont quitté l'établissement et toujours pas d'Agnès. Serait-elle partie avant qu'il arrive ? Et si elle s'était éclipsée par le portail de la cour pour ne pas le rencontrer ? À moins qu'elle n'attende qu'il ait levé l'ancre pour sortir ? Non, ce n'est pas possible. Elle va franchir cette maudite porte d'un instant à l'autre, c'est sûr !

Tiens ! Voici Gastounet qui caracole dans l'avenue Jean-Jaurès, au guidon de sa Vespa, cette « guêpe » italienne devenue la coqueluche des jeunes depuis que le séduisant Gregory Peck l'a adoptée pour faire visiter la Ville éternelle à la sublime

Audrey Hepburn, dans le film mythique, *Vacances romaines*, sorti en salles il y a un an.

À cette grosse trottinette motorisée, munie, à l'avant, d'un large tablier de tôle pour protéger le mirliflore qui la chevauche du vent ou de la pluie et, à l'arrière, de deux renflements latéraux aux rondeurs suggestives, Julien préfère sa Terrot, un engin viril et aérodynamique, une mécanique qui file allégrement à cent kilomètres par heure et procure à son pilote des sensations grisantes de vitesse et de liberté.

– Bonjour Julien. Qu'est-ce que tu regardes derrière toi ?

– Je regardais passer ce frimeur de Gastounet sur sa patinette.

– Pourquoi tu es si méprisant ? C'est bien, un scooter.

– Je ne suis pas méprisant. Toi qui es bonne en anglais, tu sais bien que scooter signifie patinette. Allez, fais-moi un bisou et monte en selle, je t'emmène à la gare.

Agnès dépose un baiser furtif sur la joue de Julien et s'installe sur le tan-sad.

– Accroche-toi bien à moi, Agnès, surtout au démarrage.

La jeune fille enlace le torse du jeune homme. Cette douce ivresse des sens, déjà maintes fois ressentie au contact du corps de Jeanne, trouble à nouveau Julien et le rassure ; ces frissons de bonheur qui éclosent entre ses omoplates et se propagent jusqu'à l'extrémité de ses membres, ce sont des ondes d'extase irrépressible, nées du coup de foudre qui a simultanément sublimé l'inclination naissante qu'il éprouvait pour Agnès et anéanti la passion qu'il vouait à Jeanne. Pas de doute, c'est bien Agnès que le ciel lui prédestinait.

Julien donne un coup d'accélérateur au point mort, simplement pour le plaisir d'entendre rugir le moteur et épater les piétons de passage, puis il enclenche la première et démarre en trombe. Agnès accentue son étreinte autour de la poitrine du jeune homme ; c'est bien cela que cherchait à provoquer Julien qui savoure la pression douce que les seins de la jeune fille exercent sur son dos. Malheureusement, le trajet ne dure guère plus de cinq minutes.

Tous les quais de gare se ressemblent et celui d'Agen ne fait pas exception, sauf, peut-être, par sa situation au pied du coteau de l'Ermitage dont les pentes abruptes offrent au regard des usagers un spectacle bien plus divertissant que la platitude habituelle des sols cimentés ou goudronnés, sillonnés de voies ferrées.

Quant aux personnes rencontrées en ces lieux de transit, inutile de leur demander les raisons de leur présence, il suffit de les observer. Il y a les voyageurs, ceux qui attendent, munis de leurs bagages, l'arrivée de leur train, ceux qui se dirigent d'un pas décidé vers leur voiture, ceux qui débarquent et qui gagnent la sortie ou le buffet. Et il y a aussi les sédentaires, ceux qui accompagnent et ceux qui accueillent : les premiers, discrets et sereins, les seconds, impatients et démonstratifs.

D'habitude, Julien préfère les arrivées aux départs, les rapprochements aux éloignements, les fusions aux séparations. Aujourd'hui, il en est autrement car, dès le lendemain soir, il retrouvera Agnès sur ce quai et il la ramènera à l'école normale avant de repartir purger sa sanction chez lui pendant encore une semaine.

– Alors, ma douce Agnès, quel est ton numéro de voiture ? demande Julien en remontant la rame à destination de Bordeaux en compagnie de la jeune fille.

– C'est la numéro 12. Là, nous sommes à la 9, elle ne doit pas être loin. Mon sac n'est pas trop lourd ?

– Mais non, ma jolie princesse aux yeux d'émeraude. Ta seule présence auprès de moi m'insuffle une énergie indomptable.

– Ne sois pas ridicule, Julien. Là, tu es en plein délire. Tiens, voilà la voiture numéro 12. Tu veux bien me monter le sac dans le train ?

Surpris par les propos réfrigérants d'Agnès, Julien ne laisse cependant rien percer de sa contrariété et s'approche de la porte du train. Il remarque un détail.

– Tu es sûre, Agnès, que c'est la bonne voiture ?

– Bien sûr. Elle porte le numéro 12.

– Mais ce sont des places de première.

– Et alors ?

– Tu voyages en première ?

– Pourquoi ? C'est interdit ?

– Euh… non. C'est simplement que ça coûte plus cher que de voyager en seconde.

– Oui, c'est vrai, mais ça m'évite de supporter cette populace mal élevée qui encombre les voitures de seconde : les braillards de collégiens avec leurs paquets de linge sale qui empestent, les bidasses mal embouchés, les familles de ploucs avec leurs chiards capricieux, les vieilles incontinentes, les vieux vicieux, et j'en passe.

– Tu as déjà voyagé en seconde ?

– Non, et je n'y mettrai jamais les pieds.

– Pourtant, tu sais, il y a aussi des gens bien en seconde.

– Eh bien, qu'ils y restent ! Dans ma famille, on ne fraie pas avec ces gens-là.

– Au fait, tu ne m'as jamais dit ce que faisaient tes parents ?

– Mon père est médecin général à l'hôpital d'instruction des armées Robert-Picqué à Bordeaux et ma mère est femme au foyer.

– Et toi, la médecine, ça ne t'a pas tentée ?

– Non, moi je veux devenir prof d'université.

– Et, pour ça, tu passes par l'E.N. d'Agen ?

– Oui, parce que je vais préparer mon bac en étant nourrie et logée. Ensuite, j'intégrerai l'I.P.E.S. de Bordeaux où je serai rémunérée tout en continuant mes études.

– Mais puisque ton père a une grosse situation, pourquoi tu n'étudies pas dans un grand lycée de Bordeaux pour entrer dans une classe préparatoire aux grandes écoles ?

Julien ne connaîtra pas la réponse. Le coup de sifflet du chef de gare entraîne la fermeture des portes du convoi qui s'ébranle aussitôt, tracté par une imposante Pacific 231G crachant d'imposants nuages de fumée dans un déchaînement de crissements des roues métalliques sur les rails, d'entrechoquements des tampons et de grincements des attelages durement sollicités.

Dubitatif, il remonte sur sa moto et, comme il le faisait parfois lorsque, collégien, il se sentait envahi par la mélancolie, décide d'aller rêvasser sur les berges de la Garonne. Assis sur le rebord du quai du Gravier, les jambes pendantes dans le vide au-dessus de l'eau verdâtre qui s'écoule vers le pont-canal, il laisse son regard glisser à la surface du fleuve relativement calme en ces premières semaines d'automne et le charme opère aussitôt. Isolé dans cette nature grandiose et antédiluvienne, Julien se sent protégé des vicissitudes de tous les jours. Depuis des siècles, la rivière impassible suit son lit, immuable. Rien ne la détourne de son itinéraire, toutes les mesquineries humaines l'indiffèrent.

Plongé dans la contemplation du spectacle envoûtant que lui offre l'inépuisable cours d'eau, le jeune homme retrouve très vite sa sérénité, un instant malmenée par le comportement d'Agnès. Quand il se redresse et se retourne vers les maisons riveraines qui jalonnent le cours Gambetta, il remarque une enseigne qui s'allume. Après quelques clignotements multicolores, la lumière se stabilise et affiche distinctement la dénomination commerciale de l'établissement : *Café des Arènes.* Tous les Agenais savent qu'il s'agit, en fait, d'un endroit où l'on fait commerce de chair, d'un bordel de ville où les arènes ne sont autre chose que les chambres des prostituées prêtes à simuler, *ad libitum,* des pâmoisons de volupté sous l'impact des banderilles décochées par de fougueux *peones* en rut.

Délié de tout serment de fidélité vis-à-vis de Jeanne, Julien n'a pas encore officialisé son idylle avec Agnès. Ne serait-ce pas le moment adéquat pour se délester de ce handicap social que représente la virginité pour un jeune homme de dix-sept ans qui n'est plus pubère et qui n'est pas encore un homme à part entière ?

Lorsqu'il pousse la porte du lupanar, Julien joue la décontraction mais il n'est pas très rassuré car il pénètre dans un univers qui lui est totalement étranger. Dans la pénombre de la vaste pièce, il distingue une femme d'une trentaine d'années, peut-être plus, assise devant le comptoir, en compagnie de la taulière, vraisemblablement une ancienne catin, bien plus âgée et outrageusement maquillée.

– Bonjour mesdames, murmure Julien.

– Bonjour jeune homme, lui répond la matrone avec un sourire malicieux. Alors, on vient passer un bon moment avec nous ?

– Oui, madame, confirme le jeune homme en espérant que ce bon moment ne se déroulera pas en tête à tête avec cette rombière.

– Allez, pas de chichis entre nous ! Moi c'est Ninon et elle c'est Charlotte. Tu veux qu'elle s'occupe de toi ?

– Je veux bien, avoue Julien, soulagé d'un doute.

– D'accord. Tu monteras avec Charlotte. Et sois gentil avec elle, c'est une fille très douce. Mais d'abord, tu vas bien nous offrir un petit verre ? Qu'est-ce que tu prends, toi ?

– Un cognac, s'il vous plaît.

La maquerelle sert l'eau-de-vie qu'elle tend au jeune homme, puis remplit deux verres de vermouth qu'elle pose sur le comptoir.

– À la tienne, jeunot.

– Je m'appelle Julien. À la vôtre, mesdames.

– Mon Dieu ! Ce que tu peux être coincé ! On n'est pas des mesdames, on est Ninon et Charlotte !

Julien ne répond pas et vide son verre cul sec, se retenant de grimacer malgré la brûlure qu'il ressent dans sa gorge et tout au long de son œsophage. Une chaleur subite monte à son visage, une excitation soudaine s'empare de lui.

– On y va, Charlotte ?

– D'accord, suis-moi.

Julien emboîte le pas à la jeune femme qui se dirige vers l'escalier et, quand elle commence à grimper les marches, il ne perd pas une miette du galbe ravissant de ses jambes dont les mollets harmonieusement musclés modulent leur relief affriolant à chaque rotation des chevilles. L'alcool aidant, il ose poser sa main sur cette chair désirable que dévorent ses yeux.

– Sois patient, Julien, lui glisse la prostituée sans se retourner.

Quand il entre dans la pièce où la jeune femme l'a précédé, il est surpris. Il s'attendait à voir une sorte de boudoir aux murs revêtus de velours rouge, au sol recouvert de tapis ocellés, aux murs décorés de gravures pour le moins érotiques. Avec quelques dessous coquins négligemment jetés sur un grand sofa capitonné et moelleux. Au lieu de tout cela, il découvre une chambre lambda, fonctionnelle, meublée simplement. Et il reste là, les bras ballants, ne sachant que faire et que dire.

– D'abord, Julien, faut me donner mon cadeau.

– Quel cadeau ?

– Ne fais pas le naïf ! Le prix de la passe, tiens !

– J'avais compris, affirme effrontément Julien qui n'avait pas saisi la subtilité de langage mais qui s'empresse de régler la prestation à venir avant d'ajouter : Il faut que je te dise, Charlotte. C'est la première fois que je couche avec une femme.

– Ah ! Tu es puceau ?

– Oui.

– Tu feras comme je te dirai et tout se passera pour le mieux. Pas d'emballement, pas de brutalité, tout en douceur et tu repartiras avec ton pucelage en moins, mais quelque chose en plus. Allez, baisse ton pantalon et approche du bidet que je procède à la toilette de Popol.

Julien obéit comme un enfant et se laisse guider par son éducatrice sexuelle qui, retroussant ensuite sa jupe et ne s'embarrassant pas de préliminaires, le mène droit au but sans qu'il ait à enlever ses vêtements et sans lui laisser le loisir de jeter le moindre regard sur la porte d'accès à cet aven anatomique agréablement climatisé dans lequel, *manu militari*, elle introduit le susnommé Popol.

Une fois l'acte consommé, Julien se rajuste et cherche une formule appropriée pour ne pas prendre congé abruptement de la femme dont il vient d'explorer l'intimité. C'est alors qu'il remarque, sur une étagère fixée au mur, une série de livres impeccablement rangés. Sans doute des récits égrillards. Charlotte a suivi son regard.

– Tu aimes les romans de Proust ? demande-t-elle à brûle-pourpoint.

– Je ne sais pas. Je n'en ai lu aucun, avoue humblement Julien.

– Tu devrais, pourtant. Tous ceux qui sont sur cette étagère, je les ai lus et, parfois, il m'arrive d'en relire des passages. J'aime bien Flaubert aussi. Tu connais ?

– Oui, j'ai lu *Madame Bovary*.

– Moi, je préfère *L'Éducation sentimentale*.

– Tu peux m'expliquer quelque chose, Charlotte ?

– Sur Flaubert ?

– Non, sur toi. Explique-moi ce que tu fais ici.

– Tu viens de le voir. Je fais la pute.

– Tu me parles de Proust, de Flaubert et tu n'as rien trouvé de mieux comme activité que de vendre ton corps au premier venu ?

– Je gagne ma vie ainsi. J'ai une fille de quinze ans qui continue ses études. Quand elle les aura terminées, j'arrêterai.

– Mais enfin, Charlotte, ça ne te fait rien de te donner à n'importe qui ?

– D'abord, je n'accepte pas n'importe qui. Ensuite, je ne me donne pas, je ne fais que prêter mon corps tant qu'il est encore désirable. Et mon corps, qu'est-ce que c'est sinon de la matière, comme celle qui compose tous les corps, de la substance qui sert de support à ma conscience, à mon esprit, à ma raison, à ma sensibilité, à tout ce qui me fait vraiment exister ?

– Je vais te faire une confidence avant de te quitter, Charlotte : tu m'épates ! Que Dieu te protège !

– Ne t'inquiète pas pour moi, Julien. « En vérité, je vous le dis, les publicains et les prostituées arrivent avant vous au royaume de Dieu », proclame l'Évangile de Matthieu.

– C'est ce que je te souhaite, Charlotte.

En reprenant le chemin de Laguillemie, Julien médite sur l'expérience décevante qu'il vient de vivre. Il rentre chez lui avec, effectivement, quelque chose en moins, le cadeau imposé qu'il a dû remettre à Charlotte, et quelque chose en plus, la vague sensation d'une souillure inutile de son corps dans une union charnelle dénuée de tout sentiment.

XI

– BONJOUR JULIEN. On joue la revanche ?

– Bonjour Christian. D'accord pour la partie de billard, mais je vais d'abord saluer mon oncle et ma tante.

Hier soir, quand il est rentré de la gare, Julien a appris de la bouche de sa mère que son cousin Yves venait d'embarquer, à Port-Vendres, pour rejoindre une unité d'infanterie en opération dans les Aurès.

– On n'en finira pas de cette saloperie de guerre d'Algérie ! s'était-il exclamé par pur réflexe égocentrique en pensant que son tour viendrait si ce conflit devait perdurer.

Puis il avait promis à ses parents de passer réconforter son oncle et sa tante. Mais que leur dire en pareil cas ? Faire comme nos dirigeants ? Bannir le mot de guerre au profit du terme euphémique de pacification ? Évoquer un noyau de terroristes pour masquer la réalité d'une armée de libération nationale animée d'un idéal inaliénable, l'indépendance ?

Aucune circonvolution de langage n'est de nature à apaiser les tourments d'un père ou d'une mère qui voient leur enfant envoyé sur ce qu'on appelle, avec une effarante désinvolture, le théâtre des opérations, comme s'il s'agissait d'un lieu où le public vient apprécier les talents scéniques de comédiens déguisés en soldats.

– Bonjour tonton et tata. Comment allez-vous ? demande Julien en entrant dans l'épicerie.

– Ça va. Tu sais qu'Yves a été envoyé en Algérie ? lui répond sa tante.

– Oui, papa et maman me l'ont dit, hier soir. Il faut espérer qu'il reviendra vite.

– On espère, confirme l'oncle David. Mais, dans ces cas, on sait quand on part, on ne sait pas quand on revient. Enfin, on verra bien.

– En attendant, on se demande pour quelle cause nos jeunes appelés vont se battre de l'autre côté de la Méditerranée, marmonne la tante Marie.

– Allez, ne vous en faites pas ! Yves vous reviendra sain et sauf. Il est futé, il saura se tirer d'affaire. D'ailleurs, vous n'allez pas tarder à avoir de ses nouvelles. Il va certainement vous écrire dès son débarquement à Oran.

– Que Dieu t'entende, mon petit, répond l'oncle avant de rejoindre son bar pour servir deux clients qui s'impatientent.

Julien en profite pour prendre congé de sa tante et passer dans la grande salle du café qui abrite le billard.

– Alors, on la fait cette partie ? insiste Christian.

– J'arrive, j'arrive.

– Jules et Émile jouent avec nous, d'accord ?

– Pas de problème.

Jules, Émile, Christian et Julien avaient usé leur fond de culotte, côte à côte, sur les bancs de l'école de Sauvagnas.

En la personne de Jules, Julien avait découvert, dès les premiers mois de scolarité, ce que le commun des mortels appelle un cancre. C'était un petit bonhomme rachitique dont la mère avait rasé le crâne afin de s'éviter de fastidieuses séances d'épouillage, un gringalet piteux condamné à user jusqu'à la corde des vêtements trop amples, étrennés par son frère aîné.

Sur ses épaules frêles, le pauvre Jules, que les autres écoliers avaient charitablement surnommé « Pot de chambre », véhiculait la détestable réputation de sa famille : la mère, une maritorne déchaînée, brutalisait à tout bout de champ son minable de mari, un sac à vin impénitent, qui tentait ensuite de rétablir son autorité en tabassant copieusement ses enfants.

– Ce sont des *gitanes*[1] ! vitupéraient les voisins.

– Quel malheur pour les enfants ! s'apitoyaient-ils avant d'ajouter en justification de leur passivité : Mais que voulez-vous qu'on y fasse ? Si on se mêle de leurs affaires, ils sont capables de sortir le fusil !

Jules, abandonné à son impuissance, traînait chaque jour sa résignation jusque sur son banc d'école. Il s'asseyait. Il regardait l'institutrice gesticuler sur l'estrade mais son esprit mortifié dégorgeait d'images violentes qui occultaient toute perception du présent ; il essayait d'enregistrer les paroles qui jaillissaient autour de lui mais il n'entendait que l'écho obsédant des jurons maternels et du claquement des gifles que son père lui balançait sans ménagement.

– Jules, répète ce que je viens de dire, ordonnait la maîtresse soupçonneuse.

Jules ne répétait rien. Avait-il seulement entendu l'ordre ?

Le face-à-face entre la toute-puissance de l'adulte et la toute-souffrance de l'enfant tournait au pathétique. Totalement indifférent à la situation, le gamin restait muet et finissait toujours par faire craquer l'institutrice qui s'emportait :

– Allez ! Fiche-moi le camp au coin, espèce de cancre !

En prenant de l'âge, le statut de Jules avait évolué. Le cancre de l'école était devenu le simplet du village envers lequel la population de la commune témoignait une forme de bienveillance spontanée où se mêlaient un peu de pitié pour le jeune dadais et beaucoup de gratitude pour dame nature qui leur avait évité d'avoir un fils de cet acabit.

---

1. Expression péjorative du Sud-Ouest, due à la méfiance populaire envers les gitans, pour désigner quelqu'un de mal habillé, pas propre.

Contrairement à Jules, Émile et Christian avaient accompli une brillante scolarité à l'école primaire de Sauvagnas. Malheureusement, les mauvais coups du sort ne les avaient pas épargnés : vers leur dixième année, tous deux avaient perdu leurs pères.

Après avoir obtenu le certificat d'études, Christian avait délibérément choisi d'arrêter l'école – comme il a coutume de dire – pour remplacer le père dans la ferme familiale.

Par contre, Émile n'a pas choisi. Encouragé par le directeur de la communale qui lui prédisait de brillantes études secondaires et supérieures, il n'aspirait qu'à une chose : entrer au prestigieux lycée Palissy d'Agen. Hélas ! Son grand-père paternel, le vieux Rémi, qui dirigeait la propriété d'une main de fer, reléguant au rang de serfs son fils, sa bru et ses trois petits-enfants, n'était pas de cet avis.

– Tant qu'il me restera un souffle de vie, personne ne quittera cette ferme, avait-il décrété.

Émile rengaina ses rêves d'émancipation et, après avoir obtenu son certificat d'études avec la mention « premier du canton », se soumit à la volonté de son aïeul. Réduit, comme sa mère, à l'état de domestique, il s'attela aux durs travaux des champs, attendant stoïquement, sans la souhaiter, la disparition du patriarche pour moderniser le matériel et les méthodes de culture, comme le faisaient tous les voisins. Sa maman, désespérée par la perte de son époux, brisée par la tyrannie de son beau-père, épuisée par les efforts qui lui étaient imposés, s'était réfugiée dans l'alcool. Loin de la blâmer, Émile souffrait en silence avec elle. Il la voyait s'enfoncer, de jour en jour, dans un profond désespoir dont il comprenait, malgré son jeune âge, la nature et les raisons. Que pouvait-il faire, lui, le fils aîné, pour sauver sa mère de cette descente aux enfers dont il percevait déjà le fatal dénouement si rien ne venait enrayer son découragement et faire renaître l'espérance ?

Émile se souvint alors d'un poème d'Alfred de Musset que M. Borry, son instituteur, lui avait fait apprendre en cours moyen deuxième année : *Le Pélican.* Après deux premiers vers d'anthologie : *Les plus désespérés sont les chants les plus beaux, Et j'en sais d'immortels qui sont de purs sanglots,* le poète développait l'allégorie du pélican, un hommage à l'amour parental poussé jusqu'au sacrifice. Et l'enfant d'en déduire qu'il existait peut-être une solution pour insuffler à sa maman la force de vaincre son désespoir, sa tentation du renoncement et son penchant pour l'alcool.

Après plusieurs jours de préméditation, Émile s'isola dans un coin du corps de grange et sortit de son cartable un bloc de papier à lettres, une enveloppe et un stylo à bille. Puis il écrivit :

Chère Lucie,

J'ai eu de tes nouvelles par des amis qui nous sont communs.

Ils m'ont appris le malheur qui a frappé ta famille et je comprends ta douleur à laquelle je m'associe. Tes enfants aussi doivent beaucoup souffrir de la disparition de leur papa et tu dois faire tout ce que tu peux pour adoucir leur peine et les protéger.

Mes amis m'ont dit que tu avais tendance à noyer ton chagrin dans l'alcool. Crois-moi, c'est la pire des solutions : tu te détruis et tu fais souffrir un peu plus tes enfants qui ont besoin d'une mère consolatrice et pas d'une mère ivrogne.

Si tu les aimes, arrête tout de suite de boire, ce sera la plus belle preuve d'amour que tu puisses leur donner. Ils retrouveront alors le sourire, ils auront confiance en toi et l'amour qu'ils te témoigneront te redonnera goût à la vie.

Chère Lucie, renonce tout de suite à l'alcool, je t'en supplie, pour ta santé et pour le bonheur de tes enfants qui sont sûrement très malheureux de te voir soûle chaque soir.

Je déposerai incognito *cette lettre chez toi à la première occasion.*

Un ami qui te veut du bien.

Émile relut trois fois sa prose, plia méticuleusement la feuille en quatre, l'introduisit dans l'enveloppe puis déposa ce courrier sur le joug que sa mère devait utiliser le lendemain pour lier une paire de bœufs afin d'aller faucher du fourrage.

Aujourd'hui encore, Émile ignore si sa mère a deviné qu'il était l'auteur de cette supplique. Néanmoins, une chose est sûre : du jour au lendemain sa maman a cessé de boire et la famille a retrouvé la sérénité.

Jules, Émile, Christian et Julien : quatre enfants de paysans réunis pendant six ans dans une école rurale avant d'emprunter des chemins de vie divergents. Quatre enfants de familles durement touchées par des drames aux cicatrices indélébiles. Quatre jeunes hommes aujourd'hui regroupés autour de ce billard avec cette complicité qu'induit inévitablement l'existence de racines communes.

– Dis, Jules, tu es meilleur au billard que tu ne l'étais en classe ! plaisante Christian.

– Si tu serais été à ma place, tu serais pas été capable de faire mieux que moi, réplique le benêt avec une logique implacable

– Par contre, au billard, tu touches ta bille, intervient Émile.

– Explique-moi quelque chose, Jules, demande Julien. Au billard, faut avoir une bonne représentation des surfaces, des angles, des trajectoires des boules. Comment se fait-il que, toi qui étais nul en géométrie, tu maîtrises si bien ces notions dans la pratique de ce jeu ?

Jules qui était en train d'ajuster un coup décisif suspend son geste, fixe Julien et finit par lâcher :

– Si tu pourrais me reposer la question en parlant plus simplement, peut-être que je pourrais te répondre.

– C'est vrai, Julien, ironise son cousin Christian. Nous, on est restés des paysans. Faut nous parler simplement. Ce sont nos champs que l'on cultive, pas notre intelligence. Parce que ce sont nos terres qui sont notre richesse et qui nous font vivre.

– Blagueur, va ! Je sais bien que vous avez à la fois le sens pratique et l'intelligence. Comment feriez-vous, autrement, pour survivre dans ce monde agricole en pleine mutation ?

Tout en continuant à jouer, Jules vient ajouter son grain de sel dans la conversation :

– Au fait, vous savez quelle sera la plus grosse propriété de la commune, l'année prochaine ?

– Tu sais ça, toi ? Là, tu nous en bouches un coin, avoue Émile.

– Ah ! Vous êtes tous bien malins mais vous ne le savez pas ! jubile le simplet.

– Alors, puisque tu le sais, qu'est-ce que tu attends pour nous le dire ? s'agace Christian.

– Ah ! Vous en restez baba ! insiste Jules sur un ton revanchard. Vous vous prenez pour des marioles mais vous ne savez pas tout ce que je sais.

– Tu accouches, oui ou non ? s'énerve à son tour Émile.

– Ce sera celle de Maurice, déclare enfin Jules.

– Ses terres couvrent soixante hectares, c'est beaucoup mais il y a des propriétés plus étendues que celle-là sur la commune, fait remarquer Christian.

– Oui, mais Maurice va se marier avec sa voisine qui va lui apporter une quarantaine d'hectares en dot. Ça fera plus de cent hectares.

– Quelle voisine ?

Julien a laissé échapper ces deux mots qui ont jailli de ses tripes avec un élan qu'il a été incapable de freiner.

– Quelle voisine ? Tu sais bien qu'il n'a qu'une voisine de son âge et que c'est Jeanne ! assène Jules.

Bien sûr, Julien savait que Jeanne était convoitée par Maurice, avec la bénédiction des deux familles, mais il ne s'attendait pas à ce que Jeanne referme si rapidement le roman de leur amour et abdique aussitôt son indépendance retrouvée.

– Oui, reprend Jules, figurez-vous qu'ils vont se fiancer dans quinze jours et se marier au printemps prochain.

Personne ne fait de commentaires. Julien, parce qu'il a du mal à avaler la nouvelle ; Émile et Christian, parce que leur intuition leur conseille de changer de sujet.

– Sacré Maurice, va ! poursuit Jules, insensible au malaise que provoquent ses propos. Il a même pas eu son certif, il a une tête de bouffon et une allure de préhistorique et, malgré tout cela, il va marier la Jeanne. Si ça c'est pas donner de la confiture à un cochon, je ne m'appelle pas Jules ! Une si belle fille ! C'est pas à moi qu'une chose pareille arrivera !

– Ça va, ça va, Jules ! On a compris, s'impatiente Christian qui voit les mâchoires de son cousin se crisper.

– Ouais, Jules, renchérit Émile, dépêche-toi de jouer qu'on aille boire l'apéro parce qu'il est déjà midi !

Jules graisse consciencieusement le procédé de sa queue de billard, se penche sur le plateau vert, se concentre sur le jeu et gagne le point décisif de la partie.

– Bravo, Jules ! lance Julien en replaçant sa queue de billard sur le râtelier. Je vous laisse parce qu'il est déjà tard. À dimanche prochain pour la revanche.

– T'as bien une minute, Julien, insiste le simplet. À moins que tu aies un rendez-vous amoureux ?

– Tu as toujours le mot pour rire, intervient Émile en entraînant Jules vers le comptoir. Le comble, c'est que tu ne le fais pas exprès !

Julien ne daigne pas répondre ; il saute sur sa moto et file vers Laguillemie. Doux comme la caresse délicate d'une main de femme aimante, le souffle de l'air qui effleure son visage apaise la nervosité provoquée par la balourdise de ce débile de Jules.

Après tout, Jeanne est libre d'agir comme bon lui semble. Il n'a plus rien à faire du destin de cette fille. C'est clair, indéniable et irrévocable. Du moins, intellectuellement parlant car la parole cartésienne est précise. Contrairement à l'expression affective si impalpable et diffuse.

Jeanne va donc se fiancer à Maurice. Pourquoi pas ? À défaut de faire un mariage d'amour, elle convolera avec un riche terrien. Pas si sûr que ce soit son choix. Mais alors, pourquoi accepterait-elle ? Si ça ne lui convient pas, elle peut toujours refuser.

Pour échapper au harcèlement de ces pensées qui l'empêchent d'oublier Jeanne, Julien concentre sa réflexion sur la vie de ses parents, une existence laborieuse semée d'embûches, émaillée de drames et, en dépit de toutes ces infortunes, imperméable au désespoir. Une vie toute vouée au sacrifice pour assurer le meilleur futur possible à Julien et à sa sœur.

Parents exemplaires, pétris de courage et d'abnégation, durs au travail, souvent désargentés mais toujours généreux, subordonnant leur bonheur à celui de leurs enfants. Héros de l'ombre qu'aucun projecteur n'éclaboussera de lumière, qu'aucune trompette n'arrachera à l'anonymat, qu'aucune légende n'immortalisera mais que leurs descendants vénéreront.

Julien se rend bien compte de ce qu'il doit à ses parents, c'est-à-dire tout, tout ce qu'il est et tout ce qu'il a ainsi que, par le lien de cause à effet, tout ce qu'il sera et tout ce qu'il aura. S'il devient instituteur, ce sera surtout grâce à ses parents. S'il se marie avec Agnès…

Ah ! Il ne faut pas qu'il rate l'arrivée du train de Bordeaux, en fin d'après-midi. Et voici qu'Agnès, avec ses yeux verts, ses longs cheveux blonds et son corps de femme-enfant, vient chasser les images de ses parents et s'incruste dans son esprit.

– Il y avait du monde à Sauvagnas ? demande Estérina pendant le déjeuner.

– Oui, comme d'habitude.

– L'Irlandais est allé prendre son whisky chez David ?

– Sans doute, mais je suis parti avant la sortie de la messe et je ne l'ai pas vu.

– Et ton cousin Yves, t'as eu des nouvelles ?

– Rien de nouveau.

– Et ton cousin Christian, il va bien ? questionne Fernand à son tour.

– Oui, j'ai joué au billard avec lui et avec Émile et ce crétin de Jules.

– Ah ! Ça, tu l'as dit ! confirme le père.

– Pourquoi vous l'accablez, ce pauvre Jules ? s'indigne la mère. Vous ne trouvez pas que la nature l'a suffisamment défavorisé comme ça et qu'il mérite un peu de compassion ?

Julien n'insiste pas. Quant à son père, il préfère changer de sujet :

– Fiston, tu voudras bien changer les litières dans le courant de l'après-midi ?

– Bien sûr, papa.

Cette tâche de dernière minute, Julien s'en serait bien passé. Néanmoins, il ne laisse rien paraître de sa contrariété et, dès le repas terminé, file dans les étables. Après avoir accompli son travail et s'être généreusement lavé à grande eau pour dissiper les relents de bouse et de purin qui lui collaient à la peau, il revêt ses habits du dimanche et rejoint la gare d'Agen.

Là, il attend fébrilement l'arrivée d'Agnès. Elle ne devrait pas tarder à apparaître. Le train en provenance de Bordeaux doit entrer en gare dans deux minutes. Ça y est ! Il l'entend haleter, il perçoit le cliquetis des bielles et le grincement des roues, il le voit, enfin, avancer et s'immobiliser sous l'imposante verrière. Des passagers débouchent dans le bâtiment des voyageurs. Julien, les yeux rivés sur la porte qui sépare les quais de la salle d'attente, se prépare à offrir son plus beau sourire à Agnès. Mais la jeune fille n'est toujours pas là. Le flot des voyageurs s'amenuise puis se tarit complètement. Julien franchit la porte d'accès aux voies ferrées : le train est reparti, les quais sont déserts.

– Pourtant, il était bien entendu que je viendrais la récupérer à la gare, murmure Julien, dépité. Peut-être est-elle restée chez elle pour une raison ou une autre ? poursuit-il à voix basse.

Ne supportant pas de rester dans l'incertitude, il décide d'aller se renseigner à l'école normale.

Cinq minutes plus tard, il débarque dans la loge du concierge.

– Bonsoir monsieur Lamouroux. Vous pourriez me donner un renseignement s'il vous plaît ?

– Bonsoir Julien. Si je peux, bien sûr !

– Est-ce qu'Agnès Sénéchal est rentrée de week-end ?

Le concierge se gratte pensivement l'occiput.

– Qu'est-ce que tu lui veux à Agnès Sénéchal ?

– Je devais l'accueillir à la gare et je ne l'ai pas vue. Je vous demande ça pour savoir si je dois revenir l'attendre à la gare ou non.

– Ah, bon ! C'est pour ça ? Eh bien, oui ! Elle est rentrée, il y a environ une heure.

– Elle est arrivée ici comment ?

– C'est un jeune homme au volant d'une Mercedes qui l'a déposée.

– Merci, monsieur Lamouroux. Au revoir et bonne soirée.

Pendant le trajet d'Agen à Laguillemie, Julien se pose des tas de questions qui restent toutes sans réponses et entretiennent sa perplexité.

Sa morosité n'échappe pas à Jérôme et à Chady qui, le lendemain soir, l'accueillent à l'entrée du lycée.

– Tu n'as pas l'air en forme, lui déclare le premier en lui serrant la main.

– Tu as trop fait la fête hier, blague le second.

– Non, non, se défend Julien. C'est simplement qu'en ce moment je bosse dur avec mes parents. Vivement la semaine prochaine que je revienne avec vous.

– À nous aussi, il nous tarde que tu reviennes, confie Chady. Ça devient insupportable au lycée. Il va falloir faire quelque chose. Avec Bouse et quelques autres, on est prêts à affronter les anciens dès ton retour.

– Vous pouvez compter sur moi. En attendant, réfléchissez à la stratégie à adopter pour mettre toutes les chances de réussite de notre côté.

Durant cette dernière semaine d'exclusion, Julien s'étourdit à la fois dans l'exécution des travaux agricole et dans l'étude des cours que lui transmettent régulièrement ses deux copains d'E.N. Et, chaque soir, quand il se glisse entre ses draps, deux images viennent danser dans sa tête déboussolée. Il faudra bien pourtant que l'une s'estompe jusqu'à disparaître et laisse enfin le champ entièrement libre à l'autre. Julien a tranché depuis plusieurs jours, mais il s'avère que sa volonté n'a aucune autorité sur son inconscient.

Le dimanche matin suivant, il retrouve ses camarades pour tenter de prendre sa revanche au billard.

Christian et Émile ont dû faire la leçon à Jules car ce dernier s'abstient, pendant toute la durée de la partie, d'évoquer la future union de Jeanne et de Maurice.

– Tu es vraiment trop fort, Jules, reconnaît Christian après cette nouvelle victoire du simplet.

– Il va falloir que tu nous donnes des cours de billard, plaisante Émile.

– Vous m'avez toujours pris pour un *inocent*[1], mais je suis pas si autant *estufèrgue*[2] que vous croyez, la preuve !

– Allez, viens ! Tu as bien mérité ton apéro ! conclut Julien en entraînant ses compagnons de jeu vers le bar.

– Qu'est-ce que je vous sers ? demande l'oncle David.

– Du beau, du bon, Dubonnet ! scande Christian en lisant le texte de la réclame affichée sur le mur.

– Pour moi, ce sera la même chose, précise Émile.

---

1. Mot occitan signifiant crétin.
2. Mot occitan signifiant nul.

– Moi, je prends un whisky, annonce Jules en se rengorgeant comme un paon qui fait la roue.

– Fichtre ! Tu ne te mouches pas avec la manche, toi ! s'exclame Émile.

– Tu veux faire la pige à l'Irlandais ? interroge Christian.

– Quand on parle du loup, on en voit la queue, avertit l'oncle en indiquant, d'un coup de menton, la porte du café derrière laquelle le prêtre discute avec une paroissienne.

– Tu me sers un diabolo menthe s'il te plaît, avant que le curé arrive, glisse Julien à son oncle.

– Tu n'as quand même pas peur de notre cureton ! réplique ce dernier en préparant le cocktail.

– Non, mais comme je ne vais pas à la messe…

– Et tous les autres que tu vois là en train de jouer à la belote ou d'écluser leur Ricard, tu crois qu'ils vont à la messe ? Ils préfèrent le café de David à la maison de Dieu !

– D'accord, mais, en plus, je suis à l'E.N.

– Et alors ?

– L'E.N. a la réputation d'être une pépinière d'anticléricaux. Tu n'as qu'à voir comment ça se passe entre les jeunes instituteurs et les curés dans nos villages. C'est souvent la guerre. Au fait, tonton, tu as des nouvelles d'Yves ?

– Oui. Il crapahute dans le *djebel*, du côté de Batna. Il nous écrit que les nuits sont fraîches et que, dans deux mois, il gèlera. Tu te rends compte ? Moi qui croyais qu'il ne faisait jamais froid en Algérie ! Sinon il ne se plaint pas. Pour le moment, du moins.

Rassuré sur le sort de son cousin, Julien vide son verre puis, après avoir salué ses camarades et embrassé son oncle, sort du café et se dirige discrètement vers sa moto.

Il aperçoit Jeanne, sur le parvis de l'église. Elle a l'air indifférente aux personnes qui l'entourent. Absente. Détachée du monde. Insensible à la prévenance assidue que lui témoigne son lourdaud de prétendant. Étrangère à l'élaboration de son destin dont elle laisse la maîtrise à sa mère et à celle de Maurice actuellement en grande conversation.

Aux premières pétarades de la Terrot, la jeune fille tourne la tête et semble s'éveiller. Spontanément, elle fait un petit signe de la main à l'intention de Julien. Un geste inachevé qui semble dire « Attends un instant ». Julien coupe les gaz sans arrêter le moteur qui ronronne docilement, tandis que Jeanne traverse crânement la place et vient vers lui.

– Bonjour Jeanne. Que me veux-tu ? demande prudemment Julien.

Sans répondre, Jeanne ouvre nerveusement son sac à main.

– N'aie pas peur, je n'ai pas de revolver dans mon sac. Tiens ! Je te rends tes lettres bourrées de mensonges. Tu pourras les réutiliser avec d'autres bécasses qui croiront comme moi à tes déclarations d'amour jusqu'au jour où tu les laisseras tomber comme de vieilles chaussettes. Il suffit que tu changes les dates et le tour est joué. Non, c'est trop injuste, c'est trop dur ! Pourquoi tu m'as menti ? Pourquoi ? Pourquoi ?

Les dernières paroles de Jeanne se noient dans ses longs sanglots qui soulèvent convulsivement sa poitrine et qu'elle ne parvient pas à contenir.

Au prix d'un effort inouï, Julien résiste à la tentation de céder à ce qu'il veut, coûte que coûte, réduire à de la sensiblerie pour s'éviter tout problème de conscience.

– Reprends-toi, Jeanne. Tu dois faire un trait sur le passé. Tourne-toi vers l'avenir. Et si je peux me permettre un avis, ce n'est pas avec ce taré de Maurice que tu réussiras ta vie. Tu mérites bien mieux que ce ballot.

– Je m'en fiche qu'il soit ballot ou non. Je ne crois plus à l'amour, alors lui ou un autre !

– Je te laisse, Jeanne. Maurice se radine et je ne veux pas d'esclandre. Souviens-toi de ce que je t'ai dit, tu mérites mieux que ce corniaud.

– C'est ça ! Va-t'en au diable ! s'écrie la jeune fille avant de s'enfuir à travers champs en direction de sa ferme.

Julien enclenche la première et embraie en mettant les gaz. La moto s'élance et disparaît à son tour de la placette où la vie dominicale du village reprend son cours habituel sauf pour les mères de Jeanne et de Maurice, profondément affectées par l'incident auquel, comme toutes les personnes présentes, elles viennent d'assister.

– Mais qu'est-ce qui a pris à Jeanne d'aller parler à ce fainéant de Julien dont elle n'a rien à espérer ? bougonne la première.

– Il y a longtemps que je vous le disais que ce n'était pas le mari qu'il fallait à votre fille ! martèle la seconde. Un ingrat qui laisse ses parents se saigner aux quatre veines pendant qu'il se la coule douce sur les bancs des écoles ! Que pouvait en attendre votre fille sinon des désillusions et des infidélités ?

Loin de tous ces ragots de commères qui lui reviennent parfois aux oreilles sans l'émouvoir pour autant, Julien appuie sa moto à un mur du hangar de Laguillemie et rejoint ses parents qui ont commencé à déjeuner.

– Alors, fiston ? Tu nous quittes à nouveau aujourd'hui ? Faudra que tu reviennes une ou deux semaines en mai-juin pour faire les foins, suggère Fernand.

– Pourquoi pas ? Tu sais, papa, c'est facile. Il suffit que je refasse le mur !

– N'écoute pas ton père, conseille Estérina. Tu n'es pas à l'E.N. pour faire des bêtises mais pour te préparer à ton métier et à la vie.

– C'est la même chose, maman. Mon métier, ce sera ma vie.

– Ce sera une partie de ta vie, rectifie la mère.

– Et l'autre partie, alors, c'est quoi ?

– C'est un foyer, des enfants, des expériences, des découvertes, des voyages, des passions et bien d'autres choses encore. Tiens, commençons par le début : un foyer. Tu y as pensé ? Ça débute par un mariage solide. Avec toutes les filles qu'il y a à l'E.N., tu en trouveras bien une qui te plaise. D'ailleurs, c'est peut-être déjà fait. Je me trompe ?

– Écoute maman, quand j'en aurai trouvé une, je vous l'amènerai.

– Et ensuite vous nous amènerez ses parents pour qu'on organise votre mariage.

– Mais, maman, pas si vite ! Tant qu'on est à l'E.N., on n'a pas le droit de se marier. Ça nous emmène en 1959 !

– Ça n'empêche pas que tu nous fasses connaître celle que tu auras choisie même si vous devez attendre plusieurs années pour vous marier.

– D'accord, maman.

La pression exercée par sa mère ajoute un souci de plus aux préoccupations qui tourmentent déjà Julien : anxiété quant à l'issue du prochain affrontement entre bizuts et anciens, inquiétude sur l'avenir de Jeanne, perplexité causée par le comportement d'Agnès, incertitude concernant la durée du conflit franco-algérien… Et voici que maintenant le jeune homme se pose une question angoissante : quelle sera la réaction d'Agnès, élevée au sein de la haute société bordelaise, quand elle découvrira Fernand et Estérina, paysans lot-et-garonnais de modeste condition, n'ayant de richesse que l'or de leur cœur qu'ils offrent généreusement à leurs enfants ? Et ses parents, accepteront-ils qu'elle se fourvoie dans une telle mésalliance ?

XII

– ENFIN, TE REVOILÀ, VEINARD ! Comment se sont passées tes vacances ? plaisante Tarass Boulba en apercevant Julien qui réintègre les lieux après quinze jours d'absence.

– Très bien ! À défaut de faire du sport, j'ai bossé dur à la ferme.

– Je compte sur toi, ce soir, pour l'entraînement au *Café Gascon*.

– On aura l'autorisation du Puant ?

– Tu rigoles ? Qu'est-ce que le Puant a à voir là-dedans ?

– Tu sais bien qu'il a repris la main sur les bizuts et que j'en ai fait les frais ! Tu n'ignores pas que je me suis fait virer pendant quinze jours parce qu'il m'a mouchardé à la Grande quand j'ai fait le mur pour aller au cinoche !

– Ah ! Mais tu n'es pas au courant ? Vendredi dernier, Mao a demandé à Zamberou de lui filer ses mocassins pour le week-end. Tu connais Zamberou. Il a refusé tout net et, comme Mao se faisait menaçant, il lui a balancé un crochet en pleine gueule. On a bien cru qu'il lui avait cassé le nez. Déjà qu'il lui a cassé une dent, il y a un mois !

– Et alors ?

– Et alors, pour avoir enfreint le premier et le troisième commandements de la table des lois, comme l'avait déjà fait Ravachol le mois dernier, le conseil des anciens a condamné Zamberou, *alias* Paillasson, à aller déféquer précisément sur le paillasson placé devant la porte du proviseur. Quand il est revenu, le Puant l'a intercepté et lui a cherché des poux. Zamberou, qui était déjà à cran, a pété les plombs. Il a sauté sur le Puant et, si on n'était pas intervenus, je crois bien qu'il l'aurait estourbi.

– Il aurait bien fait. Et après ?

– Le Pacha a décidé de récupérer l'entière autorité sur les bizuts. Il a expliqué au Puant que dorénavant ce serait comme avant, qu'il ne tolérerait plus que les pions prétendent faire la loi chez les élèves-maîtres, fussent-ils des bizuts, et que, si jamais lui reprenait la tentation de cafarder à nouveau un normalien à la Grande, il lui en cuirait !

– Et le Puant n'a pas réagi ?

– Que veux-tu qu'il réagisse ? C'est un foireux comme il n'y en a pas deux. Alors, c'est bon pour ce soir ?

– D'accord, Pierre.

Julien pose sa valise sur son lit et va serrer la main à ses copains de promo qui lui réservent tous un accueil chaleureux. Ici, il retrouve une seconde famille. Concurrents pendant l'année de préparation au concours d'entrée à l'E.N., tous ces jeunes gens qui, aujourd'hui, n'ont plus aucune raison de rivaliser forment un groupe amical que les brimades incessantes perpétrées par les anciens rendent solidaire.

– Dis Julien, tu as vu la tête de Coslo ? demande Jérôme.

– Oui. Il me paraît bien taciturne.

– Taciturne ? reprend Chady. Je dirais même déprimé.

– Ça se comprend, explique Zamberou. Il se prend une cathédrale chaque nuit.

– Ça ne peut plus durer, intervient Gimenez.

– D'accord avec toi, répond Chady, mais si on ne fait rien ça durera encore longtemps. Et il n'y a pas que Coslo qui déguste. Moustique et quelques autres ont leur compte d'avanies. Sans compter qu'à des degrés divers pas un seul d'entre nous n'est épargné par les anciens. Sauf, peut-être, Pignouf qui n'est pas souvent bizuté et on peut se demander pourquoi.

– Sans compter qu'une séance de culs au cirage semble programmée pour la fin de semaine, annonce Jérôme.

– Comment tu as appris ça ? s'inquiète Chady.

– Tout à l'heure, j'étais aux W.-C. quand Godillot, Richard et le Pacha sont venus se raser. Ils se croyaient seuls et Richard a demandé au Pacha : « Alors ? Ce défilé de culs au cirage, on le fait quand ? », et le Pacha a répondu : « On pourrait faire ça vendredi soir, juste avant les vacances de la Toussaint. Toi, Godillot, tu vas te charger de nous procurer une ou deux boîtes de Cygne noir, une brosse à cirage, seize bougies, pas trop grosses quand même, et un tube de vaseline. »

– Écoutez, il faut qu'on se réunisse d'urgence, décide Zamberou. Mercredi soir. Sous prétexte de faire une petite bouffe pour fêter les vacances de la Toussaint.

– D'accord, on avertit les potes dès ce soir, après le repas, conclut Chady.

Le lendemain, à l'occasion de la pause de 10 h 45, Julien rejoint Agnès en conversation avec ses trois copines attitrées, Paulette, Jeannine et Annie.

– Bonjour les filles ! Vous avez passé un bon dimanche ?

– Pas mal, répondent en chœur les trois jeunes filles.

– Au fait, Agnès, comme nous en étions convenus, je suis venu t'attendre à la gare l'autre dimanche et je ne t'ai pas vue.

– Normal, je ne suis pas venue par le train.

– Ce n'est pas grave, mais comme tu ne m'avais pas averti, je me suis retrouvé tout bête.

– Regardez-moi ce macho ! Il voudrait, monsieur, qu'Agnès lui rende compte de ses faits et gestes, intervient Paulette.

– Non, ce n'est pas ça, se défend Julien. C'est simplement que c'était entendu comme ça.

– Et comment voulais-tu que je t'avertisse ? demande Agnès. Même pas un paysan sur dix n'a le téléphone à la ferme. Tu l'as chez toi ?

– Non, mon père fait partie des neuf paysans sur dix qui ne l'ont pas.

– Qu'est-ce que vous pouvez être attardés dans vos cambrousses !

– Merci pour mes parents !

– Ne sois pas susceptible à ce point, Julien. C'est un fait indéniable, c'est tout.

– N'en parlons plus, Agnès. Et c'est indiscret de te demander comment tu es venue de Bordeaux ?

– Oui ! réplique abruptement Agnès.

– Bien envoyé ! lance Paulette.

– Tu ne serais pas un peu jaloux ? insinue Jeannine.

– Pourquoi vous le titillez ainsi ? intervient Annie. S'il me demande comment je suis venue hier soir, je ne vois pas pourquoi je ne le lui dirais pas.

– Bon, oublions tout ça ! C'est du passé. Mais samedi, si tu veux bien, Agnès, je t'emmènerai à la gare.

– Non merci, Julien. Pour le moment, je ne prends plus le train.

– D'accord, mais si tu changes d'avis, tu peux compter sur moi.

– Je le sais. Tu es gentil et je t'en remercie.

La sonnerie de l'établissement ponctue la réponse d'Agnès.

– À plus tard, lance Julien avant de s'éloigner des quatre normaliennes.

Pendant l'heure de maths, le jeune homme n'a qu'une préoccupation en tête : découvrir par quel moyen de transport Agnès effectue désormais le trajet entre Agen et Bordeaux et *vice versa*. Turlupiné par cette interrogation, il reste indifférent à la leçon de cosmologie de Bébert qui finit par l'interpeller :

– Monsieur Delsol, je vous parle de l'apogée et du périgée du soleil et j'ai l'impression que vous, vous êtes dans la lune ! Ou bien vous m'écoutez, ou bien vous quittez la classe. C'est bien compris ?

– Oui, monsieur !

Julien fait de sincères efforts pour suivre les explications du professeur, mais son attention ne résiste pas longtemps à l'ampleur du tourment que lui cause Agnès.

– Monsieur Delsol, quelle est la distance moyenne qui sépare la Terre du Soleil ?

– ?

– Je vous avais averti. Prenez vos affaires et sortez !

Tout penaud, Julien s'exécute. Afin de ne pas être repéré par la Grande pendant les vingt minutes qui précèdent la fin de la matinée, il traverse le péristyle et, saisissant au passage un *Auto-Journal* qui traîne sur le piano, il va s'asseoir dans le couloir qui conduit aux W.-C. et feuillette son magazine.

– Ah ! Tu es là !

Plongé dans la contemplation de la D.S., cette voiture révolutionnaire que Citroën dévoile, ce mois-ci, au Salon de l'automobile de Paris, Julien n'a pas entendu Annie approcher.

– Oui, je me planque en attendant midi. Je sais que Bébert est réglo : il m'a foutu à la porte mais il ne me cafardera pas à la Grande. Et toi, que fais-tu là ?

– J'ai prétexté un besoin pressant pour venir te dire quelque chose d'important.

Il ne manquait plus que ça ! Comment se fait-il que cette pauvre Annie n'ait pas encore compris que ses tentatives de séduction à l'égard de Julien étaient irrémédiablement vouées à l'échec ?

– Alors dis-moi cette chose si importante et qu'on n'en parle plus !

– D'abord, il faut que tu me jures sur ce que tu as de plus cher de ne jamais dire que c'est moi qui t'ai confié cette info.

– Promis, juré ! Et maintenant je t'écoute, déclare Julien sur un ton légèrement irrité.

– Ne t'énerve pas, Julien. C'est pour ton bien que je suis venue te parler.

Julien se contient. Va-t-elle enfin cracher le morceau avant qu'il ne perde patience ?

– Je t'écoute, répète placidement le jeune homme.

– Eh bien, voilà ! Tu veux savoir comment Agnès voyage entre l'E.N. et Bordeaux, c'est en voiture.

– Je te remercie pour cette révélation, Annie, déclare Julien, soulagé.

– Mais tu ne sais pas tout.

– Que dois-je savoir encore ?

– Que la voiture qui la transporte est une belle Mercedes.

– Ça vaut pas une D.S., plaisante Julien. Merci pour toutes ces informations.

– Mais le plus important, ce n'est pas ça, reprend Annie.

– C'est quoi ?

– Le jeune homme qui la transporte, c'est son petit ami qui fait des études de médecine à Bordeaux.

– Comment as-tu appris tout ça ?

– C'est mon petit doigt qui me l'a dit.

– Si ce n'est pas vrai, gare à ton petit doigt !

– Je me sauve parce que Bébert va s'inquiéter de mon absence.

– Tu as raison. Merci de m'avoir mis au parfum.

– C'est avec plaisir que je l'ai fait. À plus tard, Julien.

Le jeune homme demeure silencieux. La D.S. ne l'intéresse plus. Annie non plus qui vient de trahir Agnès ; dans quel but si ce n'est pour qu'il lui soit reconnaissant de lui avoir évité de se fourvoyer dans une idylle sans lendemain ? Et si ce n'était qu'un mensonge ?

À 16 heures, en sortant du cours d'anglais, Julien accoste Agnès dans le couloir qui conduit au péristyle.

– Agnès, je voudrais te parler sérieusement, en tête à tête.

– Tu peux bien me parler là, maintenant. Personne ne nous écoute.

– Je sais que le samedi et le dimanche tu voyages en voiture.

– Comment tu le sais ?

– C'est le concierge qui me l'a dit.

– Tu joues au détective privé, maintenant ?

– Non, je ne t'avais pas trouvée à la gare, alors je suis venu voir si tu étais rentrée à l'E.N.

– Bon. Et maintenant tu es satisfait ?

– C'est ton père qui t'a ramenée ?

– Puisque tu insistes, je ne vais pas te laisser souffrir plus longtemps, gros bêta ! C'est mon frère aîné qui m'accompagne, précise Agnès avec un sourire enjôleur.

Julien lui sauterait au cou et l'embrasserait fougueusement si de telles démonstrations d'amour étaient tolérées dans cette enceinte. Or même le plus discret des gestes de tendresse est strictement interdit dans cet établissement mixte où, paradoxalement, se forment, dès la première des quatre années d'études, des couples relativement stables qui se concluront par un mariage à la sortie de l'E.N.

En l'occurrence, Julien gratifie Agnès d'un regard énamouré à faire fondre le cœur le plus insensible et, lui posant la main sur l'épaule, lui susurre :

– Que serais-je sans toi, Agnès ? Toi qui es ma raison de vivre et d'espérer, toi qui es mon présent et mon avenir.

– Ne t'emballe pas ainsi, Julien. La vie, ce n'est pas que des rêves ou des situations sublimées, c'est aussi et surtout des réalités, parfois très dures, qu'il faut affronter, des obstacles à surmonter, des problèmes à régler sans états d'âme.

– Dis donc, Agnès, tu n'es guère optimiste !

– Si, si, je le suis mais je suis aussi réaliste et je sais qu'il faut profiter à fond des bonnes choses que nous offre la vie sans s'encombrer de trop de scrupules. Vivre aujourd'hui comme si l'on devait mourir demain, tu comprends ? Ne pas trop s'engluer dans des projets à long terme.

– Tu ne serais pas une disciple d'Épicure, par hasard ?

Agnès n'a pas le loisir de répondre, l'une des surveillantes lui enjoignant de se rendre immédiatement dans le bureau de la directrice.

Pendant les heures qui suivent, Julien essaie de connaître le motif de cette convocation inopinée. Il n'obtient qu'une réponse évasive d'Agnès qui allègue un simple problème administratif.

Deux jours plus tard, Zamberou sonne le rappel de ses camarades de promotion. C'est le moment de tenir le conciliabule qu'il avait annoncé lundi dernier. Sous couvert de faire un graillou, les seize bizuts sont là, assis en cercle sur le plancher de la cordonnerie, se confectionnant des sandwichs de pâté, saucisson, jambon et autres cochonnailles issus de leurs fermes respectives qu'ils accompagnent d'un gros rouge acheté à la hâte à la Ruche du coin.

– Barjot, répète-nous ce que tu as entendu dimanche soir ? demande Zamberou.

Jérôme rapporte littéralement la conversation que le Pacha, Godillot et Richard, se croyant seuls, ont eue dans la salle des lavabos.

– Maintenant que nous savons ce qui nous attend, que devons-nous faire ? poursuit Paillasson.

Julien prend la parole :

– Il n'existe qu'une alternative : baisser son froc, au sens propre comme au sens figuré, ou se rebeller. Je suis personnellement pour la deuxième solution parce que nous devons stopper définitivement ces pratiques absurdes, plus humiliantes à chaque nouvelle séance de bizutage, avant qu'elles ne nous brisent totalement. Nous ne devons plus nous soumettre aux anciens.

– Oui, mais nous ne pèserons pas beaucoup face à tous les anciens, objecte Coslo.

– Ce n'est pas une question de nombre, le Che. C'est une question de détermination, lui rétorque Chady.

– Avec mes quarante-huit kilos, je ne vois pas comment je pourrais m'opposer aux quatre-vingt-dix kilos de Tarass Boulba, même avec une détermination sans faille, fait observer Pyson.

– Tu ne sais donc pas que le moustique est le prédateur le plus dangereux du monde animal ? plaisante Cervoumaut. Il est responsable de la mort de milliers d'hommes par an.

– Moi, je suis d'accord avec Julien, déclare Gimenez aussitôt imité par Bouzik, Borot et Narric.

– Et toi, Pignon, quelle est ta position ? demande Jérôme.

– Je reste neutre.

– Qu'est-ce que ça veut dire neutre ?

– Que je n'ai pas envie de me faire casser la gueule. Parce que là, dans la cordonnerie, vous faites les flambards, vous jouez les Superman, les redresseurs de torts. On verra ce que vous ferez face aux anciens !

– On ne te demande pas de commentaires défaitistes, Pignouf, tranche Zamberou. Tu as fait ton choix, nous le respectons. À toi d'en assumer toutes les conséquences.

– Ce sont des menaces ?

– Non, simplement le rappel d'une évidence : chacun est responsable de ses actes. Bien. Maintenant il s'agit de savoir comment nous allons agir.

– C'est vrai que nous ne sommes que seize contre trente, concède Julien. Cependant, quelques anciens, disons dix ou douze, resteront en dehors de la bagarre. C'est donc jouable. De toute façon, si nous décidons de combattre jusqu'au bout de nos forces, même si nous perdons cette bataille, nous aurons atteint notre objectif.

– Comment ça ? s'inquiète Gafet ?

– Parce que le bizutage ne survivra pas au scandale qu'il aura provoqué.

– Quel scandale ?

– La découverte par l'inspection académique, voire par les lecteurs du *Petit Bleu* si nous contactons l'un des journalistes de ce quotidien, de l'existence d'un bizutage chez les normaliens logés au lycée Palissy.

– Sauf que notre hiérarchie essaiera d'étouffer l'affaire.

– Pas si nous apportons des preuves.

– Lesquelles ?

– J'en connais d'irréfutables ! s'écrie Ravachol. Après la séance de culs au cirage, on ne va pas se laver et, samedi matin, on se présente tous dans le bureau de la Grande pour lui faire admirer nos derches enduits de cirage.

– Arrête de charrier, Robert. Par contre, si nous pouvions prendre quelques photos de la séance de culs au cirage, ça prouverait la légitimité de notre révolte. Jérôme, toi qui es féru de photographie et qui as un appareil dernier cri, tu pourrais prendre quelques clichés picaresques.

– C'est faisable, à condition que les anciens ne confisquent pas la pellicule.

– On peut toujours essayer.

– Si je vous ai bien entendu, déclare Zamberou, je crois comprendre que nous jouerons le jeu en début de séance de bizutage afin que les anciens ne se doutent de rien et que Jérôme prenne quelques photos, puis, à un moment donné, nous refuserons d'aller plus loin.

– À quel moment ? demande Gimenez.

– Quand tous les culs seront cirés, précise Julien. Alors nous nous relèverons et nous dirons aux anciens que la comédie est terminée, que les privilèges des anciens sont abolis en cette nuit du 28 octobre 1955 qui va entrer dans les annales de l'école normale d'Agen. D'accord ?

– D'accord ! répondent en chœur tous les bizuts sauf Pignon.

Pendant les trois jours suivants qui précèdent le 28 octobre, Julien, Zamberou et Jérôme s'emploient discrètement à maintenir la motivation dans les rangs des bizuts. Les forces qui s'affronteront semblent inégales, mais la détermination des insurgés et l'effet de surprise qu'ils créeront peuvent déstabiliser les anciens et faire pencher la balance en faveur des bizuts.

Profitant du footing habituel qu'il effectue chaque jeudi matin en compagnie de Tarass Boulba, Julien cherche à tirer quelques vers du nez du redoutable ancien :

– Tu es au courant, Pierre, de l'organisation d'une exhibition de popotins demain soir ?

– Qui t'a parlé de ça ?

– Ce sont des bruits qui courent. C'est donc vrai ?

– Ouais, c'est vrai. J'aimerais bien tenir celui qui a vendu la mèche. Il y a des traîtres partout !

– Donc c'est bien vrai ?

– Rien de bien méchant. Juste pour rigoler un peu.

– Et tu feras partie des exhibitionnistes, toi ?

– Moi, j'ai donné, il y a deux ans. Maintenant, aux suivants !

– Et tu as aimé montrer tes fesses cirées ?

– Je m'en serais bien passé.

– Explique-moi donc pourquoi tu veux imposer aux autres quelque chose qui t'a déplu ?

– C'est comme ça, Julien. C'est la tradition, faut pas chercher à comprendre.

– Alors vous allez nous enquiquiner sans savoir pourquoi ?

– Si, pour perpétuer la tradition.

– Et tu connais l'origine de cette tradition ?

– Non, mais c'est comme ça depuis des générations de normalos et c'est à nous de transmettre ces rites.

– Bordel ! Vous êtes pires que les singes du fameux paradigme !

– *Qu'es aquò ?*

– Tu ne connais pas le paradigme des singes ?

– Non, d'où tu sors ça ?

– Je t'explique. Imagine cinq singes dans une cage. Au milieu, une échelle surmontée d'un régime de bananes et chaque fois qu'un singe monte à l'échelle pour attraper les fruits, automatiquement, une douche glacée les asperge tous, si bien qu'au bout d'un moment, chaque fois qu'un singe essaie de grimper, les quatre autres, de crainte de prendre une nouvelle douche glacée, l'en empêchent en le frappant. À la fin, plus aucun singe n'ose monter à l'échelle. Tu me suis ?

– Sans problème. Où veux-tu en venir ?

– On remplace un singe. Que va faire le nouveau venu ?

– Il va se diriger vers l'échelle.

– Bien vu. Et que se passe-t-il ?

– Il va se faire tabasser.

– Tout juste. Et il ne va plus essayer d'aller vers l'échelle tout en ignorant pourquoi les autres l'ont rossé puisqu'il ignore l'existence de la douche glacée. On remplace ensuite un deuxième singe du groupe de départ. Le nouveau va vouloir s'approcher de l'échelle pour grimper. Les quatre autres, y compris celui qui n'a jamais pris la douche glacée mais qui fait désormais partie de l'équipe, lui sautent dessus et le malmènent. On remplace un troisième, puis un quatrième et enfin le cinquième singe du groupe initial et, à ton avis, Pierre, que se passe-t-il ?

– Chaque fois que le dernier introduit va vers l'échelle, les autres le frappent.

– Et pourquoi le passent-ils à tabac ?

– Par peur de la douche glacée, tiens !

– Perdu !

– Comment ça, perdu ?

– Perdu, parce que ce n'est pas la crainte de la douche qui dicte leur comportement puisque les cinq derniers singes qui composent le groupe n'ont jamais été arrosés et ne savent donc pas qu'il y a une douche au-dessus de la cage.

– Alors pourquoi lui tombent-ils sur le paletot ?

– Pour rien. Ils ne savent pas pourquoi ils empêchent le dernier arrivé de grimper. Ils pensent que c'est comme ça, qu'il faut l'empêcher de grimper et qu'il n'y a rien à comprendre, comme tu dis si bien. Ainsi s'incrustent les traditions, fussent-elles détestables ; ainsi survivent des coutumes, parfois exécrables. Tu comprends ça, Pierre ?

– Et qu'est-ce que ça change ?

– Ça ne change rien, si tout le monde continue à accepter le *statu quo* sans réfléchir. Mais, si jamais quelqu'un le conteste, ça peut tourner au vinaigre.

– Et qui le contesterait ?

– Je vais te le dire si tu me donnes ta parole de garder tout ça pour toi.

– Tu as ma parole.

– Eh bien, nous, les bizuts, nous allons contester toutes vos pratiques de bizutage.

– Moi aussi, je vais te dire quelque chose à condition que tu me promettes de ne le répéter à personne.

– Je te le promets, Pierre.

– Je sais que vous allez vous rebeller dès demain soir et tous les anciens le savent déjà.

Julien en reste tout pantois.

– Ça t'en bouche un coin, n'est-ce pas ? Je te l'ai dit : il y a des judas partout. Et n'oublie pas que tu m'as promis de n'en parler à personne !

– Je sais qui nous a vendus, finit par articuler Julien. C'est Pignon.

– Qui que ce soit, nous sommes au courant.

– Très bien, Pierre. Simplement, si ça tourne à la bataille de rue, faisons en sorte, nous deux, de ne pas nous trouver face à face.

– Allez, arrête ton char ! Pourquoi veux-tu qu'il y ait une bataille de rue entre anciens et bizuts ? Vous ne feriez pas un pli.

– On verra. Pour le moment, rentrons au dortoir.

Julien est furieux. Il n'a pas de preuves, mais il est à peu près sûr que c'est ce fourbe de Pignouf qui les a trahis. De plus, il a promis de garder l'information pour lui ! Et si Tarass Boulba avait bluffé ? Après mûre réflexion, Julien relativise la contrainte morale qu'il s'est laissé imposer par l'ancien. Après tout, mieux vaut que ses camarades ignorent que l'un d'entre eux les a donnés, cela évitera de déclencher des querelles intestines et leur motivation ne sera pas altérée.

Pendant l'étude du soir, Julien, remis de l'incident de la matinée, lit tranquillement les nouvelles très éclectiques qui s'étalent en première page du *Sud-Ouest* qu'il a subtilisé à Filochard : reportage dithyrambique sur la D.S. Citroën présentée au Salon de l'auto de Paris, franchissement du seuil des mille attentats commis par le F.L.N. qui vient de recruter Ali la Pointe et un entrefilet qui annonce la signature d'un décret d'octobre instituant un ordre des Palmes académiques destiné à honorer les mérites des personnels de l'Éducation nationale...

– Qu'est-ce qui te fait marrer ? demande Jérôme.

– L'attention que nous accorde notre ministre Jean Berthoin ! Il vient d'instituer l'ordre des Palmes académiques pour nous honorer.

– Ça rapporte combien aux heureux récipiendaires ?

– Que dalle, mon vieux. C'est purement honorifique.

– Moi, je préfère l'honneur aux honneurs. Qu'est-ce que t'en penses, toi ?

– Je n'en ai rien à cirer. Je n'ai pas choisi ce métier pour plastronner avec des décorations.

– Surtout que tu débutes avec un conseil de discipline sur le dos !

– C'est vrai, mais je t'assure que le Puant me paiera ça un jour.

– Tiens, en parlant du Puant, tu sais qu'Agnès a été convoquée chez la Grande, lundi ?

– Oui.

– Tu sais pourquoi ?

– Oui, pour un problème administratif.

– C'est ce qu'elle t'a dit, mais le Puant, qui était là au moment où Agnès est entrée dans le bureau de la Grande, donne une tout autre version. De son appart du second étage, elle aurait aperçu Agnès en train de se faire peloter dans la Mercedes qui la ramenait dimanche soir.

– Elle a bonne vue, la Grande ! Et tu crois ça ?

– Pourquoi le Puant le dirait-il ?

– Simplement pour m'emmerder parce qu'il sait qu'Agnès et moi sommes épris l'un de l'autre. Je te garantis que celui-là il n'a pas intérêt à me rencontrer la nuit dans une rue déserte !

– Ne t'énerve pas, Julien. Ce que je te raconte, c'est pour ton bien.

– Mais je vais très bien, Jérôme. Alors ne venez plus me titiller avec vos ragots de grand-mères ! Gardez votre énergie pour demain soir.

– Bon, bon, je ne t'embête pas plus longtemps.

– Écoute, Jérôme. En ce moment, je suis un peu nerveux. Faut pas m'en vouloir. Demain soir, ça va camphrer, alors il faut rester motivés et ne pas se disperser. On reparlera de tout ça plus tard.

XIII

– BRAVES BIZUTS, demain vous allez regagner vos chaumières à l'occasion des congés de la Toussaint. Nous allons donc célébrer cette fête dès ce soir en organisant une procession dont vous serez les acteurs. D'accord ?

Silence général.

Tarass Boulba rejoint le Pacha, au centre du dortoir, et éructe :

– Vous avez entendu ce qu'a dit le Pacha ? Il vous demande si vous êtes d'accord ?

– Moi, je ne suis pas d'accord ! déclare témérairement Chady.

– On s'en fout ! Et les autres, vous êtes d'accord ?

– Personne n'est d'accord, annonce fermement Zamberou.

– Voilà donc une promo bien soudée. Allez, fini de rire ! Tous les bizuts, à poil ! Je vais appeler le premier. Il viendra se mettre à quatre pattes au milieu du couloir. Ensuite, j'appellerai le deuxième qui viendra lui enduire le postère, puis le troisième qui cirera le derche du deuxième *et cætera*, jusqu'au dernier. Des questions ?

– Qui badigeonnera le baigneur de Pignouf, le dernier de la classe ? s'enquiert l'incorrigible Ravachol.

– Nous fermerons le cercle et ce sera donc votre major qui lui encaustiquera le popotin. Jusque-là, ça va ? Vous avez tous bien compris ?... C'est pour conserver vos forces que vous ne vous donnez pas la peine de répondre ?

Julien est sur le qui-vive. Tarass Boulba va-t-il révéler que la conspiration des bizuts est éventée ? L'ancien semble hésiter, jette un regard de connivence à son camarade de sport et n'insiste pas.

– Godillot, apporte tout l'attirail nécessaire. Sergent, amène-toi !

Décontracté, Narric se présente dans le plus simple appareil, s'accroupit et attend la suite des événements.

– Le Che, viens ici ! braille Tarass Boulba. Prends la brosse et badigeonne de cirage les deux hémisphères qui bouchent ton horizon.

Coslo s'approche et, pâle comme un linge, s'acquitte fébrilement de sa corvée.

Les minutes passent et la file des postérieurs enduits de cirage s'allonge. Soudain, un éclair pétrifie tous les acteurs de cette attristante comédie. La surprise est totale dans le clan des anciens.

– Qu'est-ce que c'est ? beugle Tarass Boulba.

– Ce doit être un flash, pronostique Mao.

– Qui a pris une photo ? demande Gastounet.

– C'est moi ! annonce glorieusement Jérôme. Ce sera un souvenir pour plus tard.

– Pas question ! intervient le Pacha. Pierre, récupère la pellicule.

Tarass Boulba s'avance vers Jérôme mais Zamberou, Chady, Gimenez et Julien s'interposent aussitôt.

– Qu'est-ce que ça veut dire ? s'énerve l'ancien, sidéré par l'outrecuidance des quatre bizuts.

– Ce n'est pas après toi en particulier qu'on en a, explique Zamberou, c'est après les agissements collectifs des anciens. Pris un par un, vous êtes tous, ou presque, très sympas mais, en groupe, vous vous croyez invulnérables et acceptez des décisions auxquelles vous ne souscririez pas individuellement. Vous trouvez ça marrant, une file de culs au cirage ?

– Je ne te demande pas de me faire un cours sur la dynamique de groupe, Paillasson. Je veux simplement récupérer la pellicule de Barjot, réplique Tarass Boulba.

– Tiens, te la voilà ta photo ! lâche Jérôme en lançant l'objet du litige à l'ancien.

– Bon, maintenant nous continuons. J'appelle Moustique.

– Tu n'as pas compris ce qu'on t'a dit ? demande impertinemment Zamberou. On arrête tout !

– C'est une plaisanterie ou c'est sérieux ? questionne Tarass Boulba avec un sourire narquois.

– Je demande à parler au Pacha en aparté, annonce Julien.

– Plus tard, indique le chef des anciens.

– Non, Paul, maintenant, c'est urgent.

– Parle, je t'écoute.

– J'ai dit en aparté. Ce sera mieux pour toi.

– Bon, amène-toi dans la cordonnerie. Vous, attendez-moi, je reviens dans un instant.

Le Puant passe sa tête de gommeux entre les rideaux de son box.

– Où allez-vous tous les deux ?

– Cirer nos tatanes, banane ! lui répond l'ancien en refermant la porte derrière lui. Maintenant, explique-toi, Julien.

– Tout le monde serait ravi d'apprendre que le Pacha n'est qu'un faux-jeton.

– J'espère que tu as des preuves de ce que tu avances.

– Je ne m'aventurerais pas à t'accuser de faux-jeton sans en avoir les preuves.

– Où sont-elles, tes preuves ?

– Entre les mains des gendarmes.

– Donc, toi, tu n'en détiens aucune.

– La Grande a vu cette pétition contre la torture en Algérie que tu nous as fait signer.

– Et alors ?

– Et alors, seule ma signature était lisible. La tienne, que tu avais apposée en fin de page, avait disparu. Tu as découpé le bas de page avant d'envoyer la pétition.

– Ce n'est pas une preuve, ça. Qu'est-ce qui prouve que j'avais signé en fin de page et que j'ai découpé ensuite ma signature ?

– Même des anciens ont vu que tu avais signé.

– Admettons que j'ai signé. Qu'est-ce qui prouve que j'ai ensuite découpé le bas de page pour enlever ma signature ?

– Tu es vraiment une pourriture ! Tu mens comme un arracheur de dents !

– Mesure tes paroles, Julien, sinon…

– Sinon quoi ? Tu veux te battre ? Ne te gêne pas, je suis à ta disposition.

– Ne crie pas si fort ! Tu vas ameuter tout le dortoir.

– Si, je vais crier encore plus fort pour que tout le dortoir sache que le Pacha n'est qu'une ordure.

– Tu n'as toujours pas de preuve.

– Dis-moi alors pourquoi les gendarmes m'ont interrogé, moi, et ne t'ont pas interrogé, toi ?

– Qu'est-ce que tu en sais ? Tu n'étais pas là quand ils sont venus enquêter chez moi, à Villeneuve-sur-Lot.

– Tu me débectes, Paul. Tu es pire que Machiavel.

– Là, tu me flattes, bizut.

– Bizut, oui. Bizuté, non. Mets-toi bien ça dans ton crâne de tartufe. Le bizutage, c'est fini et bien fini !

– On va voir.

– C'est tout vu ! conclut Julien en quittant la cordonnerie avec le Pacha sur ses talons.

Lorsqu'ils rejoignent, sous les regards intrigués des autres normaliens, le centre du dortoir où la séance de bizutage est en suspens, nul ne sait ce qui va advenir mais tous pressentent un cataclysme.

– Qu'est-ce qu'on fait ? demande Tarass Boulba.

– On continue ! ordonne le Pacha.

– On arrête tout ! décrète Julien.

– Nous, nous nous conformons à ce que dit le Pacha, annonce Richard.

– Alors ça va chier ! promet Zamberou.

– J'appelle donc Moustique, claironne Tarass Boulba.

– Qu'est-ce que je fais ? répond Pyson.

– Tu n'y vas pas et tu te rhabilles, lui notifie calmement Zamberou. D'ailleurs, nous allons tous nous rhabiller et vous six, vous vous relevez et vous allez tout de suite vous laver le pétard.

– Personne ne bouge ! s'écrie le Pacha. Amenez Moustique de force et que la séance continue !

– Vous l'aurez cherché, avertit Zamberou. Si vous touchez à un bizut, c'est la bagarre assurée.

– Et une bonne déculottée pour les bizuts ! prédit Jojo la frite en saisissant le bras de Pyson.

Instantanément, le dortoir devient le théâtre d'une rixe généralisée à laquelle tous les élèves-maîtres, à l'exception de Pignon réfugié sous un lit, participent allégrement. De la simple torgnole au direct bien appuyé, en passant par la manchette et les prises les plus variées, tout l'arsenal des coups, autorisés ou non, est utilisé pour triompher. Les anciens, en surnombre, ne parviennent toutefois pas à juguler la combattivité des bizuts. Zamberou et Julien sont particulièrement attaqués et se défendent comme de beaux diables contre leurs agresseurs dont l'un cherche vainement à décrocher le petit Pyson collé à son dos et agrippé à son cou.

Julien encaisse tout à coup un choc violent derrière la nuque et sent ses jambes faiblir tandis que le plancher monte à sa rencontre.

Il entrouvre un œil, puis l'autre. Tout est blanc autour de lui : le plafond, les murs, la porte, la fenêtre… Jusqu'aux blouses des deux jeunes femmes qui encadrent son lit, blanc lui aussi.

– Si vous m'entendez, levez votre main droite, lui ordonne une voix.

Julien a entendu, mais son bras est trop lourd.

L'infirmière lui répète la consigne ; il essaie à nouveau de soulever son bras, il n'y parvient pas. Pourtant, il ne veut pas contrarier cette personne qui lui parle d'une voix si douce. Il remue sa main.

– C'est bien, Julien. Reposez-vous encore un peu, je reviendrai vous voir dans un petit moment.

Il referme les yeux. Une main effleure son front. Il ouvre à nouveau ses yeux et aperçoit le visage de Zamberou penché au-dessus de lui.

– Salut Christian. Quel jour sommes-nous ?

– Bonjour Julien. Nous sommes samedi après-midi.

– Et où est-ce que je suis ?

– Tu es à la clinique Esquirol, mon vieux.

– Et qu'est-ce que je fous ici ?

– Tu es tombé dans l'escalier du lycée et tu as failli te fracasser le crâne.

– Je ne m'en souviens pas.

– Tu ne risques pas. Quand on t'a ramassé, tu étais inconscient et on t'a aussitôt évacué. Tu n'as repris tes esprits que deux heures plus tard, hier soir. Puis tu as dormi sans interruption jusqu'à maintenant. Tu te sens comment ?

– Bien, ça va. Tu crois qu'ils vont me garder longtemps ?

– Tu sors à 17 heures, ce soir. Hier, à ton arrivée, ils t'ont fait une radio de la tête et tu n'as rien de cassé. Ils t'ont mis six ou sept points de suture sur la nuque et t'ont gardé en observation jusqu'à aujourd'hui.

– C'est quand même bizarre que je ne me rappelle pas de ma chute dans l'escalier.

– Allez va ! Je t'ai donné la version officielle de ton accident, mais ça s'est passé différemment. Tu te rappelles des culs au cirage ?

– Maintenant que tu le dis, oui, ça me revient. Ça a dégénéré et on s'est castagnés dur.

– C'est ça, et tu as pris un mauvais pet sur la tronche et ta tête a cogné contre l'angle d'une armoire.

– Et après, qu'est-ce qu'il s'est passé ?

– Tu as filé la trouille à tout le monde et, du coup, la bagarre s'est arrêtée net. Je suis allé chercher les pions et leur ai demandé de rédiger un rapport pour la Grande en les menaçant d'aller voir le surgé du lycée s'ils refusaient.

– Ils ont accepté ?

– Oui, mais le Pacha leur a demandé de donner une autre version des faits, celle d'une chute dans l'escalier.

– Vous avez laissé faire ?

– Je leur ai proposé un marché : on acceptait cette falsification de la vérité contre l'abolition immédiate et totale du bizutage.

– Ils ont marché ?

– Au début, non. Le Pacha arguait que nous n'avions aucune preuve de cette séance de bizutage. C'est alors que Jérôme est intervenu en disant que la pellicule qu'il leur avait fourguée était vierge et que la photo se trouvait sur celle qu'il avait si bien planquée que personne, à part lui, ne pouvait la retrouver. Le Pacha lui a dit : « Je suis sûr que tu bluffes ! », et Barjot lui a répondu du tac au tac : « Si tu en es si sûr que ça, prends donc le risque de ne pas me croire. » Le Pacha a hésité puis a déclaré : « Je vais d'abord consulter le conseil des anciens. » Dix minutes plus tard, le *deal* que j'avais proposé était accepté.

– Au moins, je n'aurai pas pris cette châtaigne sur le casque pour rien, plaisante Julien.

– Attends, ce n'est pas fini. Tout ça s'est passé oralement. Rien d'écrit. Aussi, dans la nuit qui a suivi, vers 1 heure du matin, deux bizuts se sont retrouvés au sol avec le lit en cathédrale. Aux environs de 4 heures, je me suis levé en catimini, je suis allé réveiller Jérôme et nous avons décidé de frapper un grand coup. Nous avons mis en cathédrale les lits du Pacha et de Tarass Boulba. Ils se sont relevés, ont allumé les lampes et, tout surpris de nous voir là, debout près de leur lit, sont restés sans voix jusqu'à ce que le Pacha se ressaisisse et s'exclame : « Vous êtes malades ! » Je l'ai alors averti : « Chaque fois qu'un ancien recommencera à bizuter un nouveau, toi et ton sbire, vous serez virés de vos lits. Démerdez-vous pour faire respecter l'accord que nous avons passé et dont je vous rappelle qu'il entérine, en cette nuit du 28 octobre 1955, l'abolition du bizutage à l'école normale d'Agen. »

– Formidable ! s'enthousiasme Julien. Vous avez superbement bien négocié l'affaire. Il faudra inscrire cette date dans les annales de l'E.N. et ne pas oublier de la commémorer chaque année.

– Bon, je te laisse te reposer. Je te souhaite de bonnes vacances. À mardi.

– Pourquoi mardi ? On reprend lundi.

– Nous, oui. Mais toi, tu as un congé de maladie jusqu'à mardi parce que lundi tu dois revenir ici pour une visite de contrôle.

– O.K. À mardi donc, et merci pour toutes ces bonnes nouvelles !

Le soir même, Julien récupère sa moto et rentre à Laguillemie. Au moment où il enlève son casque avec une petite grimace de douleur, sa sœur Solange remarque le pansement collé sur sa nuque.

– Qu'est-ce que tu as derrière la tête ? s'inquiète-t-elle.

– Ce n'est rien. Ça a bastonné, hier, au dortoir et j'ai pris un gnon derrière la cafetière.

– Ce n'est pas trop grave au moins ? s'enquiert sa mère.

– Non, non, rassure-toi maman. On m'a fait une radio. Y a rien de cassé. Je me suis seulement pris un bon K.-O.

– Allez, viens souper et tu nous raconteras ce qui s'est passé.

Pendant le repas, Julien relate les événements qui se sont déroulés dans le dortoir des normaliens, la veille, au lycée. Son père l'écoute avec fierté.

– C'est bien, fiston ! Faut pas se soumettre ! Tu vois ? Maintenant, vous ne serez plus emmerdés avec le bitumage.

– Papa, je t'ai déjà dit que ce n'est pas du bitumage. C'est du bizutage.

– Appelle-le comme tu voudras, tu as compris ce que je veux dire.

– C'est bien, petiot ! renchérit Pingeaud, le vieux domestique. Faut se défendre. En 14, quand j'étais dans les tranchées de…

– Ça va, ça va, Élie. Tu vas pas recommencer avec tes histoires de poilu ! Ça fait cent fois qu'on les entend, s'énerve le père.

– Élie, moi j'aime bien écouter vos histoires de la Grande Guerre. Vous me les raconterez quand on sera seuls, tous les deux ? demande le fils.

– D'accord, petiot. Quand tu voudras.

Julien les connaît par cœur ces récits effroyables que Pingeaud, pour avoir vécu les scènes atroces qu'il évoque, charge d'un réalisme poignant. Lui aussi les a entendus maintes et maintes fois, mais ce vieux poilu, qui a gâché sa jeunesse dans les tranchées pour que les générations suivantes vivent dans un pays libre, lui inspire un profond respect et, contrairement à son père, il est prêt à écouter encore et encore le vieil homme, brisé par un destin inclément, raconter ce qui est la période marquante de sa vie.

Le lendemain matin, Julien se rend au café de son oncle, à Sauvagnas.

Il passe par l'épicerie afin d'embrasser tante Marie. Et parce que ça sent bon la sardine au baril et la morue séchée dans cette boutique où l'on vend encore au détail l'huile, le café et le vin.

– Bonjour tatie. Comment vas-tu ?

– On le fait aller.
– Tu as des nouvelles d'Yves ?
– Oui. Il est toujours dans les Aurès. Il nous écrit de ne pas nous inquiéter. Il fait de la pacification, qu'il dit. Tu ne trouves pas ça étrange, toi, qu'il fasse de la pacification avec un fusil-mitrailleur en bandoulière ?
– Non, tatie. C'est un soldat. Tous les soldats portent une arme même si elle ne leur sert à rien. Regarde, au défilé du 14 Juillet, ils ont tous des flingues. Sauf les légionnaires qui défilent avec une hache sur l'épaule.
– C'est vrai. Tu as raison. Tant qu'il ne se sert pas de son fusil-mitrailleur, c'est bon signe. Allez, va faire ta partie de billard. Tes copains t'attendent. À moins que tu préfères aller à la messe ?
– Afin d'aller boire le vin du curé et lui piquer quelques pièces dans sa sébile pour venir t'acheter un sucre d'orge comme quand j'étais enfant de chœur ! Tu t'en souviens ?
– Allez, file mécréant !
Julien pénètre dans le café, embrasse son oncle David et rejoint Christian, Émile et Jules, déjà engagés dans une partie de billard.
– Salut bande de lâcheurs ! Vous ne pouvez pas m'attendre.
– Mais si, on t'attend. On s'échauffe, c'est tout. Et maintenant, nous allons jouer pour de bon, précise Christian.
– Vous allez bien, tous les trois ?
– Tout le monde va bien, répond Émile.
– Je vois que l'air de la campagne vous réussit. Tant mieux. Allez, jouons ! Je commence ?
– Vas-y ! Honneur aux intellectuels, déclame Jules.
– Mis à part que c'est pour te foutre de ma gueule, tu causes comme un rhéteur !
– *De qu'es aquò* un rhéteur ?
– C'est un type comme toi, un bonhomme qui parle bien.
– Qu'est-ce que tu crois ! Si j'aurais bien travaillé à l'école, j'aurais pu devenir intelligent, moi aussi. Tu vois, au

billard, je gagne toujours. Ça prouve bien que j'ai les moyens de réussir !

Une demi-heure plus tard, Jules exulte :

– Je vous l'avais bien dit, j'ai encore gagné !

– Tu es imbattable, Jules, reconnaît Émile. Viens boire ton whisky.

– Je paie ma part mais je me barre parce que la messe va se terminer, annonce Julien.

– Et qu'est-ce que ça fait ? s'étonne Émile.

– Je ne veux pas tomber sur Maurice. Ce n'est pas qu'il me fasse peur, mais je ne veux pas faire un esclandre devant tout le monde. Maintenant qu'il est fiancé à Jeanne, je préfère ne pas le rencontrer.

– Tu ne serais pas un peu jaloux de Maurice sans t'en rendre compte ? insinue Christian.

– Moi, jaloux ? Vous voulez rire !

– Surtout que tu n'aurais aucune raison de l'être. Jeanne a refusé de se fiancer avec lui. Elle a tenu tête à tout le monde !

Le choc provoqué par cette nouvelle étourdit Julien pendant six à sept secondes. Il ne veut cependant pas perdre contenance devant ses copains et fait un gros effort de volonté pour masquer son trouble. Coûte que coûte, il lui faut sortir de son silence qui, s'il se prolongeait, trahirait sa profonde émotion. Quitte à dire n'importe quoi ? Non, il doit rester sur le sujet abordé. Et ce temps qui passe pendant qu'il essaie de rassembler ses idées ! Oui, il doit parler encore de Maurice et de Jeanne. Et les regards des trois autres qui pèsent sur lui ! Vite, il faut parler, occuper le temps, s'abstraire de cet émoi qui inhibe le raisonnement.

– Elle a bien fait, lâche-t-il d'un coup. Je lui avais dit qu'elle méritait mieux que Maurice !

– Mais pourquoi tu lui en veux tant à Maurice ? demande Émile.

– Ouais, pourquoi tu ne peux pas le piffer ? renchérit Jules.

– Parce que c'est un con ! lance Julien, à bout d'arguments.

– Parce qu'il travaillait mal à l'école ? Moi non plus, je travaillais pas bien. Alors tu penses que moi aussi je suis un con ?

– Mais non, Jules. Toi, tu es sympa, tu es naturel, tu ne fais pas le kéké.

– Autrement dit, j'assume mon état de simplet. Je suis un con sympa.

– Bon, je ne discute plus. Vous aimez bien Maurice, moi pas. Point barre. Allez, *ciao* !

– Tu n'aimes pas Maurice, mais tu n'aimerais pas encore un peu Jeanne ? lui envoie son cousin Christian avant qu'il ne s'éloigne.

– Tu me fais caguer ! lui renvoie vulgairement Julien en quittant les lieux.

Après sept jours de congé, Julien a retrouvé toute sa sérénité et, à tête reposée, il se dit qu'il a eu tort de s'énerver dimanche dernier. Il n'avait aucune raison de s'emporter. Ses copains ne faisaient que le taquiner. Pourquoi a-t-il donc pris la mouche ? Les problèmes de Jeanne ne le concernent plus. Et ce Maurice, pourquoi le déteste-t-il tant ? Qu'a-t-il à lui reprocher ? Émile et Jules ont raison : Maurice n'est pas plus antipathique qu'un autre. Alors pourquoi nourrit-il de si fortes préventions à son égard ? N'a-t-il pas mieux à faire que de s'immiscer dans la vie de Jeanne et de Maurice ? Consolider le succès de la rébellion du 28 octobre, élaborer des projets avec Agnès et peut-être aussi se mettre au travail pour ne pas prendre de retard dans ses études.

Bardé de toutes ces bonnes résolutions, Julien retrouve son trio de copains pour la partie de billard du dimanche matin.

– Alors, je ne te fais plus caguer ? lui demande son cousin qui n'a apparemment pas apprécié sa dernière repartie.

– Mais non, Christian ! Faut m'excuser. Je m'en étais tellement vu, en fin de semaine, que j'avais les nerfs à fleur de peau.

– Qu'est-ce qu'il s'était passé ? s'enquiert Émile.

– On s'est foutu une peignée mémorable avec les anciens et j'ai pris une de ces figues derrière la tronche ! Tellement que j'ai passé une nuit à l'hosto.

– C'est pas la peine d'être si intelligents pour se bastonner comme des chiffonniers ! commente Jules.

– Tu as un peu raison, Jules. Mais, dans ce cas, c'était légitime, c'était au nom de la liberté.

– Bon ! Maintenant que tu t'es calmé, tu ne vas plus nous faire suer avec Maurice, prévient Christian.

– Alors, on la fait cette partie, oui ou non ? s'impatiente Jules.

– Vas-y ! Joue le premier. Honneur aux intellectuels, comme tu dis, plaisante Émile.

Tout en jouant, les quatre copains bavardent sereinement et le temps s'écoule sans qu'ils s'en rendent compte jusqu'au moment où les cloches sonnent la fin de la messe.

– Déjà ! s'exclame Christian. Allez, un dernier tour et on arrête.

Julien est le dernier à jouer. Il est actuellement *ex aequo* avec Jules, et la victoire est à sa portée s'il marque le dernier point de la partie qui paraît facile. Il se concentre, se représente les trajectoires des boules, ajuste son coup, bloque sa respiration. Dans quelques dixièmes de seconde, il aura remporté la partie.

– Au fait, vous savez que Jeanne est hospitalisée ? lance abruptement Jules.

La nouvelle brise instantanément la concentration de Julien qui rate complètement son coup et s'emporte contre Jules :

– Tu ne peux pas la fermer quand on se concentre !

– Tu continues bien à parler, toi aussi, quand je joue ! se défend Jules.

Julien est bien obligé d'en convenir et il regrette déjà sa saute d'humeur.

– Pourquoi tu deviens tout de suite nerveux quand on parle de Jeanne ? Tu n'arrives pas à tourner la page ou quoi ? insiste Christian.

– Si, si. Mais ce que dit Jules n'est pas anodin. Jeanne, c'est notre copine de la communale et c'est normal que ses ennuis de santé nous affectent. Ça ne vous fait rien, à vous, de la savoir hospitalisée ?

– Bien sûr que si, assure Émile. Tu sais pourquoi on l'a hospitalisée, Jules ?

– Elle aurait pris trop de médicaments, paraît-il.

– Et tu sais où on l'a emmenée ?

– À la clinique Esquirol, à Agen.

– Ce serait bien de lui rendre une petite visite, suggère Christian.

– Oui, il faudra mettre ça au point, conclut Émile.

De retour à Laguillemie, Julien s'efforce de ne laisser rien paraître des turbulences qui malmènent son équilibre psychique et il y parvient habilement. Il écoute plus qu'il ne parle et, lorsqu'il est sollicité dans la conversation familiale, il affecte un ton enjoué qui masque parfaitement la tourmente qui agite ses sentiments.

Le lendemain matin, il se rend à son rendez-vous médical, à la clinique Esquirol. Accoudé au guichet de l'accueil, il attend que la personne chargée de l'orienter vers le service adéquat ait terminé de téléphoner et lui communique les instructions appropriées ainsi que le numéro de la chambre de Jeanne à laquelle il s'est promis de rendre une visite de courtoisie. Il observe les lieux. Ces lieux aseptisés qui le dérangent avec leurs odeurs mêlées de Javel et de chloroforme. Avec un dédale de couloirs dans lequel le visiteur perd le nord. Et une propreté glaçante qui déshumanise cet espace au point de le rendre quelque part inhospitalier.

Julien tourne la tête vers la porte d'entrée qui vient de s'ouvrir. Il croit rêver. Il tâte précipitamment le comptoir pour s'assurer de la réalité de son environnement. Non, il ne fait pas un cauchemar : c'est bien la Grande qui avance à sa rencontre.

Jusqu'où le pourchassera-t-elle ? Vient-elle vérifier qu'il est réellement présent dans la clinique ?

– Tiens, bonjour monsieur Delsol. Qu'est-ce qui me vaut le plaisir de vous rencontrer ici ?

– Bonjour madame la directrice. Je suis convoqué pour une série de bilans et je rentre au lycée ce soir.

– Bien, bien. Quelle bien malheureuse coïncidence, jeune homme ! Savez-vous que Mlle Sénéchal se trouve aux soins intensifs de cette clinique ?

– Agnès Sénéchal ?

– Elle-même, mon cher.

– C'est grave, madame la directrice ?

– Son pronostic vital n'est pas engagé, mais elle est tout de même sérieusement blessée. Son fiancé la ramenait à l'école normale en voiture quand, pour une raison encore inconnue, leur véhicule a fait une embardée et a heurté un platane à la sortie de Tonneins. Le conducteur, légèrement blessé, a été évacué sur Bordeaux et sa fiancée sur Agen. Si vous voulez lui faire une courte visite, sachez qu'elle se trouve dans la chambre numéro 13, en compagnie d'une autre jeune fille.

– Merci, madame la directrice.

– À demain, jeune homme. J'espère que vous vous êtes acheté une bonne conduite pendant vos congés et je veillerai à ce que vous ne vous en écartiez plus tant que vous serez dans mes murs.

– Au revoir, madame la directrice.

Ouf ! La voilà partie cette chipie ! Julien ne pense plus à ses bilans. Il n'a qu'une hâte : voir sortir la Grande et aller s'expliquer avec Agnès si, toutefois, elle est en état de parler. La personne préposée à l'accueil est toujours occupée à téléphoner. Il sort de la clinique, se poste à l'angle des rues Rochambeau et Lafayette et attend patiemment le départ de la Grande. Quinze minutes plus tard, la voie est libre. Il s'engouffre dans la clinique et se présente au guichet.

– C'est pour quoi ? lui demande l'employée qui a replacé le téléphone sur son socle.

– Je viens rendre visite à Mlle Agnès Sénéchal, chambre numéro 13 des soins intensifs.

– Vous prenez le troisième couloir à gauche, puis le premier à droite. Vous passez sur la passerelle qui surplombe la cour et vous prenez le troisième couloir à droite. Là, vous trouverez le bureau d'accueil des urgences. Vous demanderez…

Julien n'entend pas la suite. Il faut qu'il parle tout de suite à Agnès pour qu'elle lui confirme que son chauffeur n'est pas son fiancé, que c'est son frère et rien d'autre, que tous ceux qui prétendent le contraire sont des menteurs. Et ces couloirs qui n'en finissent pas ! Ah, voici la passerelle ! Tout droit puis troisième à droite, a dit l'employée. Quelle odeur de propreté et d'asepsie dans ces murs ! Enfin, les soins intensifs.

– Chambre 13, s'il vous plaît, madame.

– Entrez et prenez le premier couloir à gauche.

Chambre 1, chambre 2, chambre… Julien presse le pas. Chambre 13. Il s'immobilise devant la porte entrebâillée derrière laquelle, à deux ou trois mètres, se trouve la réponse à cette question qui le turlupine depuis quelques jours. Il se détend, inspire un bon coup, frappe discrètement et, sans attendre d'y être invité, se glisse dans la pénombre de la chambre.

Agnès est allongée sur le premier lit qu'il aperçoit. Il s'approche, se penche au-dessus de sa tête. Les yeux de la normalienne sont clos. Seule une faible dilatation périodique de ses narines indique qu'elle est en vie. Il pose une main sur la joue veloutеuse de la jeune fille. Elle ouvre ses yeux et lui sourit.

– Tu m'entends, Agnès ?

– Oui, je t'entends, Julien, répond-elle distinctement. Je viens d'avoir la visite de la Grande. Et maintenant la tienne, je suis gâtée.

– Pas trop quand même, parce que tu t'es pris un sacré carton !

– Oui, et je m'en tire bien. J'aurais pu y laisser ma peau.

– C'est toi qui conduisais ?

– Non, je n'ai pas le permis. C'était mon frère.

Julien hésite. Elle affirme cela avec un tel aplomb ! Ce n'est pas possible qu'elle mente. Elle est trop belle pour mentir. Et pourtant, toutes ces affirmations qui se recoupent ? Ce ne sont sans doute que des allégations, des calomnies. Même la Grande colporterait d'ignobles ragots ?

– C'était ton frère ou ton fiancé ?

– Pourquoi tu me dis ça, Julien ?

– Parce que le Puant raconte que tu as été convoquée chez la Grande parce que celui que tu désignes comme étant ton frère te bécotait, un dimanche soir, dans sa caisse.

– Quel pauvre type, celui-là ! Et tu le crois ?

– Je n'en sais rien.

– Et moi, tu me crois ?

– Je n'en sais rien.

Un silence pesant s'installe. Julien observe Agnès. Elle a refermé les yeux. Elle présente le visage d'une madone, pur et lumineux. Une sainte, ça ne ment pas. Et une directrice d'école normale ?

– Agnès, tu m'entends ?

– Oui, répond-elle sans lever les paupières.

– La Grande m'a dit que le conducteur de la voiture, c'était ton fiancé.

Deux grosses larmes roulent sur les joues d'Agnès.

– La Grande a dit la vérité.

– Alors tu m'as menti, tu m'as trahi, tu m'as mené par le bout du nez pendant des semaines ! s'écrie Julien sous le coup d'une immense désillusion.

– Faut pas m'en vouloir, Julien. Je pensais que nous aurions flirté gentiment tous les deux. Un flirt sans lendemain. Mais toi, tu as pris ça trop au sérieux. Je ne voulais pas te blesser, alors je t'ai caché la vérité. Maintenant que tu sais, ce n'est pas la peine de prolonger notre idylle. Tu es trop entier pour t'accommoder d'amourettes insignifiantes. Restons amis, c'est tout.

– C'est tout ! Comme tu y vas ! Tu m'écartes d'un revers de main après m'avoir blousé sans scrupule. Tu m'as manipulé, tu m'as soumis à ton charme, tu as profité de ma naïveté pour me séparer de Jeanne qui ne m'avait jamais menti comme tu l'as fait, que j'adorais et que j'ai perdue à cause de toi ! Ça, tu vois, je ne pourrai jamais te le pardonner !

– Tu peux toujours revenir auprès de ta paysanne, maintenant que tu es libre.

– Ma paysanne te vaut cent fois. Elle m'a toujours montré sa vraie nature ! Ce n'est pas un démon à visage d'ange comme toi ! Elle ne triche pas, elle ! Maintenant que tu m'as rendu coupable de l'avoir trahie, comment veux-tu qu'elle me pardonne ?

– Ne parle pas si fort, Julien, tu vas gêner la jeune fille qui est dans le lit d'à côté.

– Non, non, vous ne me gênez pas. Au contraire.

Julien reste cloué sur place. Ce n'est pas possible ! Il délire. Tout ce qu'il s'est passé depuis ce matin n'a pas existé réellement. La Grande, Agnès, la clinique et maintenant cette voix, ce sont de pures hallucinations dues au choc qu'il a reçu derrière la nuque. Il se frotte les yeux, se pince la joue pour échapper à ce rêve insensé.

– Calme-toi, Julien, reprend la voix. Tout n'est pas perdu puisque je suis à nouveau là, près de toi.

– Mon Dieu ! Jeanne ! s'exclame Julien en se retournant vers le deuxième lit. Pourras-tu me pardonner un jour ?

– Oui, si tu m'en laisses le temps et ne m'abandonnes pas tous les quatre matins.

– Oh, Jeanne ! Je te jure de ne plus jamais te quitter si tu acceptes à nouveau de partager ma vie, promet Julien en se penchant sur la jeune fille pour l'embrasser.

Une infirmière furibonde fait irruption dans la pièce :

– Qu'est-ce que tout ce charivari ? Et d'abord, qui êtes-vous, monsieur ?

– C'est mon frère, madame, déclare Agnès sans sourciller.

Chez le même éditeur

CORDOUAN Manuel
La Carte maîtresse
Les Amants d'Alger

CORNAILLE Didier
La Photo de classe
Les Compères
Les Indignés de Montservier

COSEM Michel
L'Aigle de la frontière
Les Soleils de la tourmente

COSSON Jean-Michel
L'Incroyable Énigme d'Anthelme Mangin – l'Amnésique des tranchées

CROIZIER Jean-Pierre
La Bonne Providence

DEBRIFFE Martial
La Fleur de l'ombre
Le Poison de la vengeance
Le Secret de la Villa Marianne
Le Serment de la Saint-Jean
Les Peyrie

DELAGE Alain
L'Étrangère de Collonges
L'Inconnu de la Saint-Blaise
Les Secrets de Fontvives

DELOMME Martine
Un été d'ombre et de lumière

DEMELLIER José
La Toquée

DESFORGES Jean-Louis
La Ferme des Solitudes
Pierre des montagnes
Rivière amère

DOURIAUX Hugues
Les Collines de Jorance

DOYON Marilou et Martine
J'ai survécu au débarquement

DUCLOZ Albert
Julie bon pain
Le Chant d'Aurore
Le Violon d'or
Les Jacinthes sauvages
Les Trois Promesses

DUPORGE Bernard
La Cabane du berger
La Fiancée des sables
Les Amants de la lagune

DUPUY Daniel
Le Pont du diable

ÉCOLE-BOIVIN Catherine
L'Enfant-Loup de Blanche

FABRE Jean-Luc
Le Serment des Justes
Les Semeurs d'espérance

FAINDT Roger
Bleuvent
Le Dernier Soldat

FARNEL Joseph
À l'ombre du Carreau
La Ballade du petit Joseph

GANZ-MULLER Catherine
Anna Pencoat

GAY Marie-Claude
Faustine et le bel amour
Le Secret des Solignac
Le Vallon des sources

GIBERT Sylvie
Fleurs Bleues

GIMBERT Yveline
La Méprise
Le Crépuscule du loup
Le Retour de Rose
Une singulière prédiction

GLATT Gérard
La Chouette Idée d'Alexandre Pluche
Le Destin de Louise
Le Temps de l'oubli

GONZALÈS Daniel
Le Chemin des amandiers
Le Temps des cigales
Les Feux du printemps
Les Terres rouges

GOURÉVITCH Jean-Paul
Villa Maldoror

JEANJEAN Roland
L'Aven de la Dame Noire

JUDENNE Roger
La Petite Suzanne

LABORIE Christian
L'Appel des drailles
Le Brouillard de l'aube
Le Saut-du-Loup
Le Secret des Terres Blanches
Les Bonheurs de Céline
Les Drailles oubliées
Les Hauts de Bellecoste
Les Sarments de la colère
Terres noires

LACOMBE Michel
La Sauvageonne des Maures
La Vagabonde de Saint-Ours
Le Domaine des Rochettes

LEBERT Karine
Le Secret d'Emma
Les Brumes de Vouvray
Les Mystères de Camille
Les Sortilèges du Tremblay
Loin de Margaux
Nina et ses sœurs

LEMAIRE Philippe
Gus
Le Chemin de poussière
Le Crépuscule des chimères

MANSIET-BERTHAUD Madeleine
La Noblesse du cœur

MERCADIÉ Louis
L'Enfant du buron

MOSCA Lyliane
La Dame de Champbrise
La Fille de la Buissonnière
La Malédiction de Bois d'Orville
Les Amants du moulin
Les Gens de Laborde
Un parfum de trahison

MOUCHEL Jean
La Bonne Fortune de Sébastien

MULLER Christine
La Fille du régisseur

NAVARRO Christine
L'Éventail d'ivoire
La Chevelure d'ébène

NEGRI (DE) Gérard
Les Ruisseaux d'ombre

PALET (DE) Marie
Céline, une vie toute simple
La Demoiselle
La Tondue
Le Secret de Miette
Le Vent sur la vallée
Le Village retrouvé
Les Brumes du causse
Les Femmes de Cardabelle
Les Terres bleues
Mademoiselle Fine
Sidonie des Bastides
Un chemin de rocailles

PARAILLOUS Alain
Le Bois des serments

PINCE Jacques
La Colline aux framboises
Le Dernier des Bourdignot

PLUCHARD Mireille
L'Étoffe des jours
La Tresse d'or
Le Mas de la Sarrasine
Le Moulin du Prieuré
Le Petit Bâtard
Les Diamants noirs

Les Sentes buissonnières
Un parfum d'amour éternel

POISSONNIER Bruno
Les Aventures extraordinaires de Gaye-Bordas

PROST Emmanuel
La Descente des anges
Les Enfants de Gayant

RAPET Judith
Le Disparu du bois de la Caillette

ROCHE Florence
Des monts de Résistance
L'Héritage maudit
L'Honneur des Bories
La Bastide du colonel
La Trahison des Combes
Le Dernier des Orsini

ROCHE Gérard
Gévaudan le Roman de la Bête

ROSSET Jean
L'Aube de la liberté
La Limousine d'Hautecombe
Les Derniers Porteurs de terre

ROYER Roger
L'Envol du Choucas
L'Or de Justin
La Bastide rouge
La Colline des Maures
La Dame de la Callune
La Main blanche
Le Médecin de Maurevers

SABOURIN Pierre
Les Fiancés de Saint-Laurent

SAND George
Les Contes d'une grand-mère *

SOYEZ Jean-Marc
Les Galoches de Julia

TAMAIN Louis
L'Encre violette
Le Temps de l'école
Médecin de campagne

THIRAULT Nadine
À l'encre bleue

TOUATI Claude-Rose et Lucien-Guy
L'Ardoise du temps
La Ronde du destin
Quand le vent s'apaisera…

VAISSIÈRE Marie-Louise
Le Temps du pain noir
Les Carnets d'une institutrice 1931-1948
Marie, fille de cocagne

VALADE Corine
Victoire

VALÈRE Katia
Le Destin d'Antoinette

VERRIER Michel
La Maison au bout du chemin
Le Disparu des Grands Bois

VINCENT Claude
Le Pain de lune
Les Roses de l'hiver

WOUTERS Josette
Le Passage à canote

PEFC
PEFC/10-31-2008

Imprimé en U.E.
Dépôt légal : octobre 2015
ISBN : 978-2-8129-1551-2
ISSN : 1769-1788